MONTSERRAT ROIG
1946-1991

ムンサラット・ロッチとカタルーニャ文学

保崎典子
Noriko Hozaki

花伝社

ムンサラット・ロッチとカタルーニャ文学◆目次

【凡例】

引用について

・ムンサラット・ロッチの五つの長編の引用にはそれぞれ以下の略号を用いる。

RA　『さらばラモーナ』
TC　『さくらんぼの実るころ』
HV　『すみれ色の時刻』
OQ　『日常オペラ』
VM　『妙なる調べ』

・小説の中に引用されている文学作品について邦訳があり、その訳を使用した場合には、その旨を明記した。それ以外の引用の日本語訳はすべて筆者による。

・その他の文献の引用は本文中に（　）で示した。

①日本語の文献の場合には、漢数字を用いて、著者名、出版年、頁の順に記載した。
②外国語の文献でも邦訳がある場合には、漢数字を用いて、著者名、翻訳者名、出版年、頁の順に記載した。
③外国の文献で邦訳のないものについては、アルファベット、アラビア数字で、著者名、出版年、頁の順に記した。これらの引用の日本語訳はすべて筆者による。

・引用文献の題名、出版社名、出版地などの詳細については、巻末の「参考文献」を参照されたい。

表記について
・人名、地名について、カタルーニャ人とカタルーニャの地名は標準語とされている東部方言の発音に従って、カタカナで表記した。ただし、キーワードであるバルセロナはカタルーニャ語で発音すると「バルサロナ」に近い音であるが、日本で広く用いられている「バルセロナ」を採用した。その他の人名や地名は、現地の発音に近い音でカタカナ表記するか、あるいは日本で使用されているカタカナ表記を採用した。

写真について
・出典の記載のない写真は筆者が撮影したものである。

はじめに

二〇一七年九月、私はバルセロナにいた。スペイン・カタルーニャ州で独立の是非を問う投票が行われる少し前のことだった、警備や検問がいたるところで行われ、街は騒然として、物々しい雰囲気だった。たまたま極左の「人民統一候補」党（ＣＵＰ＝Candidatura d'Unitat Popular）の街頭演説を聞くことができた。党の代表者たちが男女差別の撤廃や、雇用促進や、教育の自由などについて力強く語っていたが、その最後に、カタルーニャを代表する作家、ムンサラット・ロッチ（一九四六～一九九一、バルセロナ生まれ）の作品の一部を朗読したのだ。感激的な一瞬だった。ロッチの精神は今でもカタルーニャ人の心に生きている……！

＊　＊

ムンサラット・ロッチ・イ・フランシトラは、一九四六年六月十三日、バルセロナのアシャンプラ地区にあるバイレン通り三十七番地で出生した。七人兄弟の六番目の子であった。両親とも熱心なカタルーニャ主義者で、弁護士だった父のトマス・ロッチ・イ・リョップは政治的な理由で投獄された経験を持ち、母のアルビナ・フランシトラ・イ・アラニャーは若い頃に左派系の雑誌の編集に携わっていた（Aymerich, Pessarrodona, 2001, p.9）。一緒に住んで次々に生まれる子供たちの世話をしたのが、母の母、つまり、祖母である。ムンサラット・ロッチは、両親に勝るとも劣らないカタルーニャ主義者だった祖母から豊かなカタルーニャ語を受け継いだ。

ムンサラット・ロッチは、フランコ体制（一九三九〜一九七五）によって実施された言語統一政策がもっとも厳しかった時代に教育を受けている。四歳のときに、教会では母語のカタルーニャ語を否定され、スペインの公用語であるカスティーリャ語を話すことが強要された。そのとき以来、二言語の間をさまよいながら、異なる言語・文化的背景の中で生きることの苦悩をテーマに作家活動を展開した。小説はすべてカタルーニャ語で書かれ、カタルーニャ人としてのアイデンティティを確定しようと努めている。その生涯をかけて、「カタルーニャとは何か」を問い続けた作家である。

ムンサラット・ロッチの生家

ロッチは、子供時代の大半をアシャンプラ地区にあるマンションの中庭で過ごしたと語っている。前述したように、ロッチの両親は熱心なカタルーニャ主義者だったので、ロッチの家には禁制だったカタルーニャ語の書物がふんだんにあり、厳しい統制にもかかわらず、家庭内ではカタルーニャ語が話され、読んだり書いたりすることさえ「普通」のことだったという。そのような環境が外に漏れることを危惧したのか、両親は、誰に見られているかわからない危険な外で遊んではいけないと子供たちに言い聞かせていた。友人が友人を、隣人が隣人を告発するような恐怖に満ちた時代であった。

二〇〇六年三月、私はバイレン通り三十七番地にあるムンサラット・ロッチの生家を訪ねていた。閑静な住宅街にあり、あたりは人影もまばらだった。ロッチを思い起こさせるものは何も見当たらない。レモンの木があったという中庭も、建物が立ちはだかっていて、まったく見えない。生家のほぼ真向かいにある、ロッチが通ったという小学校も閉まっていた。私は、バイレン通りを何度も行きつ戻りつしているうちに、いまさらながら気が付いた。ロッチの子供時代は、自分の家と中庭と通りを隔てた小学校がすべてだったのだ、と。なんと狭く息苦しい世界だったことか。

アシャンプラ地区は、一九世紀に旧市街の周りに建設された「拡張地区」である。そこには、正確に区画割りされた、ほぼ正方形の建物が整然と並んでいる。この地区はバルセロナの目抜き通りであるパセッチ・ダ・グラシアあたりを挟んで右区と左区に分かれている。右区は、かつて、ブルジョワの居住区だったので、特に優雅な建物が多い。建設された当時は、建物に入ると広い中庭があり、そこは、いく世帯もの住民が共有する憩いの場であった。アシャンプラ地区の右区出身のロッチは、中庭についてノスタルジーをこめて熱く語る。けれども、そこには恐怖が漂っていたことを隠そうとはしない。ロッチの作品は、想像される豊かで優雅な暮らしとは裏腹に、内側にひそむ、不穏な世界を垣間見せてくれる。

思春期になって、閉ざされた世界が少し広がったとき、ロッチは、カタルーニャには家の内部を描いた小説がないことに気付く。中世半ば以降、カタルーニャの女の行動範囲は家庭内に限定されていた。女たちは、表面的には、それに従っているように見せながら、外の世界への憧れを捨てることはなかった。家と外界をつなぐ唯一の空間は窓やバルコニーで、そこから通りを眺めては好奇心を満たし、時には秘密の冒険を楽しむこともあった。そのような経験の多くは自分の経験ではなく噂話として女たちの間で語り継がれていた。

家庭内の女の領域には膨大な口承文学があったということである。ロッチは、卓越した話し手であった祖母から、尽きることのない「昔話」を聞いて育った。祖母の語りは、断片的で、繰り返しやつじつまの合わないことも多く、リアリズムの文学とはおよそかけ離れていたが、それゆえにかえって聞き手の想像力をかき立てたのだった。長じて、ロッチは、祖母の語りの手法を取り入れて、最初の長編『さらばラモーナ』(一九七二)を書いている。この作品で、ロッチは、それまで埋もれていた伝統的な女の世界を明るみに出すが、最後には、それに別れを告げる。だが、それは終わりではなく、始まりに過ぎなかった。終生、女であることによる葛藤は続き、ロッチのその後の作品にそれが色濃く反映されている。

ムンサラット・ロッチは、代表的な五つの長編、前述した『さらばラモーナ』、『さくらんぼの実るころ』(一九七六)、『すみれ色の時刻』(一九八〇)、『日常オペラ』(一九八二)、『妙なる調べ』(一九八七)に、激動のスペインで、カタルーニャ人として生きること、とりわけ女として生きることの苦悩を表し、現実の状況理解の鍵を、過去の歴史事件や精神的土壌の中に見出そうとする。それは期せずして、一九世紀末から二十世紀末に至るまでの壮大なカタルーニャの歴史的パノラマとなっている。

本書の目的は、これらの五つの長編から、女の立場を考慮しながら「カタルーニャとは何か」を読み解くことである。

ムンサラット・ロッチは、すぐれたノンフィクションの作品も残している。その代表作は『ナチス強制収容所のカタルーニャ人』(一九七七)で、亡命したカタルーニャ人の中にはナチスの強制収容所に追放された人がいたという事実を突き止め、告発している。

二〇一九年四月には、強制収容所に入れられた最後の生存者が亡くなった。そのニュースが流れたとき、ロッチのこの作品がふたたび注目されることになった。これまで十分に知られていなかった歴史の一面を明らかにする、このような作品が風化することはない。

その他の作品として、日本人のために書き下ろした『発禁・カタルーニャ現代史』（現代企画室、一九九〇年）がある。この本は、ムンサラット・ロッチの文章と風刺画家セスクの二〇〇余枚の画とのコラボレーションである。内戦の時代から、フランコ体制、〈トランシシオン〉期（＝独裁制から民主主義の時代への移行期、一九七五〜一九八二）、民主主義の時代までのカタルーニャの歴史や社会状況をカタルーニャ人の視点から描き出している。この本の出版にあたって、ロッチは来日を果たしている。『発禁・カタルーニャ現代史』には広島・長崎についての記述があり、作者の、日本に対する強い関心をうかがうことができる。日本は世界で唯一、原爆を経験した国であり、それゆえに、とりわけ日本人にカタルーニャの真実を語りたいと願ったのではないだろうか。残念ながら、来日した翌年に、ロッチは四十五歳の若さで逝ってしまう。

＊　＊

さて、二〇一七年十月一日、カタルーニャの独立を問う投票のニュースが世界中を沸かせた。日本のメディアも大々的にこれを取り上げ、独立の原因は経済問題にあることを強調した。だが、経済問題にのみ、その要因を求めたとすれば、事実を見誤ることになるだろう。

多言語国家スペインは、フランコ体制崩壊後、「一九七八年憲法」によりスペイン語（＝カスティーリャ語）の他に、各自治州が固有言語を公用語として制定することを認めている。ところが、その方針は、中央政府の意向一つで覆されかねない性質のものであることを露呈したのが、二〇一三年、「カタルーニャの子供をカスティーリャ語化する」というバルト法の制定であった。以降、ふたたびカタルーニャ語の教育は縮小され、それに反発するカタルーニャ人の独立運動が顕在化していくのである。

カタルーニャ語は、歴史上、スペイン継承戦争後とフランコ体制成立後と、二度の大きな弾圧を受けている。後者の言語統一政策は殊に厳しかった。今でも、その時の恐怖はカタルーニャ人の記憶に深く刻まれている。それは、フランコ体制を経験していない世代にも受け継がれている感情である。言語はアイデンティティの根幹をなすものである。ムンサラット・ロッチの作品には母語を奪われた人々の苦悩が幾重にも表現されている。

CUP の演説（2017 年）

問題は言語に限られるわけではないが、四方を海に囲まれた日本では、大国と大国にはさまれた辺境の民の微妙な立場を理解するのは難しい。とは言え、今やグローバル化の時代である。カタルーニャ人のような、スペインではマイノリティである人々の内部の声に耳を傾けることが必要ではないだろうか。ロッチの作品は、私たち日本人の心に響くだろう。

ムンサラット・ロッチの作品を分析しながら、「カタルーニャとは何か」を読み解こうとする本書は、カタルーニャ人のメンタリティをさまざまな観点から検討している。本書を通して、カタルーニャに対する理解が深まり、カタルーニャを身近に感じるようになり、その魅力を十分に感じられることを切に願っている。

ムンサラット・ロッチの五つの長編について

ムンサラット・ロッチの長編はそれぞれ独立した小説であるが、同じ登場人物が複数の作品に登場するので、シリーズとして読むと、より深く作品を理解することが可能である。中心となるのは、アシャンプラ地区に住むバントゥーラ／クラレット家とミラルペッシュ家の女たちである。最初の短編集『洗濯物は多いのに石鹸は少ない』（一九七一、ビクトー・カタラー賞受賞）に、すでに、その後の長編小説で活躍する主要な人物が出揃い、その後の五つの長編すべてに、何らかの形でバントゥーラ／クラレット家やミラルペッシュ家の女が登場する。特に、第一作、第二作、第三作では、時には名前や生年や役割が変わることもあるが、主要な人物の大部分が重複している。第四作と第五作で、バントゥーラ／クラレット家あるいはミラルペッシュ家の女が主役を演じることはないが、名脇役として登場し、五つの作品の関連性を保持する役割を担っている。

第一作『さらばラモーナ』（一九七二）では、ラモーナという名を共有する三代の女性が主人公である。ロッチの世代から見て、祖母はラモーナ・ジュベ（一八七四〜一九六九）、母はラモーナ・バントゥーラ（一九〇九〜）、娘はラモーナ・クラレット（一九四九〜）である。祖母、母、娘は、少数の例外を除いて一様に、ラモーナの愛称である「ムンデタ」と呼ばれているので、以降、この三人を、祖母ムンデタ、母ムンデタ、娘ムンデタと表記する。

祖母ムンデタは日記形式で日常の出来事を細かに記し、他の二人は三人称で自らの経験を語っている。世代の違う三人の語りで中心となる出来事は愛である。三人が三様に生涯を賭けてもいいと思えるような愛を経験するが、その高揚は短く儚く、人生の大半は日常のルーティンをこなすだけで過ぎていく。ロッチは、このような女の人生を「くり返し」と捉えている。

だが、一九世紀後半から二〇世紀後半までの激動のスペイン史を生きた三人は、大文字の歴史の影響を受けざるを得ない。祖母ムンデタは、米西戦争（一八九八）や「悲劇の週間」（一九〇九年七月二六～三一日）を経験し、母ムンデタは第二共和政（一九三一）、十月革命（一九三四）、内戦（一九三六～一九三九）に翻弄され、娘ムンデタは「カプチナーダ修道院立てこもり事件」（一九六六）とパリの「五月危機」のあおりを受けた「学生運動」（一九六八）に参加して幻滅し、「旅立ち」を決意する。その旅立ちがタイトルの『さらばラモーナ』に示唆されている。また、ムンサラット・ロッチは、この作品の主人公三人に同じ名前を与えることによって、名前を中心とした、カタルーニャの女の系譜を構築することに成功している。なお、ここに挙げた歴史的な事件の詳細については、本書第一章に後述する。

第二作『さくらんぼの実るころ』（一九七六）では、一九七四年三月、長年、外国で暮らしたナタリア・ミラルペシュ（生年や名前は違うが、娘ムンデタと同じような経緯でバルセロナを出立しているので、娘ムンデタの経験を引き継いだ女性と考えられる）がバルセロナに帰還する。十二年ぶりのバルセロナはすっかりモダンな都市に様変わりしていた。しかし、帰国直前に目に留まったアナーキスト処刑のニュースはフランコ体制がまだ健在であることを示していた。一旦、ナタリアは伯母パトリシアの家に身を寄せて、懐かしい家族や友人と再会する。兄リュイスは建築家として成功し、豪奢な家を構えていた。兄嫁シルビアは相変わらず美容やファッションにしか関心を示さない。一人っ子の甥のマリウスは、そのような両親の間で確固たる目標をもなく身を持て余していた。ナタリアは、かつて絵の教師だったアルムニアの紹介で運よくカメラマンの職を得る。ナタリアは出立のときの経緯から父に再会することを恐れていたが、父がいつまでも姿を現さないことを不審に思い、兄を問いただしたところ、父は精神病院に収容されていることが判明する。父ジュアン・ミラルペッシュは、妻亡き後の孤独に耐えきれなかったのだろう。最後の、娘と父の再会の場面は、この小説でもっとも感動的である。

この小説が扱っている期間はごく短いが、各章に伯母のパトリシア・ミラルペッシュ、ナタリア自身、父のジュアン・ミラルペッシュ、兄嫁のシルビア・クラレット、兄リュイス・ミラルペッシュの回想が挿入されている。パトリシアとジュアンは内戦前後の時代、ナタリア、リュイス、シルビアは子供時代と青春時代をそれぞれ回想しており、異なる時代が重層的に作品に織り込まれているので、二十世紀のカタルーニャ人のメンタリティの変遷が読み取れる作品となっている。

第三作『すみれ色の時刻』（一九八〇）では、トランシシオン期が舞台である。フランコ体制の終焉はカタルーニャの立場を改善する「希望」のはずだったが、それが楽観主義に過ぎなかったことが明らかになる。共産党の合法化によって戦うべき目標を失った共産党員は、特に、深刻なアイデンティティの危機に陥っている。地下の活動家は、時代が時代であれば英雄としてもてはやされたに違いないのだが、トランシシオン期には喜劇役者のように成り果て、無謀な活動で命を落とした者もいる。幹部だった者たちも生き方の変更を迫られた。その影響は彼らのパートナーにまで及んだ。共産党幹部のジョルディ・ステーラスの愛人でカメラマンのナタリア、ジョルティ・ステーラスの妻で夫と別居中のアグネス、別の共産党幹部の妻で小説家のノルマの三人は、それぞれパートナーとの関係で懊悩する。ナタリアは母ジュディを振り返ることによって愛人との関係を見つめなおし、アグネスは決して元通りにならないものがあることを悟って夫への固執を捨て去り、ノルマはナタリアに依頼された小説（ナタリアの母ジュディとその友人カティの物語で、第二章に、小説と同じ題名の『すみれ色の時刻』として収録されている）を構築することによって、現在の苦境を乗り切るための方策を模索する。

第四作『日常オペラ』（一九八二）では、アンダルシア移民の少女マリ・クルスが主人公である。マリ・クルスは、父親のいない私生児で、三歳のときに母親に連れられてバルセロナに移住し、少女時代の大半を施設で過ごす。施設には特権階級とでもいうべき、父親のいる少女もいた。その父親は面会に来ると、自分の娘だけではなく、「父親」のキスを望む少女にもキスをするのが習慣であった。マリ・クルスは、そのような機会があると、必ず列に並んで「父親」のキスを待った。マリ・クルスにとって、いつしか「父親」は恋人に近い存在になっていく。施設を出て一旦はパリにわたるが、良い職に就くことができずバルセロナに戻る。現在は、アルタフーリャ夫人の家で、女主人の繰り広げるオペラの観客兼話し相手として働く一方、週に一度、ナタリアの伯母のパトリシアの家で家政婦をして生計を立てている。

パトリシアは、家計の足しにしようと下宿人を置く決心をする。その広告を見てやってきたのが、中年の男性であるウラシ・ドゥックである。この小説は、マリ・クルスの語りと、パトリシアと下宿人ウラシ・ドゥックの会話が交互に現れて進行していく。ドゥックは、マリ・クルスの中に、アンダルシアの移民だった「亡き妻」（小説では亡くなったとはっきり断定しているわけではない）の面影を見て強く惹かれる。他方、マリ・クルスはドゥックなら自分だけの父親になってくれるのではないかという期待をいだく。最終的に、二人は肉体的にも結ばれる。そのとき、マリ・クルスは天上の喜びを知るが、ドゥックは、マリ・クルスが処女ではなかったことを知って逆上する。処女を捨てたのは、ドゥックと同等な大人になりたいというマリ・クルスの無邪気とも言える願望によるものだったが、ドゥックがそれを理解することはなかった。

マリ・クルスは、アルタフーリャ夫人の家で、内戦中の恋の思い出を語る女主人の歌や話をいつもうわの空で聞いていたが、ドゥックに恋をしたとき、にわかに夫人の恋の顛末が気になって詰問する。その結果、夫人の話が事実と違うことを突き止める。過去は書き換えられていたのである。だが、マリ・クルスの恋も成就しなかった。その痛手からマリ・クルスもまた過去を書き換える。この小説では移民とカタルーニャ人の対比がクローズアップされる。

第五作『妙なる調べ』（一九八七）では、内戦中に生まれた男性が主人公である。一九三八年一月、マラジャラータ氏の一人娘が父親のわからない赤ん坊を生んだ。それが後に「アスパルデーニャ」というあだ名で呼ばれることになる主人公である。主人公の祖父は、産後の肥立ちが悪くて亡くなった娘の代わりに、アスパルデーニャを育てる決心をする。マラジャラータ氏は、並外れて醜い赤ん坊である孫を気遣って、まず家の鏡をすべて捨て、六歳になるまではメイドに母親代わりを務めさせた。メイドは、マラジャラータ氏の命令で、アスパルデーニャに常にカタルーニャ語で話しかけ、カタルーニャの民話を語り、カタルーニャの古い民謡を歌って聞かせた。マラジャラータ氏は、共和派の敗戦を受け入れることができなかったので、パセッチ・ダ・グラシアにあるマンションの中に内戦前のカタルーニャを構築し、孫をそこから一歩も出すことなく育てる。

アスパルデーニャが六歳になると、孫に最高の教養を身に着けさせようと、金に糸目を付けずに一流の教師陣を雇う。だが、マラジャラータ氏の富が底をつくときがやってきて、アスパルデーニャは大学に進学する。それは苦難の始まりであった。並外れて醜く、内戦前の世界しか知らないアスパルデーニャは、他の学生には「異なる者」でしかなく、常に嘲笑の的であった。アスパルデーニャは、それを意に介することなく、弱者の救済を目指して積極的に活動するが、その度に辛酸を嘗めることになる。恋人とは引き裂かれ、左派の活動に参加すると、アスパルデーニャだけが捕まって留置場に入れられる。そのとき、アスパルデーニャは、自分が何者であるかを知り、「以降、自分をアスパルデーニャと呼んでくれ」と友達に宣言する。

その後、主人公は、「実社会」では生きていけないことを自覚して、姿を消してしまう。しかし、最終章で、ロッチ本人と思われる、当時の仲間の一人ビルジニアが二十年前の事件を振り返ってアスパルデーニャを再評価する。作家になったビルジニアは、アスパルデーニャの物語を著すだけではなく、近々、再会する日を夢見ている。

序章　カタルーニャの歴史と言語

1. カタルーニャの歴史

学生に、なぜ、スペイン語を学ぶのかという質問をすると、半数以上が「多くの国で話されている言葉だから」と答える。スペイン語は二十以上の国と地域で用いられ、その話者数は三億五千万人とも言われる。だが、スペイン本国は、実は、多言語国家である。スペイン国民である以上、スペイン語を知る義務はあるが、その他に、各自治州は固有言語を公用語として制定することが可能である。現在、公用語を制定しているのは、カタルーニャ、ガリシア、バスク、バレンシア[1]の四つの自治州である（地図1参照）。

これらの州を旅すると、固有言語の存在が、否が応でも目につく。例えば、カタルーニャ州の州都であるバルセロナの空港に降りると、案内が三つの言語で表記されている。一番上がカタルーニャ語、次に英語、

1　クルミーナスをはじめとする多くのカタルーニャ語の研究書がバレンシア語をカタルーニャ語の一方言とみなしている（Coromines, 1982, pp.9-10）が、一九九七年、バレンシア州議会はバレンシアの言語の独自性を決議し、公用語としてバレンシア語を制定した。それ以来、バレンシア語が一つの言語なのかカタルーニャ語の一方言なのかという議論は今も続いている。

一番下が、いわゆるスペイン語である。街中は、ほとんど二言語表記だが、やはりカタルーニャ語が上で、スペイン語は下である。レストランなどでは、カタルーニャ語のメニューしかない店もある。

では、「固有言語」とは何なのか。ある土地で古くから使われてきた固有の言語のことであるが、その歴史と発展性を考えると、「方言」とは区別されなければならない。言語と方言の境界を定義するのは難しいが、独自の文法体系と文学の伝統を持ち、まとまった数の話者数がいれば、「一言語」とみなされ得るだろう。各自治州が制定している「固有言語」には、ほぼその条件が整っている。

カタルーニャ語、ガリシア語、バレンシア語はロマンス語から派生した言語で、スペイン語、イタリア語、ポルトガル語、フランス語、ルーマニア語などと兄弟言語である。兄弟言語の文法や語彙は似通っているが、例えば、スペイン語とポルトガル語が別々の言語とみなされるのであれば、当然、カタルーニャ語やガリシア語やバレンシア語も別々の言語だとみなされなければならない。バスク語だけは起源が不明で、その文法体系も語彙も全く異なる。

イベリア半島には、現在、スペインとポルトガルがあるが、最初から、その二ヶ国があったわけではない。中世には三ないし五つの王国がひしめいており、分離・統合・連合を繰り返していた。カタルーニャは、その王国の一つだったのである。実際には、カタルーニャは伯爵領という名称を用いていたが、その規模や重要性から「王国」と肩を並べる存在であった。それぞれの王国は、独自の政治システムや法体系や文化や言語を持っていた。スペインに複数の言語が存在するのは、そのような歴史に由来するからである。現在、ポルトガルを除く、すべての王国がスペインに統合されているが、かつての王国を基盤とする地方分離主義は今でも根強く残っていて、事あるごとに噴出する。では、公のスペイン史では、あまり言及されることのない、カタルーニャ側から見た歴史を遡ってみよう。

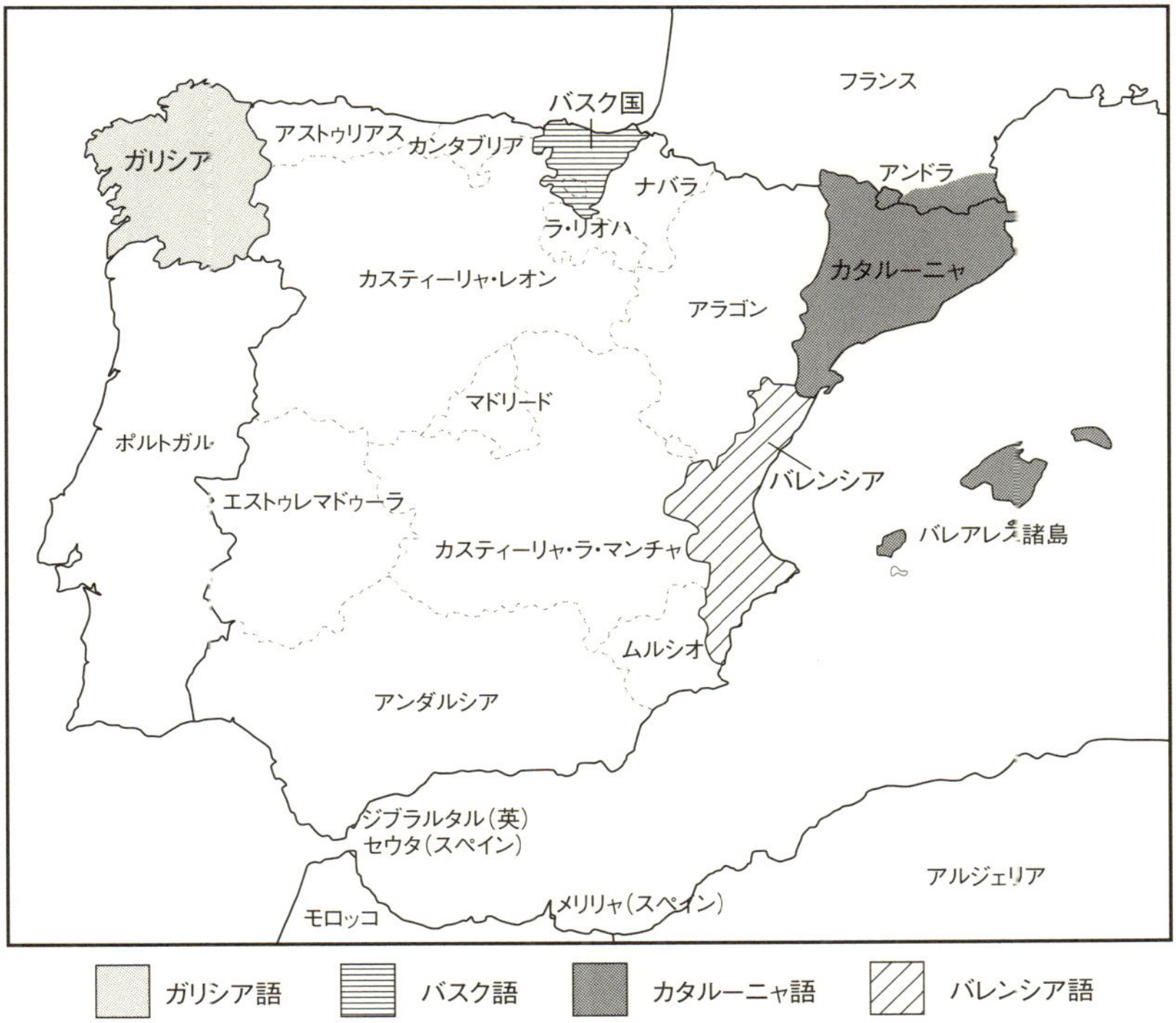

地図1　スペインの言語分布図

カタルーニャの成立と発展

イベリア半島は、古来、「民族の十字路」とも言われ、ギリシア人、フェニキア人、カルタゴ人、ローマ人など、多くの民族が去来したが、現代のカタルーニャの原形ができたのは中世である。その成立には、七一一年のイスラム教徒のイベリア半島への侵入が深くかかわっている。歴史で、「マホメットなくしてシャルルマーニュなし」[2]という言葉があるが、それはカタルーニャにもあてはまるのである。

四七六年、西ローマ帝国が滅亡し、イベリア半島は中世に突入する。中世で、イベリア半島を統治したのは、キリスト教に改宗した西ゴート王国であった。ところが、七一一年、イスラム教徒がイベリア半島に侵入し、またたくまに北部を除く半島の全域を征服してしまう。七一八年には、バルセロナを制圧し、地中海沿岸を通ってフランク王国へと突進する。七三二年、フランク王国はナルボンヌの戦でイスラム教徒を撃退する。さらに、イスラム教徒の領地となっていたカタルーニャの再征服に乗り出すが、それには、かなりの時間を要し、バルセロナを奪還したのは、八〇一年のことであった。シャルルマーニュ大帝は、イスラム教徒の再侵入を恐れて、カタルーニャに、諸伯から成る「ヒスパニア辺境領」をおき、南部国境の防塁とした。これが、カタルーニャの原形である。

やがて、伯領は、強い者、政治力のある者に集中し始める。八七八年、フランク王は、すでに二つの伯爵

---

2 フランスの歴史学者アンリ・ピレンヌは「イスラムなしには、フランク王国は決して存在しなかったであろうし、マホメットなしには、シャルルマーニュ（の存在）は考えられなかっただろう」（山本他、一九八八年、一七七頁）というテーゼを提唱した。イスラム教徒の拡大政策に頭を痛めたローマ教皇はフランク王国のシャルル（七四二〜八一四）に援軍を要請し、それに応えたシャルルに、八〇〇年、ローマ皇帝の位を授ける。それ以降、シャルルはシャルルマーニュとなり、西ヨーロッパ中世の基礎を築いた。ピレネー以南の地にイスラム教徒に対する盾として辺境領（後のカタルーニャ）を置いたのもシャルルマーニュであった。

領の領主となっていたギフレ一世（在位八七八～八九七）にジローナ（バルセロナの北方八六キロメートルに位置する）とバルセロナを与える。ギフレ一世は、死に際して、領地を四人の息子に分け与えた。ここで重要なのはギフレ一世が、フランク王の意志を無視して後継者を決めたということである。結局、ギフレ一世はフランク王によって任命された最後の伯爵となった。その後、一五世紀初頭に断絶するまで、バルセロナ伯爵家はギフレ一世の子孫が爵位を継いでゆく。九八六年、バルセロナ伯ブレイ二世（在位九四七～九二）は、すでにフランク王国との縁は薄くなっていたが、フランク王国の内紛に乗じて、「イスパニア辺境領」の独立を宣言する。バルセロナ伯が王を名乗ることはなかったが、王国に比肩するほどの実力を備えていたので、これを一国の独立とみなして差し支えないだろう。当時、まだ「カタルーニャ」という名称は使われていなかったが、その数世紀後、初めてその名称が文献に現れ、定着していく。

ラモン・バランゲー四世（在位一一三一～六二）の治世が始まったころ、隣のアラゴン王国は世継ぎ問題で揺れていた。その解決策として、一一三七年、カタルーニャのラモン・バラゲー四世と、当時、まだ二歳だった王女パルネリャとの婚姻が取り決められ、カタルーニャ・アラゴン連合王国が成立する。「連合」という場合には、それぞれの王国の独自性が尊重され、行政機関や法は独立しており、歴代の統治者は「カタルーニャ伯」と、「アラゴン王」という二つの称号を用いた。この結婚はカタルーニャ、アラゴン双方に利益をもたらした。カタルーニャは領地を拡大し、アラゴンは地中海への出口を得たからである。

「征服王」ジャウマ一世（在位一二一三～七六）の時代にカタルーニャ・アラゴン連合王国の地中海進出が本格化する。歴代の王が遠征を繰り返し、マリョルカ王国、シシリア王国、サルデーニャ、ナポリ王国、アテネ公国を版図に加えて、地中海の覇者としてその名を馳せる。現在でも、地中海にカタルーニャ語が話されている島があるのは、当時のカタルーニャの拡大政策の名残である（地図2参照）。

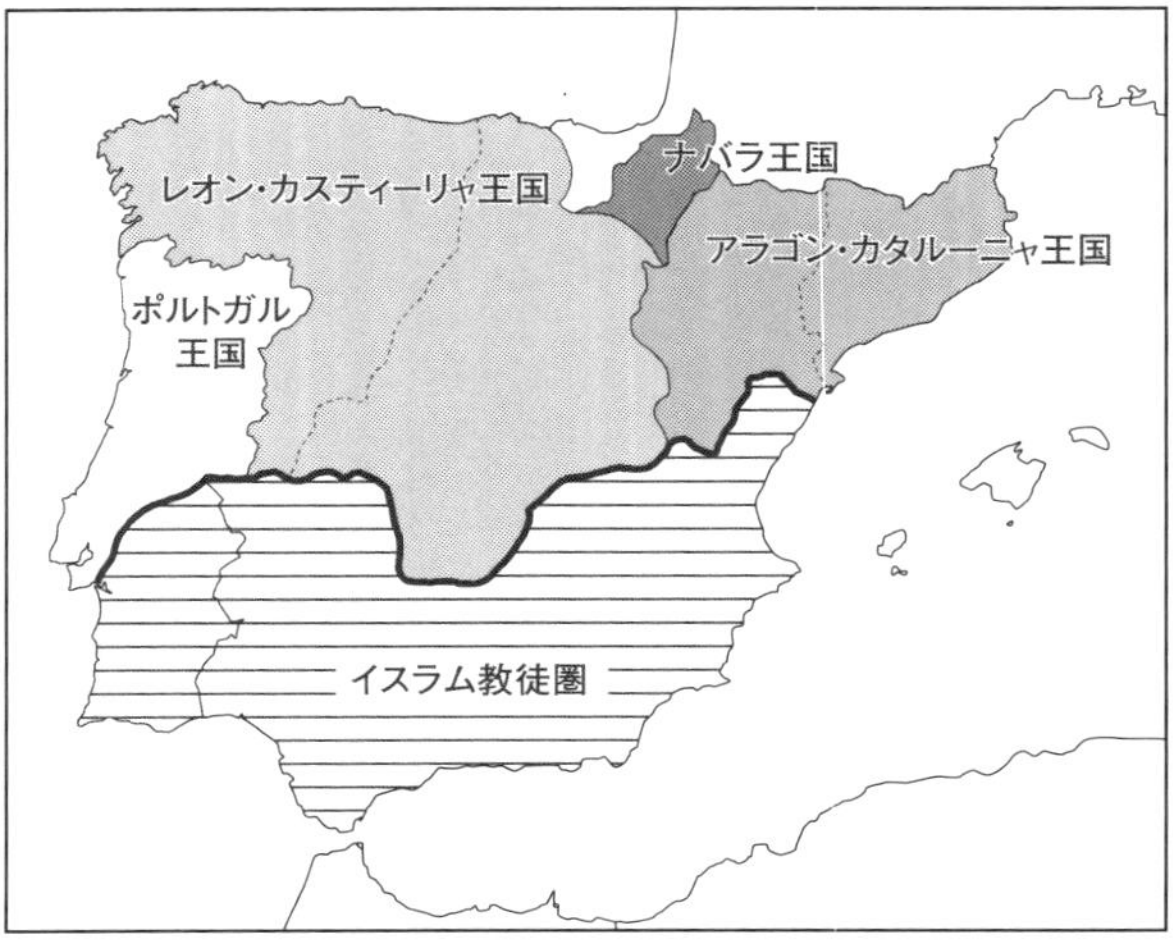

地図２　13 世紀のイベリア半島

中世の文化の繁栄

国の繁栄は文化の繁栄をもたらす。中世カタルーニャの公式の書き言葉は、ヨーロッパ全体がそうだったように、ラテン語だったが、宮廷でプロヴァンス語の吟遊詩人がもてはやされたため、知識人の間にプロヴァンス語が詩の言語として定着する。その一方で、散文は盛んにカタルーニャ語で書かれた。多くの国の文学の起源が叙事詩であるのに対して、起源が散文であるというのはカタルーニャ語文学の特徴の一つである。その散文の成熟に貢献したのが哲学者でもあり詩人でもあるラモン・リュイ（マリョルカ、一二三三頃～一三一五頃）である。リュイは「カタルーニャ語の父」と呼ばれている。

詩の分野では、トゥールーズで、詩のコンクール〈花の宴（Jocs Florals）〉（一三二四～一四八四）が始まり、カタルーニャの吟遊詩人や詩人の多くがそれに参加した。一三九三年、カタルーニャ詩壇はトゥールーズから離脱し、バルセロナで独自に〈花の宴〉を開催する。そこでは、宗教詩の他に、トゥールーズでは禁じられていた恋愛詩も書かれて、独自の詩風が形成されていく。その中心的な存在がアウジアス・マルク（一三九七〜一四四四）である。それまでの恋愛詩は形式的で、最後には必ず調和に行き着くのだが、この詩人は愛の苦痛や、熱情の中にひそむ憎悪や、肉欲のむなしさなどを赤裸々に表現して、それまでの愛の詩の形式を打ち破った。膨大な数の作品を書いており、その詩は「一六世紀のカスティーリャの詩人や、その後のカタルーニャの詩人たちのインスピレーションとなった」（M・ジンマーマン／M＝C・ジンマーマン、田澤耕訳、二〇〇六年、九四頁）。

小説の分野では、一五世紀に騎士道物語の傑作が生まれている。ジョアノット・マルトゥレイ（一四一三〜六八）作の『ティラン・ロ・ブラン』である。この作品は、主人公のティランが地中海沿岸諸国を巡る、壮大でロマンに満ちた冒険を描いている。ティランは実在の人物ではないが、「アテネを征服したカタルーニャの傭兵隊アルムガバルスの隊長」（M・ジンマーマン／M＝C・ジンマーマン、田澤耕訳、二〇〇六年、九九頁）がモデルであると言われる。勇猛果敢な戦闘のシーンが中心であるが、主人公の独白やその周囲の人々との会話は哲学的な要素を含んでいる。それもこの作品の魅力の一つである。

カタルーニャの衰退と抑圧

一四一〇年、マルティ一世（在位、一三九六〜一四一〇）が世継ぎを残さずに亡くなり、バルセロナ伯爵家は断絶する。多数の候補者の中から、マルティ一世の妹エリオノールとカスティーリャ王フアン一世の子であるフェルナンドがファラン一世（一四一二〜一四一六）として即位する。このカスティーリャ生まれの王は、カタルーニャの市会とはしばしば対立したが、領土拡張には意欲を燃やした。その事業はアルフォンス五世（一四一六〜一四五八）に引き継がれ、この時代にカタルーニャの地中海進出は頂点に達する。

その一方で、カタルーニャ国内は、度重なる天災や、飢饉や、ペストの流行に見舞われて、人口が激減した。その上、内乱が頻発して疲弊していき、一五世紀後半には、もはや地中海の覇者として名を馳せていた頃の面影はなくなっていた。

この時期、逆に勢力を伸ばしたのはカスティーリャ王国とアラゴン王国である。その発展には、一四六九年のアラゴン王のフェルナンド二世（在位、一四七九～一五一六）とカスティーリャ王のイサベル一世（在位、一四七四～一五〇四）、いわゆるカトリック両王の婚姻、一四九二年のレコンキスタの完了によるスペイン統合、新大陸の発見が大きく関与している。カトリック両王の婚姻は個人的なもので、二つの王国は依然として別々だったが、二人は政治的な方針を共有して統治に当たった。アラゴン王フェルナンド二世は、実は、カタルーニャ伯ファラン二世でもあるが、妻のイサベル女王とともに帝国の基礎を築き上げることに忙しく、カタルーニャを顧みることはほとんどなかった。アラゴンとカタルーニャの勢力の相違は政治の面にも反映されて、公の文書はカタルーニャ語よりカスティーリャ語で書かれることが多くなっていった。

カトリック両王の後、面積、人口、政治・経済で他の地方を凌ぐカスティーリャがスペインの核となる。王権強化に有利な制度を導入して、地方の独立性を排除しようとしたが、そのたびに抵抗や反乱が起きて、中央集権的な国家の樹立はなかなかはかどらなかった。

一七〇〇年、スペイン・ハプスブルク王朝のカルロス二世が後継者を残さずに没する。遺言によりブルボン家のフェリーペ五世が即位するが、フランスの肥大化を恐れる他のヨーロッパ強国が大同盟を結成してハプスブルク家のカール大公を擁立したためスペイン継承戦争が勃発する。カタルーニャは後者を支持する側であった。一七一一年、カール大公が神聖ローマ皇帝に即位すると、列強は、今度はハプスブルク家の勢力の拡大を懸念して、この戦争から手を引くが、半島では戦闘が続いていた。一七一四年九月十一日、ついにバルセロナが陥落する。フェリーペ五世は、最後まで抵抗したカタルーニャに対して、次のことを取り決める。

1. 州政府、市会など地方組織の廃止、
2. カタルーニャ独自の法律や特権の廃止、
3. 公用語としてカスティーリャ語の使用の禁止、
4. バルセロナ大学の地方都市への移転

これによって、カタルーニャは「独立性」を失ってスペインの一部となり、カタルーニャ語は書き言葉としての地位を失う。歴史上、これが最初のカタルーニャ語の弾圧である。

だが、「一八世紀中、廃止された公共機関の回復要求が続く一方、言語（カタルーニャ語）への忠誠が存続した。すべての公の場所でカスティーリャ語だけの使用を要求する政令が繰り返し公布されたのは、下級役人をも含む組織的な不履行があった」（Anguera, 2001, p.23）からだという。

カタルーニャ語が再び、政治の場に登場するのは、一九世紀初頭の「(反) フランス人戦争＝スペイン独立戦争」[3]の時である。一八〇八年七月、ナポレオンの兄であり、ナポリ王であるホセ一世が即位して、事実上、フランスによるスペインの間接統治が始まる。この戦争中、フランスは、カタルーニャをフランス側に

3 一八〇八年五月二日に始まったとされるこの戦争は、一般には「スペイン独立戦争」と称されているが、「カタルーニャ・ナショナリズムの「民族意識」を強調する歴史学は、カタルーニャにおける民衆の戦いをスペイン独立のためではなく、カタルーニャを侵略したフランス人に抵抗した戦争であったという意味で「(反) フランス人戦争」という用語を使っている。」(立石、一九九八年、一七八頁)

ひきつけようとして公式の場でカタルーニャ語を使用することを認める政令を発布する。[4] カルロス四世も、カタルーニャ人を戦争にかき立てようとして、カタルーニャの過去の栄光を思い出させるようなビラをカタルーニャ語で発行した。それがきっかけとなって、カタルーニャ語は、民衆の話し言葉のレベルから書き言葉のレベルへと一歩、前進する。その結実の一つが、パウ・バリョットの『カタルーニャ語の文法と擁護』（一八一三）である。この書は、「カタルーニャ語が法典編纂にふさわしく、存続に値する言語であることを主張し、カスティーリャ語が文化的な言語、あるいは公式の言語になったのは歴史的所産によるものに過ぎない」（AA. VV., 1995, p.79）という見解を明らかにしている。

だが、パウ・バリョットの著書が大きな波紋を広げることはなかった。すでに、この時代には、カタルーニャ語は民衆の言語、カスティーリャ語は教養人の言語という住み分けができあがっていたからである。知識人の間には、カタルーニャ語は粗野で文学には向かない言語であり、カスティーリャ語が唯一の文化的な言語であるという意識が定着していた。

カタルーニャが低迷していた一六世紀初頭から一九世紀半ばまで、中世の詩人や小説家に匹敵するようなカタルーニャ語の文人は一人も輩出されなかったので、研究者の多くが、この時期を「衰退期」と呼ぶ。特に、スペイン継承戦争後は公式の言語がカスティーリャ語になったため、文学的な作品もカスティーリャ語で書かれるようになっていた。だが、最近の研究で、この三世紀、「真の文学は民衆の間に隠れていた」（M・ジンマーマン／M＝C・ジンマーマン、田澤耕訳、二〇〇六年、百二頁）ことが明らかになった。民

4 「一八一〇年三月、フランスのオージュロー元帥は政治的なテーマや目的のためにカタルーニャ語を使用することを認め、一八一二年には長官ジョゼフ・ドゥ・ジェランドゥがナポレオン帝国の法律や法令のカタルーニャ版はカタルーニャ語でなされることを定めた。」（Anguera, 2001, p.23）

謡や民話のような口承文学の中でカタルーニャ語は生き続けていたのである。

一九世紀から二十世紀にかけてのカタルーニャの繁栄

スペイン継承戦争後、政治への道を閉ざされたカタルーニャは経済に専念し、一九世紀初頭にスペインで初の産業革命を成し遂げる。この経済発展には、スペインの一地方としてアメリカ貿易への直接参画が許可されたことが大きく寄与している。経済的な発展は文化的な発展をもたらす。

〈ラナシェンサ〉

一八三三年八月、ブナバントゥーラ・カルラス・アリバウが雑誌『エル・バポール』にカタルーニャ語の詩、「祖国頌歌」を発表すると、大きな反響が起こった。というのも、当時、イギリス・ドイツで始まったロマン主義がカタルーニャにも広まって、民族の歴史への興味が高まり、民族の伝統が見直されるような風潮が生まれていたからである。「生涯の大部分をマドリードに暮らし、常にカスティーリャ語を使用した知識人」（立石、二〇〇二年、百七頁）だったアリバウに、カタルーニャ語を文学の言語として広めようとする意志があったかどうかは疑問であるが、これがきっかけとなって、〈ラナシェンサ〉と呼ばれる文芸運動が起こり、カタルーニャ語による文学に関心が寄せられるようになる。とは言え、この運動によって、ただちにカタルーニャ語が普及していったわけではない。次の引用を参照されたい。

事実、〈ラナシェンサ〉の最初の過程では、〈政治的、経済的、社会的、文化的、文学的、言語学的な分野への〉介入はほとんど排他的にカスティーリャ語でなされた。教養人社会、つまり、「ロマン主義世代」の自由人の中で、少なくとも文学の〈地方派〉を培う能力のある知識階級を創出することができた社会階級にとって、一般に認知された唯一の言語は、カスティーリャ語であった。大衆的なカタルーニャ語は、真面目な作品であれ、ユーモアであれ、あるいは、諧謔的なものであれ、カスティーリャ語の言語的ヘゲモニーや一貫性にひびをいれることはなかった。（Jorba, 1995, p.105）

ロマン主義の作家は、古典主義の作家がギリシア・ローマを模倣するように、新しい時間と空間を求めて中世に遡った。中世を模索することによって、栄華を極めた過去の記憶がよみがえり、一八五九年、中世に行われていた〈花の宴〉が再興される。このコンクールは、祖国、宗教（道徳）、自由という三つの部門で詩を競い、毎年、五月の第一日曜日にバルセロナの市庁舎の中央広間で開催された。作品はいずれも中世カタルーニャ語で書かれていたので、民衆世界との乖離を指摘する批判はないわけではなかったが、〈花の宴〉はそうした批判の声に屈することなく、一時はバレンシアやバレアレス諸島の参加者を迎えるほどの広がりを見せて、カタルーニャ語文学の組織的な定着に貢献する。ペラ・アンゲーラは、「（このコンクールは）しばしば気取っていると非難されるが、言語と祖国への愛に結ばれた、年齢、階級、イデオロギーの異なる多くの人をひきつけた」（Anguera, 2001, p.28）と述べている。

〈ラナシェンサ〉とはカタルーニャ語で「再生・復活」を意味するが、一五世紀にスペインに到来したルネッサンスとは区別され、当時のカタルーニャ人が一連の運動によって変わっていく自己イメージを反映している（Horst, 1986, pp.25-7）。一五世紀以降、長い低迷期を経験した、つまり一度は死にかけたカタルーニャが運動を通して徐々に民族としてのアイデンティティ、言語、文化を回復していくときに、理想のモデルとしたのが、カタルーニャが海洋帝国として隆盛した中世であった。「再生・復活」という言葉には、政治・経済だけではなく文化的にも豊かだった中世を「再生・復活」させたいというカタルーニャ人の強い願いがこめられている。

一八六〇年代になると、知識人のための文学が批判されて、「今、話されているカタルーニャ語」が求められるようになる。大衆を対象にしたカタルーニャ語の雑誌や新聞が発刊され、最初は詩に限られていた文芸活動も戯曲や散文にまで広がっていく。しかし、「一つのスペイン」を目指す中央政府が〈ラナシェンサ〉のような言語回復運動に手をこまねいているはずはない。カタルーニャ語の使用を禁止する命令が何度も発布されているが、弾圧は反発を招いただけではなく、逆に言語への興味を誘発して、知識人の多くに言語こそ集合アイデンティティの鍵となる要素であると認識させる結果となった。この認識が、さらに地方主義誕生の気運を高めていく。

このようにして、〈ラナシェンサ〉は一九世紀末に頂点に迎える。詩では、ジャシント・バルダゲー（一八四五〜一九〇二）が民間のカタルーニャの歴史を謳った口承文学をまとめて再編成し、民族の叙事詩というべき『カニゴー』（一八八六）を上梓した。一九世紀のカタルーニャには、スペインにおける『わがシッドの歌』、フランスにおける『ロランの歌』、ドイツにおける『ニーベルンゲンの歌』のような叙事詩は存在していなかった。地方主義が高まりつつある中、民族の正統性を主張する叙事詩が必要だった。『カニゴー』は、見事にその要請に応え、おおいに人気を博した。また、『カニゴー』は、〈ラナシェンサ〉で生じた知識人と大衆との距離を埋めることにも貢献した。ジャシント・バルダゲーが「民族の詩人」と言われる所以である。中世以降一九世紀までほとんど手本とする文学がなかったにもかかわらず、非常に格調の高い作品を書いたジャシント・バルダゲーの功績は高く評価されている。

戯曲では、アンジャル・ギマラー（一八四五〜一九二四）が、一七世紀を舞台とした『海と空』（一八八八)や『低地』(一八九四)で大成功を収め、カタルーニャ語文学の大衆化に貢献した。ジャシン・バルダゲーがキリスト教を美化したのに対して、ギマラーは『海と空』でキリスト教＝善、イスラム教＝悪という構図を転覆させて歴史的に新しい視野を開いた。『低地』はギマラーの劇作家としての名声を不動にした作品である。「低地」とは「高地＝ピレネー山脈」に相対する言葉で、カタルーニャの平野や海岸を指す。生活が厳しく、隔絶されている「高地」とは違って、海を擁する「低地」は、物質的に豊かであるばかりではなく、気候も穏やかで、環境に恵まれている。だが、ギマラーは主人公を「高地」に回帰させて、最終的に、「高地」がカタルーニャ人の精神的な故郷であることを強調している。

小説ではナルシス・ウリェー(一八四六〜一九三〇)が優れている。ウリェーの代表作は、最終作の『ピラール・プリム』(一九〇六)である。この作品が書かれたのが一九〇六年で、〈ラナシェンサ〉の時期から少しはずれているので、〈ラナシェンサ〉に属すのか、後述する〈ムダルニズマ〉に属すのかという議論はある。だが、バルダゲーやギマラーと同様、ピレネー山脈の風景描写が秀逸であり、ウリェーの他の作品の多くが〈ラナシェンサ〉に書かれていることを考慮するなら、この作品だけを〈ムダルニズマ〉に含めることは適当ではないだろう。

さて、バルダゲーは一九〇二年に没し、ウリェーは一九〇六年を境に著作活動を離れる。ギマラーだけが一九二四年に死去するまで書き続けるが、一九〇〇年発表の『海の娘』以降は文学的に見るべき価値はないので、『カタルーニャ文学史』は一九〇〇年頃をもって〈ラナシェンサ〉の終焉とみなしている。

〈ラナシェンサ〉運動についての評価は多様である。作品の多くが「アルカイックな中世的言葉で書かれており、総じて民衆の世界とは疎遠であった」(立石、二〇〇二年、百八頁)という指摘は否めないが、『カタルーニャ文学史』は以下の三点を評価している。

1. 文学や文化の言語としてカタルーニャ語の正常化を果たしたこと、
2. 民族的な共同体として民族を認識し始めたこと、
3. その後の〈ムダルニズマ〉運動が始まる素地を創ったこと。（AA.VV., 1984(sesina edició), p.150）

と述べている。

クラメリもまた、「〈ラナシェンサ〉が地方主義の気運を高め、後のカタルーニャ・ナショナリズム誕生の雰囲気を作るために一役買ったということに対して異議を唱える人はいないだろう」（Crameri, 2000, p.16）と述べている。

〈ムダルニズマ〉

〈ラナシェンサ〉運動がまだ続いている一八九一年から一八九三年にかけて、雑誌『アベンス（進歩の意）』を中心に若い知識人が結集して、遅れているカタルーニャを近代化しようという議論が活発になる。そして、興ったのが〈ムダルニズマ（＝近代主義）〉運動（一八九〇～一九一一）である。〈ラナシェンサ〉が衰退した原因の一つは、ブルジョワジーが二言語共存の立場をとって〈花の宴〉へ参加を減じたことにあると言われている。彼らの間では、依然として、大衆文学（報道、風俗描写、喜劇）はカタルーニャ語、高尚な文学（科学、政治、エッセー）にカスティーリャ語という風潮が支配的であった。詩には唯一の例外だったが、それも中世におけるカタルーニャの軍事的・政治的栄光を称える歴史や神話をテーマとするものばかりだったので、カタルーニャ語文学の空間は小さく限定されたものになっていた。その枠を打破しようとする若い力が〈ムダルニズマ〉の推進力であった。「すべての制限を排除して、新奇さとダイナミズムを自由に模索した」（Crameri, 2000, p.18）〈ムダルニズマ〉運動は、文学だけではなく絵画や建築などの分野でも生き生きとした芸術を花開かせる。

自由闊達な雰囲気があふれる〈ムダルニズマ〉の目的は、「ナショナルな感情にヨーロッパの影響を組み合わせることによって、カタルーニャに隣国と対抗できる文化を創造して近代化を図る」（Crameri, 2000, p.18）ことであった。フランスと国境を接しているカタルーニャは、地理的にヨーロッパの影響を受けやすく、「我々はヨーロッパ化しなければならない」という意識を強く持っていた。〈ムダルニズマ〉が目指す近代化とはヨーロッパ化にほかならない。ゲーテ、ノヴァリス、ニーチェの作品が翻訳され、音楽ではワーグナーのオペラが人気を博した。『さらばラモーナ』のフランシスコ・バントゥーラが熱心なワーグナー愛好者であったのは、そのような状況を反映しているものと思われる。

文学では、〈ムダルニズマ〉の旗手であった詩人、ジュアン・マラガイ（一八六〇〜一九一一）なしには語ることができない。マラガイは翻訳やエッセイなども手掛けているが、詩の分野で、その本領を発揮している。『詩集』（一八九五）、『雑詩集』（一九〇四）、『連続』、三部作である『アルナウ伯爵』（一九〇〇、一九〇六、一九一一）、『バルセロナ唱歌』（一九〇九）があるが、マラガイの最高傑作は、何と言っても『魂の歌』（一九〇九〜一〇）である。ムンサラット・ロッチは、第四作、『日常オペラ』にその一部を引用している。

〈ムダルニズマ〉が詩的なものだったせいか、小説はそれほど多くない。その中では、ビクトー・カタラー（本名はカタリーナ・アルベール、一八六九〜一九六六）の『孤独』（一九〇五）が優れている。男性名をペンネームにしているのは、そのほうが出版に絶対的に有利だったからであろう。

〈ムダルニズマ〉で忘れてはならないのが建築の分野である。豊かな経済力を背景にドゥメナク・ムンタ

「４匹の猫」

「４匹の猫」内部

ネー（一八五〇～一九二七）、ガウディ（一八五二～一九二六）、プッチ・イ・カダファルク（一八六七～一九五七）など独創性のあふれる建築家が活躍した。バルセロナだけではなく、カタルーニャの多くの街に〈ムダルニズマ〉の建物が残っていて、今でも訪れる人の興を誘う。

　絵画の分野では、サンティアゴ・ルシニョール（一八六一～一九三一）、ラモン・カザス（一八六六～一九三二）、イジドラ・ヌネイ（一八七三～一九一一）らが活躍し、ビア・ホール「四匹の猫（Els cuatre gats)」に集った。この店は芸術家や知識人のたまり場であり、展覧会や個展が開かれる作品の発表の場でもあった。若きピカソもこの店の常連で、ラモン・カザスに次いで展覧会を催したことが知られている。

　だが、カタルーニャ語を民衆のレベルにまで広めるには、このような文化人の活動だけでは不十分であった。それを支えたのが政治である。言語は文化的なものであるが、政治的なものでもある。例えば、カタルーニャ語を書き言葉の地位に引き上げるには、学校教育にカタルーニャ語を取り入れるのがもっとも効果的な方法だが、それを実現するには政治の力に頼らざるを得ない。というわけで、言語、文学、カタルーニャ主義の結びつきが強化されていくのである。

　それまでスペインを指していた「ナシオン」という言葉がカタルーニャを指すようになるのはこの時期である（立石、二〇〇二年、百五頁）。カタルーニャ地方主義はカタルーニャ・ナショナリズムへと発展する。このナショナリズムでは、言語の回復が核であった。

一九一一年、リーダー的な存在だったジュアン・マラガイが没すると、自由闊達を旨とする〈ムダルニズマ〉も勢いを失っていく。マラガイの没年の一九一一年が〈ムダルニズマ〉の終焉とみなされているのは、〈ムダルニズマ〉運動における彼の存在がいかに重要であったかを示している。

〈ノウサンティズマ〉

すべての制限を排除した〈ムダルニズマ〉の反動として、その後、保守的で、古典主義・規範主義・理知主義などを特徴とする〈ノウサンティズマ（＝一九〇〇年主義）〉運動（一九一一〜三一年頃）（田澤耕、一九九二年、一七七頁）が興る。〈ノウサンティズマ〉を代表するのは評論家のアウジェニ・ドース（一八八二〜一九五四）である。内戦前、ドースはカタルーニャ主義の熱心な擁護者で、「シェニウス」というペンネームで、政治、哲学、文化、美術など様々な分野で評論を発表した。その評論は、『注解』（一九〇六）に収められている。また、『見栄えのよい女（La Ben Plantada）』（一九一二）では、登場人物の「タレザ」という女性を通して、国母のイメージ、あるいは、カタルーニャの女性の理想像を提示している。内戦後、ドースはフランコ政府の協力者となり、作品もカスティーリャ語で著すようになる。

詩の分野では、古典主義やギリシアに範をおくジョゼップ・カルネー（一八八四〜一九七〇）やカルラス・リーバ（一八九三〜一九五九）が活躍した。

文学的な創作というわけではないが、〈ノウサンティズマ〉運動で特筆すべきは、プンペウ・ファブラ（バルセロナ、一八六八〜一九四八）によるカタルーニャ語の辞書の編纂（一九三二）である。ファブラはそれまでばらばらだった綴りを統一し、カタルーニャ語の文法を確立した。彼の存在なくして、その後のカタルーニャ語文学の発展はあり得ないと言っても過言ではないだろう。

また、〈ノウサンティズマ〉と並行して、ダダイズムやシュルレアリズムの影響を受けた前衛文学の動きもあったことを付け加えておこう。その中心的人物として、サルバット＝パパセイット（一八九四〜一九二四）やジョゼップ・ビセンス・フォシュ（一八九三〜一九八七）が挙げられる。

二度目の抑圧——内戦

政治的には、一九世紀末から二十世紀初頭にかけて、カタルーニャ主義が一層の力を得た時期である。一九〇一年、ブルジョワジーが支持するリーガ（＝連盟）が政権を掌中に収め、一九一四年にはマンクムニタット（カタルーニャの四県の議員から成り、会長と八人のメンバーによる行政能力をもった常設の審議会）が成立する。

第一次世界大戦の間は、スペインは中立を宣言していたので、比較的、安定した時期だった。一九一八年、リーガは自治を目指すキャンペーンを展開するが、バルセロナで社会紛争が勃発するなど、その求心力の低下を露呈した。一九二三年、プリモ・デ・リベラの独裁政権が成立し、一九三〇年まで続く。その反動により、一九三一年の総選挙で左派が勝利し、第二共和政が成立する。カタルーニャでは「カタルーニャ左派共和党」が圧倒的な勝利を収めて、フランセスク・マシアーが「イベリア連邦内のカタルーニャ共和国」を宣言する。中央政府の介入で、かなりの修正を余儀なくされるが、自治政府ジャナラリタットの復活と自治憲法の制定が認められる。それによって、カタルーニャは、制度上の独立を認められることになる。その後も内紛などあって、不安定な政権が続くが、一九三六年の総選挙で人民戦線が勝利すると、フランコを中心とする右派が蜂起して内戦が勃発する。自由を守ろうとする共和派と、伝統的なスペインを取り戻そうとする反乱軍の戦いは凄惨を極めた。内戦の原因は一つではないが、前述したカタルーニャの地方分離主義の動きが、一つの強いスペインを目指す右派の危機感をあおったのはまちがいないだろう。内戦は反乱軍の勝利に終わり、フランコの独裁制が始まる。フランコは、言語統一政策を掲げて、徹底的に地方の文化や言語を弾圧した。これが二度目のカタルーニャ語の弾圧である。

2. フランコ体制崩壊後のカタルーニャ語

フランコ体制下のカタルーニャ語の状況は、第一章以降で詳述するムンサラット・ロッチの作品に詳しいので、ここでは割愛し、カタルーニャ語の「それから」について述べたい。

カタルーニャ語が話されている地域は、スペインの北東部に位置するカタルーニャ州全域、アラゴン地方の一部（カタルーニャとアラゴンの境界で十五キロメートルから三十キロメートルの幅で帯状に広がっている）、バレンシアの大部分、バレアレス諸島、アンドーラ公国、フランスのルシヨン地方、イタリアのサルデーニャ島アルゲー市である（地図3参照）。地域が分散しているのは、カタルーニャが大きく拡大した時期があったことによる。

これらの地域を合わせると、「六百万を超える話者人口がある計算になり、ヨーロッパの国家レベルの公用語になっているいくつかの言語（デンマーク語など）より多い計算になる」（川上、二〇〇二年、七九頁）。したがって、数的には十分に独立した言語として成立するわけであるが、カタルーニャの言語状況はそれほど単純ではない。なぜなら、一九三九年の内戦終結後から、一九七八年憲法が制定されるまでの約四十年間、

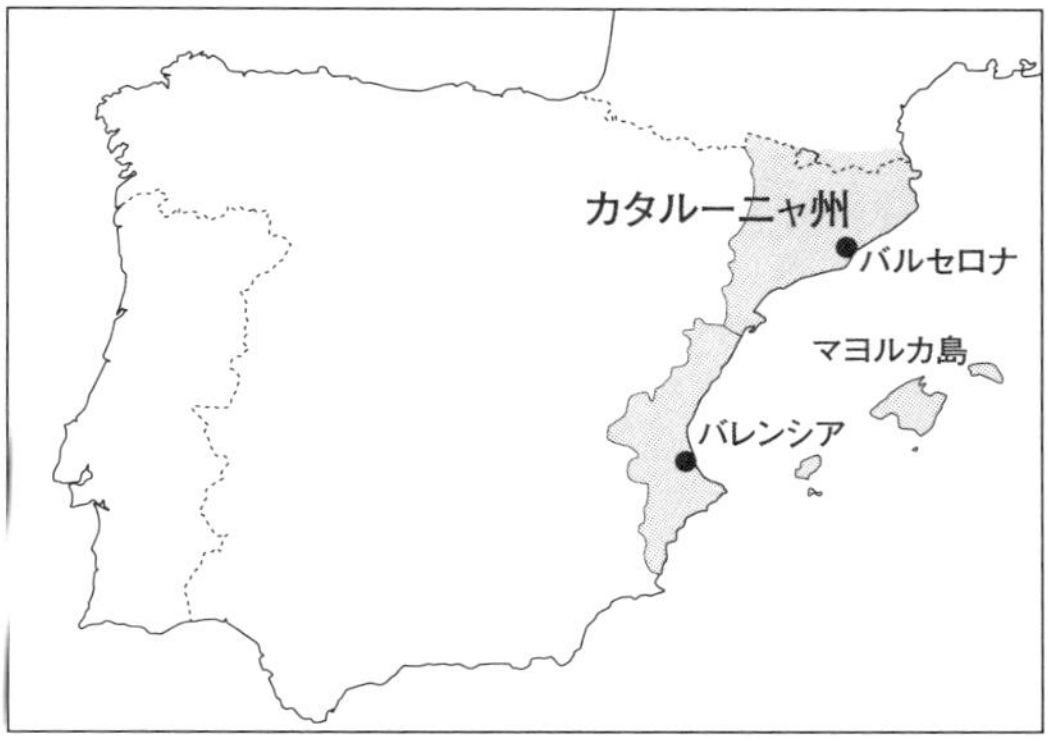

地図３　カタルーニャ語の分布図　（この地図にはサルデーニャ島のアルゲー市は含まれていない）

カタルーニャ語は、ガリシア語、バスク語などと共に、公の使用を禁止されていたからである。弾圧は、出版や放送だけにとどまらず、教育にも及んだので、カタルーニャ語を話せても、読み書きができない世代が生じてしまった。以下の調査は一九七〇年に主婦を対象にした言語調査で、資料としては古いが、当時の言語状況を如実に反映している。

カタルーニャ語を聞いて理解できる人　九十パーセント
且つ、話せる人　七十七パーセント
読める人　六十二パーセント
書ける人　三十八パーセント
(Crameri, 2000, p.38)

この数字は完全に抑圧された言語としては高いように思われるが、難易度が高くなるに従ってパーセンテージが下がり、特に「書ける人」の割合の低さは決定的で、若い世代が書き言葉としてのカタルーニャ語を学ぶ機会がなかったことを示している。というわけで、「話す」、「読む」、「書く」という能力を言語の基本と考えるなら、六百万人というカタルーニャ語の言語人口は大きく後退することになる。その上、カタルーニャ語を「読める人」のほとんどがカスティーリャ語も読める。それは、カタルーニャ語の出版物の需要が数字より低くなるということを意味する。

このような変則的な言語状況を改善するには思い切った対策が必要である。一九八三年には「カタルーニャ語のあらゆる領域での使用の正常化」（松本、二〇一五年、八七頁）を目指す「言語正常化法」が制定され、一九九八年の「言語政策法」へと引き継がれる。それによって、学校教育にカタルーニャ語が取り入れられたため、若い世代では、話すことはもちろん、読み・書きは普通のことになっている。それだけではなく、カタルーニャ語専門のラジオ局やテレビ局もあり、ムンサラット・ロッチが生きた時代とは比べ物にならないほど多くの文学作品も生まれている。

その一方で、カタルーニャ語の「言語正常化政策」に対する不満がないわけではない。内戦後にカタルーニャに移住した大量のカスティーリャ語話者にとってカタルーニャ語は「外国語」のようなものである。だが、カタルーニャでは「初等教育に使う言語をカタルーニャ語とし、カスティーリャ語話者の児童であっても授業をカタルーニャ語で受ける（イマージョン）[5]教育が実施されている。これに対して一九九〇年代に、母語で教育を受ける権利が侵害されているとして、カスティーリャ語話者の父母が裁判を起こしたことがある」（川上、二〇一五年、一七七頁）。これは、一見、ムンサラット・ロッチが小学生だった頃とは、ほぼ真逆の現象のように見えるが、カスティーリャ語の授業は別途に設けられており、フランコ体制による言語統一政策とはまったく異なるものである。「（イマージョン）教育」について、カタルーニャ自治州政府は、「カタルーニャ語を優遇しない限り、カスティーリャ語優位の現状を変えることはできないので、そうせざ

5　日本のカタルーニャ研究者の多くは、この語を「言語漬け」（immersió lingüística）と訳している。

るを得ない」（川上、二〇一五年、一七七頁）という見解を示している。

「（イマージョン）教育」が成果を上げてきたのは事実である。二〇一三年のカタルーニャ語に関する調査では、「カタルーニャ語を理解できる人は九四・三％、話せる人は八〇・四％、読める人は八二・四％、書ける人は六〇・四％」（松本、二〇一五年、八一頁）であり、前述した一九七〇年のデータと比べると、カタルーニャ語運用能力は格段に向上している。

ところが、二〇一三年、「教育の質向上のための基本法（Ley Orgánica para la Mejora de la Calidad Educativa＝通称：ＬＯＭＣＥ）」、いわゆるベルト法が発布されて、カタルーニャ語の教育が制限された。これによってカタルーニャ語をとりまく環境は変わり、今後の動向に目が離せない状況となっている。

この法に反発するかのように、二〇一四年には非公式ではあるが、カタルーニャの独立を問う住民投票が実施され、それ以降、毎年、九月十一日のカタルーニャの日には、独立を求める大掛かりなデモが行われている。そして、二〇一七年十月一日、カタルーニャ自治州政府は、中央政府の反対を押し切って「国民投票」を実行に移し、独立の是非を「国民」に問いかけたのである。

＊　＊

二〇〇四年のことだったと思う。私は、ムンサラット・ロッチの小説に何度も登場する、バルセロナ北東のグアルバを訪れた。駅の周りには何もなく、駅という駅には当然あると思っていたバルもなければトイレもなかった。村の中心がどこにあるのか、皆目、見当がつかなかったが、上りの電車は二時間後だったので歩き始めた。しばらく歩くと小さな集落が現れた。こここそ、名わき役としてムンサラット・ロッチのほぼすべての長編に登場するパトリシアの故郷なのだと思うと感慨深いものがあった。

ややしばらく歩き続けると、ドライブインのようなレストランがあった。そこでグアルバについて尋ねると、グアルバとは行政区の名称であって、具体的に「グアルバ」という町あるいは村があるわけではないと言う。集落には目立つほど大きな屋敷はなかったので、私の直感ははずれたのだろうが、近くに木立があり、そこに小川が流れていたのが印象として残っている。

グアルバ駅の回りを大きく一周するように歩いたつもりだったが、最後の最後で道に迷った。そのとき、前方から中学生ぐらいの少女がやって来た。天の助けとばかりに道を聞くと、彼女も駅に行くという。駅に行く道すがら、カタルーニャ語を話せるかと質問すると、「もちろん」という答えが返ってきた。そして、「私はスペイン人だからスペイン語を話し、カタルーニャに住んでいるからカタルーニャ語も話す」と付け加えた。

何と明快な答えだろう……。言語アイデンティティの問題に他者が口をはさむのは許されないが、独立問題がとん挫したかのように見える今、彼女の言葉が一陣のそよ風のように思い出される。

第一章　カタルーニャの女の「内-歴史」——伝統に生きる女たち

1．女性とカタルーニャ語

日常生活でカタルーニャ語を話し、カスティーリャ語で教育を受けるカタルーニャ人は、一般に、バイリンガルで、二つの言語を自由に操ることができると言われている。カスティーリャ語とカタルーニャ語で作品を書いているムンサラット・ロッチもバイリンガルとみなされているが、実際には、その使用領域を厳密に区分している。ノンフィクションにはカスティーリャ語の作品があるものの、小説をはじめとする主だった作品をすべてカタルーニャ語で書いている。ロッチは、母語であるカタルーニャ語では自在に書けるが、習得した言語であるカスティーリャ語では「言葉をふるいにかけ、辞書で大作家の引用を確認して、その選択が間違っていないと納得しなければ安心することができない」（Roig, 1991, p.34）と述べ、バイリンガルと言われる人にも母語と習得した言語の違いがあることを明らかにしている。

スペイン語で書きさえすれば、より多くの読者を得られるのは確実なのだが、ムンサラット・ロッチはカタルーニャ語で作品を書くことにこだわり続けた。その理由について、次のように述べている。

なぜカタルーニャ語で書くのかと聞かれて思いつく理由は三つあります。第一に私の母語だから。第二に文学的な言語だから、第三にそうしたいから。(Roig, 1991, p.28)

ロッチは、第一の理由「母語だから」で母語の重要性を主張し、第二の理由「文学的な言葉だから」でカタルーニャ語が豊かな文学の伝統を持っていることを示唆し、第三の理由「そうしたいから」で自分の意志を表明している。母語と書き言葉が一致している日本人にとって母語で書くことは、ある意味、当たり前なので、ロッチの言葉は奇異に響くかもしれない。だが、当たり前のことを、わざわざ、言葉にするには、それなりの理由がなければならない。

序章で述べたように、歴史上、カタルーニャ語は二度の大きな弾圧を経験したが、それは書き言葉の歴史であって、話し言葉はその限りではなかった。一八世紀から一九世紀にかけて、中上流階級にはカスティーリャ語を話すのが上品で優雅だとみなす風潮があったが、カタルーニャ人の大多数にとってカタルーニャ語が唯一のコミュニケーションの手段であった(Crameri, 2000, p.15)。中世ではカタルーニャに限らず、ヨーロッパの共通語がラテン語であったこと、中世に俗語による文学が実践されるようになったとき、カタルーニャはプロヴァンスから文化的な影響を受けていたことなどを考慮して、書き言葉と話し言葉の歴史を表にまとめると、次のようになる。

年代	書き言葉	話し言葉
九世紀～一二世紀	ラテン語、プロヴァンス語	カタルーニャ語
一三世紀～一五世紀	ラテン語、プロヴァンス語、カタルーニャ語	カタルーニャ語
一六世紀～一七一四年	ラテン語、カスティーリャ語、カタルーニャ語	カタルーニャ語
一七一四年～一八三三年	カスティーリャ語	カタルーニャ語
一八三三年～一九三九年	カスティーリャ語、カタルーニャ語	カタルーニャ語
一九三九年～一九七八年	カスティーリャ語	カタルーニャ語 カスティーリャ語

表を見ると、書き言葉は中世から二十世紀に至るまでめまぐるしく変化するが、話し言葉は、一九三九年まで、全く変化しなかったことがわかる。そこに風穴を開けたのが、フランコ体制による言語統一政策である。中世以降、初めて、カタルーニャにカスティーリャ語が話し言葉として定着していく。そのもっとも大きな要因は、学校教育がカスティーリャ語で行われたことであろう。アンダルシアやエストレマドゥーラからのカスティーリャ語話者の大量の移民と、メディアのめざましい発達がそれに拍車をかけた。ムンサラット・ロッチが子供だった一九五〇年代には、カスティーリャ語で学校教育が行われていても、カスティーリャ語を話すのは喜劇を演じるようなものだったという。ところが、二十年後には、将来、カタルーニャ語は、「グラマーは習っても話すことがない英語のように、学校で学ぶ言語になるのではないか」（Roig & Simó, 1985, p.40）、または、「エリートの言葉であるラテン語のようになるのではないか」（Roig & Simó, 1985, p.41）と危惧しなければならない状況になっていた。ムンサラット・ロッチは常にカタルーニャ語消滅の危機を意識していた。冒頭に掲げた「私の母語だから」という言葉の背景にはこのような事情がある。

一般に、人は母から母語を受け継ぐが、ムンサラット・ロッチは祖母を通して母語であるカタルーニャ語を身につけた。スペインの伝統的なセクシュアリティの概念では女性はできるだけ多くの子供を生むことが期待されていたので、妊娠・出産を繰り返している母親には子供たちと接する十分な時間がなかった。それを補ったのが、多くの場合、祖母である。ムンサラット・ロッチの母方の祖母は娘夫婦と一緒に暮らして次々に生まれる孫の世話を引き受け、「家族の中で重要な役割を演じ、ムンサラット・ロッチに大きな影響を与えた」（Meroño, 2005, p.31）。ロッチは母より、祖母について、より多くを語っている。次の引用は祖母についてのロッチの回想である。

内戦後のある夕暮れ、ふるいにかけられたような陽が差し込むときに、家のベランダで語られる物語。私には、ベランダで、籐の椅子に座っている祖母が見える。祖母は、唇を動かして、王妃の座を追われて斬首された王妃たちの物語を読み上げている。祖母の唇の動きは、私に、物語が朗々と語られた時代、消え去った口承文学の時代を思い出させる。祖母は目と口を使って朗読する。それは、朗読のもっとも完璧な形だ。祖母の場合、目が物を言う。祖母が鈎針を動かしている間、私は、バルセロナの夫人たちが、カーニバルのときに乳母の格好をしたという、かの有名な話を聞く。それは、夫の前で、りんごのように丸く、ふっくらとして、魅惑的な乳房を他の男性の視線にさらすための口実だった。（Roig, 1991, p.148）

一六世紀から一九世紀半ばまで、カタルーニャ語文学には中世に匹敵するような文人が一人も現れていないので、「沈黙」の時期と言われるが、その間、「真の文学は民衆の間に隠れていた」（M・ジンマーマン

／M＝C・ジンマーマン、田澤耕訳、二〇〇六年、百二頁）という。左記の引用は、その説を裏付けている。「王妃たちの物語」はその一つで、史実に基づく物語か伝説であろう。だが、「バルセロナの夫人」の話は、道徳という面では逸脱しているので男性には聞かれたくない類の話で、おそらく、女たちの間でだけ語り継がれてきた「武勇伝」に違いない。厳格な家父長制社会の下、女たちは、公の場では沈黙を強いられていたが、家庭の奥に独自の世界を築いていた。そこには、公には語られない、秘密の口承文学の世界があった。女たちは男の前では沈黙するか、別人のように振舞ったので、それは決して明るみにでることはなかった（Roig, 1991, p.149）。そこで語られていた言語は、もちろん、カタルーニャ語であった。家庭に閉じ込められていた女たちは、一八世紀初頭のフェリーペ五世による言語弾圧の影響をほとんど受けず、公の言語である書き言葉が何語に変わろうと、カタルーニャ語を話し続けることが可能だった。カタルーニャ語はこのような女たちによって守られ、保持されてきたと言っても過言ではない。

ムンサラット・ロッチの作品には祖母をモデルにしたと思われる登場人物が複数の作品で主役を演じている。デビュー作『洗い物は多いのに石鹸は少ない』の第一話「グラシアで生まれ、カタルーニャのもっとも優れた主義と伝統に従って教育された、バルセロナのボヴァリー夫人」と、初の長編『さらばラモーナ』のラモーナ・ジュベである。『洗い物は多いのに石鹸は少ない』は短編集で、一つ一つの短編は独立しているが、すべての短編を読むと、バルセロナのアシャンプラ地区に住むブルジョワの女性の世界の全容が浮かび上がってくる。それを長編にまで磨き上げたのが『さらばラモーナ』である。この二つの作品には重複する部分も多いが、補完しあう部分もあるので、必要に応じて、『洗い物は多いのに石鹸は少ない』も取り上げていくことにしたい。

『さらばラモーナ』には一九世紀末におけるカタルーニャの言語状況がつぶさに描かれている。本書〈はじめに〉で、ムンサラット・ロッチの小説はすべてカタルーニャ語で書かれていると述べたが、実際には会話や固有名詞や引用はその限りではなく、カスティーリャ語、フランス語、英語、ラテン語など複数の言語が用いられている。それらの言語をあえてカタルーニャ語に翻訳しなかったのは、カタルーニャの言語状況をリアルに再現するためであろう。ロッチの作品で使用されている外国語はすべてイタリック体で表記されているが、スペインの公用語であるカスティーリャ語も例外ではない。それは、ロッチにとって、カスティーリャ語が外国語であるという徹底した主張である。

『さらばラモーナ』

　一九世紀のカタルーニャでは、知識人はカスティーリャ語を使うのが普通であり、中上流階級ではカスティーリャ語を話すのが優雅とみなされていた。その風潮を反映しているのが、祖母ムンデタの夫として登場するフランシスコ・バントゥーラである。彼は日常的にカスティーリャ語を話し、特別な機会には妻にカスティーリャ語の詩を捧げている。それに対して、妻がカスティーリャ語で答えることはないし、夫に捧げられたカスティーリャ語の詩に感動することもない。ある意味、この二人は、外で働く男性はカスティーリャ語、家庭にとどまっている女性はカタルーニャ語という、カタルーニャ・ブルジョワジーの典型的な言語状況を表しているのだが、一つの家庭で母語を同じくする夫婦が別々の言語で会話をしている場面は、やはり少し異様である。言語の違いが当時の夫婦の距離を表しているのかもしれない。

　フランシスコ・バントゥーラはバルセロナの旧家の出身で、ささやかながら安定した財産を持ち、マドリードに住んだ経験もある。これは、当時のカタルーニャでは大きなステータス・シンボルであった。彼のカスティーリャ贔屓《ひいき》はその名前にも現れている。カタルーニャ人なら「フランセスク（Francesc）」という名が一般的だが、あえてカスティーリャ語の「フランシスコ（Francisco）」という名を与えたのは、スペインの文壇で活躍するときに名前をカスティーリャ語に変えるのが通例だったカタルーニャの知識人を意識してのことであろう。フランシスコ・バントゥーラは、カスティーリャ語の名前を使い、カスティーリャ語を話し、詩まで書いている。以下は、新婚旅行に行ったとき、彼が祖母ムンデタに捧げた詩である。

Yo nací para amarte a ti sola,（10）
Ramona de mis amores,（8）
Y te amo más de lo posible,（9）
Y es un amor el mío, tan sensible（9）
Que quiero vivir eternamente（10）
Al lado de tus encantos seductores.（12）
Tu adorador, Francisco

僕は君だけを愛するために生まれた
僕の愛するラモーナ
これ以上ないほど、君を愛している
僕の愛はとっても繊細なんだ
永久に生きたい
魅力的な君のそばで
君の崇拝者、フランシスコ

（RA, p.43、拙訳による。括弧の数字は音韻数）

この短い詩は、どれほど贔屓目に見ようとも、駄作としか言いようがない。技法の面で言えば、詩の音節数がばらばらで韻も踏んでいない。一九世紀末は、詩法がまだ厳然として存在していた時期なので、それに従っていないということは詩として成り立っていないということである。また、ひどく言葉を節約しているのは、カタルーニャ人にとってカスティーリャ語は外国語であり、フランシスコ・バントゥーラのようにマドリードで暮らした経験がある者でも自由自在に書けなかったということを物語っている。陳腐な言葉を並べたこの詩から、母ムンデタの姿が具体的に浮かび上がってくることはなく、ラモーナという名前はどんな名前にも置き換え可能である。そのような詩が読む人の琴線に触れるわけがない。

結婚当初、祖母ムンデタはフランシスコ・バントゥーラの妻となったことを誇りに思っていたが、新婚旅行で捧げられたこの詩には、いたく落胆したと告白している。「彼のカスティーリャ語の詩は、ますます自分が外国人であることを強く感じさせて」(R.A. p.48)、バルセロナへの郷愁をかき立てただけであった。パリは魅力的な街だったが、自分の街にいるようにはくつろげなかった。そのようなときに同国人と会うと、それだけで仲間意識を感じることがある。同じ言語を共有しているという安心感のためであろう。祖母ムンデタは、同郷人である夫なら、異国の街で感じた不安や緊張を理解してくれるのではないかと期待したのだが、それは見事に裏切られる、夫は、二人の母語ではないカスティーリャ語の詩を捧げて、結果的に妻を突き放したからである。

フランシスコ・バントゥーラは、新婚旅行という、もっとも感情を表現しなければならないときに、なぜ、カスティーリャ語で詩を書いたのだろうか。一つ考えられるのは、自分が教養人であることを妻に印象づけるためである。ステータス・シンボルであるカスティーリャ語を用いれば、自分を強く大きく見せることができると思ったのであろう。あるいは、そこまでの意識はなく、当時もまだ支配的だった、知識人はカスティーリャ語で書くものだという風潮に従っただけかもしれない。もう一つ考えられるのは、フランシスコ・バントゥーラは詩心のない自分を知っていて、欠点を隠すために外国語を用いたということである。母国語で詩を書けば、優劣は一目瞭然だが、外国語で書けばそれだけで評価され得るからである。どのような意図をもって書かれたにせよ、フランシスコのカスティーリャ語の詩が祖母ムンデタを魅了することはなかった。

フランシスコの詩と対照的なのが、数年後、祖母ムンデタの愛人が捧げたカタルーニャ語の詩である。愛人は向かいの下宿に住むビクトー・アマットという学生で、バルコニーで時折見かける祖母ムンデタに想いを寄せ、数少ないチャンスを生かして手紙を届ける。次に挙げる詩は、ビクトー・アマットが祖母ムンデタに捧げた詩である。前述したフランシスコ・バントゥーラの詩と比較されたい。

1	》*Des del balcó, l'altre dia*（7）	ある日、バルコニーから　(*abaab*)
2	*jo t'estaba contemplant,*（7）	君を見つめた
3	*i en el meu cor, hi glatia*（7）	そして、僕の心で愛が鼓動を始めた
4	*l'amor que fa temps hi nia*（7）	長い間、温めていた愛が
5	*joiós d'esclatar triomfant.*（7）	突然、勝利の喜びに湧きあがって
6	》*Que hermosa estaves,*（4）	君はなんと美しかったことか　(*abab*)
7	*bell amor meu!*（4）	素敵な僕の愛！
8	*Que hermosa estaves a la barana*（9）	君はなんと美しかったことか
9	*del balcó teu!*（4）	バルコニーの手すりにもたれて

（…）

》*I ja que jo sóc la carta*（7）
i tan a prop de mi et tinc,（7）
fes un petó a n'aquests versos（7）
i amaga'ls en el teu pit!（7）
que a prop del teu cor, hermosa,（7）
que bé hi estaré dormint!（7）

Victor Amat (*RA, pp.117-118*)

もう僕は手紙になって
君のそばにいる
君はこの詩にくちづけをし、
胸にそっとしまう
君の胸の中で、美しい人よ
僕はすこやかに眠るだろう

ビクトー・アマット

（拙訳による。また、括弧内の数字は音節数を示す）

この詩は四十二行、七連から成り、一行七音節の七歩格が主であるが、二連目と四連目には、四・四・九・四という音節数の変化が見られる。前半は類音韻で、括弧に示したように一連目はａｂａａｂ、二連目はａｂａｂ（三連、四連も同様）と韻を踏んでおり、詩の形式に則っている。音節数や韻がきちんと整えられているということは、詩の音楽的な効果が高く、耳に心地よく響くということである。内容的にも工夫が凝らされている。ビクトー・アマットは秘めていた恋が成就した喜びをいっぱいに表現し、そこに至るまでの不安、バルコニーをはさんでの微妙な視線のやり取りなどを事細かに描いて、二人の愛の経緯を際立たせている。小説のほとんどが祖母ムンデタの目を通して書かれている中で、この詩は、唯一、愛人の気持ちが表現されている部分である。そこに描かれた熱い思いから、若い学生のロマンティックで情熱的な性格が伝わってくる。秘めた恋であるということがより情感を高めているのかもしれない。

この詩を受け取った祖母ムンデタは、「カタルーニャ語の詩はカスティーリャ語の詩より耳に心地良い。

より純粋で、より身近に感じる。（…）母語で書くって、こういうことなのだ」（RA, pp.126-7）と感動する。それと比較すると、「フランシスコの詩は不器用で、柔軟性がなく、喜劇的」（RA, p.127）である。アマットが夫よりもはるかに雄弁なのは、他人の言葉ではなく自分の言葉で語りかけているからであろう。二人の詩は、性格の違い以上に、母語と習得した言語との違いを感じさせる。母語であれば文法や言い回しを気にすることなく自由に書けるが、外国語ではそうはいかない。だから、フランシスコ・バントゥーラが書いた詩は短く、詩の体をなさず、稚拙なのである。ムンサラット・ロッチは、このように、鮮やかな形で、母語と習得した言語の違いを示している。

祖母ムンデタの平坦な人生で、アマットとの秘密の恋はクライマックスである。カタルーニャ語で書かれた詩は、人形のような暮らしを強いられていた祖母ムンデタの中に生き生きとした人間らしい感情を蘇らせた。「結婚以来、無意識のうちに失っていたカタルーニャ人としてのアイデンティティを取り戻した」（Verderi, 1993, p.193）とも言える。二人は、その後、何度か逢引きを重ねるが、最終的に、祖母ムンデタの宗教心や道徳心が勝って、別れることになる。しかし、祖母ムンデタは、一生、ビクトー・アマットとの恋を忘れることはなかった。

同じカタルーニャの出身でありながら、フランシスコ・バントゥーラが祖母ムンデタにとって他者として描かれているのは、二人が同じ言語を話していない、つまり、二人の間のコミュニケーションがうまくいっていなかったことを示唆している。フランシスコ・バントゥーラに代表される教養語としてのカスティーリャ語は、カタルーニャの女性にとって、尊敬を引き出すどころか、他者性を感じさせ、家父長制を象徴する言語でしかなかった。一九世紀末、外の世界で活躍する男性はステータス・シンボルとしてカスティーリャ語を話すことはあったが、家庭にとどまっている女性はそれに同調することなくカタルーニャ語を話し続けた。『さらばラモーナ』の祖母ムンデタは、女性がカタルーニャ語を守ってきたという好例であろう。

2. 女の「内 - 歴史」

ムンサラット・ロッチは「通りや広場は都市の表皮である一方、家は都市の内臓で、時には心臓、時には肺にあたる」(Roig, 1991, p.121) と述べている。人は目に見える表皮にこだわりがちであるが、実際、心臓やその他の内臓なくしては生きられない。都市も同じことである。大聖堂や広場や通りをどれほど飾り立てても、それを内部から支える家庭がなければ死んだ街になってしまうだろう。その家庭を支えてきたのが女性である。それにもかかわらず、これまで公の歴史は表皮の部分を取り上げるだけで、心臓や肺に言及することはなかった。仮に言及したとしても、表皮を際立たせるための役割しか与えられなかった。

思春期になって行動範囲が少し広がったときに、ムンサラット・ロッチは、そこに住んでいた名もない女たちのまなざしを想像するようになる。幼児期の記憶を書いたバルセロナ出身の作家は多いのに、女の子供時代の記憶は書かれていないばかりか、女たちが何を見たのかを語る声さえないことを疑問に思う (Bellver, 1991, p.229)。それは、女たちが公の歴史から無視され、忘れ去られてきたことに気付いた瞬間であった。ウナムーノは、「真の伝統、永遠の伝統は、沈黙者たちの世界、海の底、つまり、歴史の下に生きている」(Unamuno, 1958, p.186) と考え、公の歴史が取り上げることのなかった歴史の下に「内 - 歴史 (intrahistoria)」があると主張する。カタルーニャの家庭の奥深くにいた女たちは沈黙者であり、真の伝統、永遠の伝統の担い手でありながら、歴史から排除されてきた。したがって、女の歴史は「歴史」というよりは、むしろ、「内 - 歴史」と呼ぶにふさわしい。ムンサラット・ロッチは、次のように、女の「内 - 歴史」

を形にしたいという意志を表明している。

私が書きたいのは、情熱や憎しみや怒りや愛に楽観的だった一九世紀の女たちの小説。自殺や暗殺、田舎町の世俗的で暗い人生。つまり、ある物語。なぜなら、私たち女は物語が大好きだから。子供と同じで、女は物語を聞くのが好きなのだ。別の女の話、決して終わらない話。螺旋のように、パズルのように、途中で終わったままになっている別のピースを説明する物語。(Roig, 1980, p.26)

この言葉を実践すべく、ムンサラット・ロッチは同じ登場人物を複数の小説に登場させて、さまざまな視点からカタルーニャの女の「内 - 歴史」を語っている。まず、処女作『洗い物は多いのに石鹸は少ない』では、祖母ムンデタ、母ムンデタ、娘ムンデタ、パトリシア・ミラルペシュの他に、彼女たちを取り巻く友人、メイドなどが登場して、アシャンプラ地区に住むカタルーニャ・ブルジョワジーの女の共同体が提示される。この短編集は雑多なテーマを扱っているのだが、すべての短編が何らかの形で関連し合っており、ピースがそろったときにはじめて全体がはっきりと見えるパズルのような作品である。『洗い物は多いのに石鹸は少ない』の主な登場人物の何人かは、名前を変えたり、脇役となったりして、別のパズルであるその後の五つの長編小説に再登場する。

キャサリン・G・ベルヴァーは「ムンサラット・ロッチにとって、女性解放の第一段階は、すべての歴史の再評価、すなわち、千年にわたる男性の支配、男性の戦争の歴史、伝統の不公平さに埋もれた女性の文化の形跡をたどる考古学的な模索からなる読み直しでなければならない」(Bellver, 1991, p.229) と述べている。ロッチの意志は、処女作である『洗い物は多いのに石鹸は少ない』の第一話「グラシアで生まれ、カタルーニャのもっとも優れた主義と伝統に従って教育された、バルセロナのボヴァリー夫人」の最後の文章に明らかにされている。

> 廃位させられた女王のような響きへの郷愁さえも失い始めているバルセロナから、あなたのために歴史の香をふりまこうと思います。(Roig, 1971, p.38)

この引用は、娘ムンデタが亡くなった祖母ラモーナ・ジュベへの献辞として書いたものである。「あなた」は亡くなった祖母ムンデタ、「歴史の香をふりまこう」は、祖母ムンデタを通して知った口承文学の中から、無視され、忘れ去られてきた女の「内 - 歴史」に掘り起こそうという試みを表している。「廃位させられた女王」という表現はバルセロナを連想させる。市(ciutat)が女性名詞であるだけではなく、語尾が「-a」で終わっている[1]バルセロナ(Barcelona)は、古来、「女王」、「娼婦」、「貴婦人」など女性に例えられてきた(Roig, 1991, p.126)。そのような「響きへの郷愁」は、「カタルーニャ語への郷愁」を指し、それさえも失いかけているということは、『洗い物は多いのに石鹸は少ない』が書かれた一九七一年のバルセロナでは、カスティーリャ語を話す人が多くなり、カタルーニャ語が押され気味になっている状況を示唆する。デビュー作の第一話は、その後のムンサラット・ロッチの作品を方向付けているという意味で重要である。

主人公の祖母ムンデタはムンサラット・ロッチ自身の祖母がモデルであると言われるが、ロッチは祖母の言葉をそのまま小説にしたわけではなく、「多くの女性にインタビューし、女性について調査し、女性を物

1 カタルーニャ語では、少数の例外を除いて「-a」で終わる名詞は女性名詞である。

語の登場人物にし、女性を主役にして」(Duplàal. 1996. p.91)、女の存在を主張する小説を書いた。つまり、祖母から得た情報を吟味し、調査し、再解釈して、修正・加工を施し、普遍的なレベルにまで高めたということである。したがって、ロッチの小説は創作でありながら、女の「内‐歴史」の証人として位置づけることが可能である。クリスティナ・デュプラアは次の引用でそれを支持している。

公式の史料集を調査するだけで周縁グループの歴史を取り戻すのは難しい。歴史的な操作の大部分はデータの書き落としに基づいており、どこにも無菌の史料はない。基礎的な方法として、口承の歴史がインタビューに頼るのは、史料編纂の新しい声に遭遇するための調査の常套手段である。しかし、誰もが、思い出と記憶には選択の過程を経ることによって沈黙とひずみが生じることを知っている。とは言え、多くの場合、個人の異なる記憶の総計は、集合的な歴史の空白を埋めるために私たちが到達できる唯一の方法である。(Dupláa, Cristina, 1996, p.52)

次作の『さらばラモーナ』で、女の「内‐歴史」を掘り起こそうというムンサラット・ロッチの意図がより先鋭化される。この物語は一見、「大河小説」のように見えるが、一般の「大河小説」とは大きく異なっている。というのも、『さらばラモーナ』は、内戦中の一つのエピソードを構成しているプロローグとエピローグが「地の文」をはさみこむ構造となっているからである。「地の文」では、三人のムンデタの物語が断片的に並列されて少しずつ進行する。つまり、プロローグとエピローグの時間軸と、「地の文」の三つの時間軸を合わせると、四つの時間軸が存在するわけである。一般に、「大河小説」は連続する世代を一つの流れでとらえて、その歴史的発展性を描くものが多いので、複数の時間軸が行ったり来たりすること自体が

「大河小説」に当てはまらない。カデナスは、主人公が男性ではなく女性だから、これを「反」大河小説と呼ぶが（Cadenas, 1980, pp.76-7）、筆者としては「反」大河小説である理由は、独特なその構造にあると解釈している。

基準となるのは、祖母ムンデタの日記で、一八九四年十二月六日から始まって一九一九年一月二日で終わる。日記は通時的だが、時間の間隔に規則性はない。作者が、軽いジャンルとみなされて文学研究から除外されている日記形式をあえて採用したのは、「女性によってもっとも頻繁に実践されてきたジャンル」（Martín, 1994, p.189）であり、一人称で書くことによって、書き手の存在感をより高める効果が期待できるからだろう。祖母ムンデタの日記の後に娘ムンデタと母ムンデタの三人称の語りが続くが、常に他の二人の語りが続くわけではない。母ムンデタの語り、あるいは娘ムンデタの語りだけのこともあれば、二人の語りがまったくないこともある。三人の語りがあるときは決って、祖母→娘→母という順番である。これには、もっとも世代の違う祖母ムンデタと娘ムンデタを並列することによってコントラストを際立たせる狙いがあるものと思われる。ここでは、断片的な三人の語りをつなげて全貌を明らかにし、それぞれの共通点と相違点を探る。

祖母ムンデタ

一八七四年（あるいは一八七六年）生まれの祖母ムンデタの日記は結婚式の前々日に始まり、夫の死で終わっている。それは、女にとって、結婚が人生でいかに重要なイベントであるかを象徴している。祖母

リセウ劇場

爆弾を持つ少年

ムンデタは大層、読書好きだったので、いつかは、小説に出てくる「陶酔（*ivresse*）」[2]を感じるような熱烈な恋をしたいと思っていたが、そのような恋に巡り合う前に、両親によって、フランシスコ・バントゥーラと婚約させられる。二人が知り合うきっかけとなったのが、一八九三年十一月にリセウ劇場で起こった爆破事件であった。その日、社交界にデビューしたばかりの祖母ムンデタは爆発のショックで気を失ってしまい、気がついたときには、フランシスコ・バントゥーラの腕の中にいたのである（Roig, 1971, pp.33-34）。この事件は史実である。一九世紀末、ブルジョワジーと労働者との対立が高まり、しばしば、このような爆発事件が起きている。そのため、バルセロナは「爆弾都市」とも呼ばれていた。ガウディは、悲劇が繰り返されないようにという願いをこめて、世界遺産であるサグラダ・ファミリアの「生誕のファサード」のために、爆弾を持っている少年の像を彫った。その像は内戦によって破壊されてしまい、現在設置されているのは、ガ

2　原文ではこの語はイタリック体で書かれている。その理由として、外国語であるからということが考えられるが、『ボヴァリー夫人』でもまたイタリック体で表記されていることを考慮すれば、理由はそれだけではないだろう。おそらく、当時の恋愛小説に特有な語で、読書好きな若い女性の間では、言葉以上のものを示唆する言葉だったのではないかと思われる。

シウラーナ

ウディの意志を継ぐ外尾悦郎作のものであるが、宗教的な彫刻の中で、唯一、世俗的な作品として、当時の世相を反映している。

貸付業者のフランシスコ・バントゥーラは大富豪というわけではないが、土地所有者で安定した収入がある。土地があるということは、たとえ事業に失敗しても無一文にはならないということを意味する。その上、彼は高い教養と洗練された趣味の持ち主であり、人柄も穏やかであった。フランシスコが祖母ムンデタとの結婚を願い出ると、両親は、これ以上の良縁はないと判断して快諾する。この承諾の背景には、産業革命のお陰でブルジョワジーの仲間入りをした人々の、不安定な立場が反映されている。祖母ムンデタの両親はシウラーナ（タラゴーナ近郊の小さな村）からバルセロナに出てきて、ヘーゼルナッツの輸出で一財産を築いた典型的な産業ブルジョワジー[3]である。好景気が続けば事業は順調に行くが、一度、不況になればその煽りを受けて、財産をすべて失う羽目になるとも限らない。だから、両親は土地所有者のフランシスコ・バン

3　「産業ブルジョワジー」という用語があるわけではないが、バルセロナには代々の土地所有者であるブルジョワジーと、一九世紀に起こった産業革命のときに、田舎から出てきて起業して成功し、ブルジョワの仲間入りをしたブルジョワシーが存在する。その存在は、スペインで唯一、産業革命を成し遂げたカタルーニャに特徴的であり、スペインの他の地方とカタルーニャを分ける要素の一つなので、本書では、後者を「産業ブルジョワシー」と呼ぶ。

トゥーラを歓迎したのである。祖母ムンデタに異論があろうはずはなかった。

祖母ムンデタは、未婚の娘の常として結婚に大きな夢を抱いていたので、未来の夫となるフランシスコ・バントゥーラに対して気持ちが高まることがないのを不思議に思う。それどころか、フランシスコが「より立派に見えるように口ひげを描いている」(RA, p.32) ことに気付いて笑いを禁じえなかったり、父親の前で必要以上に「紳士」に見せようと努力するのを見て「少し俗っぽいのではないか」(RA, p.32) と思ったりする。祖母ムンデタの考えでは、「本当の紳士は紳士らしくする必要はない、そういうものは自然に内面からにじみ出る」(RA, p.32) ものなのである。そして、次のコメントを日記に書いている。

　フランシスコの容貌は好き。でも、時々は、その顔にメランコリーの輝き、つまり、ロマンティックな精神の悲しみを見たいものだわ……(RA, p.31)

この短い引用からフランシスコ・バントゥーラの、やや精神性に欠ける性格が浮かび上がってくる。外見には人並み以上に気を配るが、「ロマンティックな精神の悲しみ」と無縁だということは人情の機微に疎いということである。実際、その後の結婚生活で、祖母ムンデタは、夫の気配りに欠ける性格に、しばしばがっかりさせられている。それにしても、若くて、世間知らずで、夢見る乙女である祖母ムンデタが、夫となる男性の本質をずばりと見抜いているのは驚きである。彼女の中にはロマンティックなものに強くひかれる部分と、現実を鋭く見抜く部分が同居しているのであろう。

さて、いよいよ結婚式が近くなっても、祖母ムンデタは、ついに小説に描かれているような「陶酔(*ivresse*)」を感じることができなかったので、結婚について次のように分析している。

どうして結婚するのかわからない。どんな運命が待っているのか知るのは難しいから、女は一人になるのを恐れて、笑いものにならないように、傍に男性を必要とする。年老いて、心身の健康を損なうのは特に怖い。お母さんの隣でじっとしている儀礼的な訪問ももう嫌。お母さんと私は合わない。私をお嬢さんに仕立てしようとやっきになり、読書を全面的に禁止しなかったのは、たった一つ、お母さんのちょっと好きなところだけど……（RA, p.39）

この引用は、祖母ムンデタが恋ゆえに結婚するのではないとはっきり自覚していること、若い娘が独身のまま歳を重ねるのをいかに不名誉に思っているかということ、母親と娘の関係が決して良好ではないことを示している。当時、ブルジョワの女性の人生の選択肢は、結婚するか、宗教に身を捧げるかのどちらかに限られていたが、宗教に身を捧げることはまったく好意的に見られていなかった。それを物語るのが、「独身の女性」を表すカタルーニャ語の表現、「聖人の服をまとう」という慣用句である。ある程度の年齢になって「聖人の服をまとっている」と、女性的な魅力に乏しいために適当な求婚者が現れなかったとみなされて蔑視の対象となった。若い娘は、一生、「聖人の服をまとう」ことをもっとも恐れた。母親は、娘が「聖人の服をまとう」はめにならないように、儀礼的な訪問に娘を伴ったり、社交界にデビューさせたりして、「宣伝」に努めた。その際、娘たちは行儀作法のルールに則って行動しなければならなかった。「借りてきた猫」のように、母親のそばでじっとしているのは、拷問のようなものだったかもしれない。母親から解放されたいという願望は、当時、若い娘が厳重な母親の監視下にあったことを示唆している。

娘ムンデタがはじめてリセウ劇場に行くとき、祖母ムンデタが孫に事細かい注意を与える。それは自分がいつも母親に聞かされていた心得だったに違いない。その内容は次の通りである。

知っている人には優雅に挨拶をして、近づいてきたら微笑しなさい。でも、たくさん話しては駄目（…）ぶしつけに特定の人を見てはいけません。本心がわかるような受け答えをしてはいけません……（RA, p.121）

この心得から表層的なブルジョワジーの世界が浮かび上がってくる。なんと非人間的な心得であろうか。これを実行するには、完璧に自分をコントロールしなければならない。「たくさん話しては駄目」という言葉は、当時の社会が女に沈黙を強いていたということを示している。それは、女たちが自分の意見を持つ一人の人間として認められていなかったということである。だが、一生、「聖人の服をまとう」ことを恐れる娘たちは、この技巧を何とか身に付けようとした。おそらく、祖母ムンデタはそれを完全にマスターして、社交界にデビューしたのだろう。それを示唆しているのが、『洗い物は多いのに石鹸は少ない』の第一話のタイトルの一部「カタルーニャのもっとも優れた主義と伝統に従って教育された」である。リセウ劇場の爆破事件に巻き込まれはしたが、祖母ムンデタは、女性としての行儀作法を身に付けていたがゆえに、すぐに良縁を得て、フランシスコ・バントゥーラのようなバルセロナの旧家の男性と結婚することができたのではないだろうか。

「グラシアで生まれ、カタルーニャのもっとも優れた主義と伝統に従って教育された、バルセロナのボヴァリー夫人」という長いタイトルは意味深長である。現在、「グラシア」地区はバルセロナ市の一部でカタルーニャ人が多く住む閑静な住宅街だが、一九世紀末は、まだ村で、バルセロナの富裕層の別荘が多くあった地域である。そこで生まれたということは、両親が田舎からバルセロナにやってきた産業ブルジョワジーであるということを匂わせている。「カタルーニャのもっとも優れた主義と伝統に従って教育された」は、前述したように、祖母ムンデタの躾の良さを褒め称えている。では、そのような祖母ムンデタが「バルセロナのボヴァリー夫人」であるとは、どういうことなのだろうか。「ボヴァリー夫人」とは、もちろん、フローベル作の『ボヴァリー夫人』のことである。確かに、『ボヴァリー夫人』の主人公エマと祖母ムンデタにはいくつかの共通点がある。

① ブルジョワジーに属し、読書好きで、娘時代には読書を通して現実を見ていること、
② 杓子《しゃくし》定規な夫との結婚生活に退屈さを感じていること、
③ 退屈に耐え切れず秘密の恋の冒険に走ること、など。

グラシア地区

だが、結末は大きく異なり、前者が不倫の果てに自殺したのに対して、後者は妻としての立場を全うする。二人の相違は、「カタルーニャのもっとも優れた主義と伝統に従って教育された」という但し書きの有無による。したがって、二人の相違点を探ればカタルーニャ・ブルジョワジーの女性の特徴が浮かび上がってくるだろう。

エマ・ボヴァリーの悲劇のもっとも大きな原因は、小説の世界と現実とのギャップを受け入れることができなかったことである。祖母ムンデタにもその傾向がなかったわけではないが、未来の夫を冷徹な目で観察したり、なぜ結婚するのかを分析したりするような、現実的な一面を持っている。そこが、エマ・ボヴァリーと祖母ムンデタが大きく異なる点である。前述した祖母ムンデタの結婚についての分析と、次に挙げる『ボヴァリー夫人』の引用と比較されたい。

> 結婚するまでエマは恋をしているように思っていた。しかし、その恋からくるはずの幸福がこないので、あたしはまちがったんだ、と考えた。至福とか情熱とか陶酔など、本で読んであんなに美しく思われた言葉は世間では正確にはどんな意味でいっているのか、エマはそれを知ろうとつとめた。[4]

---

4 Flaubert, *Madame Bovary*, Librairie Générale Française, 1972, p.40 原文：Avant qu'elle se mariât, elle avait cru avoir de l'amour; mais le bonheur qui aurait dû résulter de cet amour n'étant pas venu, il fallait qu'elle se fût trompée, songeait-elle. Et Emma cherchait à savoir ce que l'on entendait au juste dans la vie par les mots de *félicité*, de *passion* et d'*ivresse*, qui lui avaient paru si beaux dans les livres.（イタリック体は原文のまま）

イタリック体で訳されている語は、*félicité*、*passion*、*ivresse* という語であり、原文でもイタリック体になっていることに留意されたい。訳は（フローベール、生島遼一訳、『ボヴァリー夫人』新潮文庫、一九六五年発行、一九七八年第一九刷、四三頁）から引用したが、波線は強調するために筆者が付した。以降、『ボヴァリー夫人』の引用はこの版の訳を用いる。

結婚について祖母ムンデタがかなり冷静に分析していたのに対して、エマ・ボヴァリーは「結婚」という言葉を聞いたときに、すぐに「恋愛」と結びつけ、小説の世界の主人公のように自分は「恋をしている」と錯覚する。この錯覚は、ジャンルは全く違うが、騎士道小説を読み過ぎたドン・キホーテが、自分が騎士であると思い込んで、すべてを騎士道のコードに従って解釈するのとよく似ている。ドン・キホーテが騎士としての冒険を求めて、巨人と見間違えて風車に戦いを挑んだり、羊の群れを軍隊と勘違いしたりしたように、エマ・ボヴァリーは「陶酔（*ivresse*）」を求めて次々に恋の冒険に挑んでいく。

『ドン・キホーテ』に、主人公が無鉄砲に「旅」に出るのは騎士道小説の読みすぎだと判断して、周囲の人たちが騎士道小説を焼く場面があり、『ボヴァリー夫人』にも、エマの「小説だとかつまらぬ本を読む」（生島遼一訳）習慣が「神経症」の原因であると考える義母が「貸本屋」に購読を断る場面がある。この二つの場面は、ジャンルは違うが、「小説」が悪者にされているという意味で共通している。優れた文学作品には多様な解釈が可能だが、ムンサラット・ロッチが着目しているのは、ボヴァリー夫人が恋愛小説の読みすぎで道ならぬ恋に走ったという点であろう。エマの悲劇は恋愛小説に描かれている恋を現実の世界で実現しようとしたことに端を発し、小説の中には恋愛小説のヒロインになりきっているエマの姿が何度も描かれている。『ドン・キホーテ』が騎士道小説を批判するために書かれた騎士道小説のパロディであるとすれば、『ボヴァリー夫人』は恋愛を批判するために書かれた恋愛小説のパロディと解釈することも可能である。

では、なぜ若い娘たちはそれほど恋愛小説に夢中になったのだろうか。一八世紀にイギリスやフランスで興った新しい社会階級であるブルジョワジーは、その富によって妻や娘たちを家事労働から解放した。家事労働から解放された女性の多くは余剰時間を読み書きの習得に使ったために読書が盛んになった。女性作家による恋愛小説が数多く出現したのは、そのようなブルジョワジーの女性たちの必要に応えてのことであった。恋愛小説は、やがて、若い娘たちの間に大恋愛の末に結婚に至るという「ロマンティック・ラブ・イデオロギー」[5]を創出して、従来の結婚観を時代遅れのものにする。この強力なイデオロギーに取り込まれた娘たちは、「陶酔（*ivresse*）」を初めとする数々の美しい言葉に彩られた大恋愛をして結婚に至ることを生きる目標とするようになる。

一八世紀に至る前、結婚は親が決めるもので、その選択基準は政治的・経済的な地位と家柄であった(Usandizaga, 1993, p.25)。しかし、家柄より富を重んじるブルジョワジーがこの慣行を破棄したので、一八世紀以降、異なった階級の男女が結婚することが可能になった。それもロマンティック・ラブ・イデオロギーを助長した一因だと考えられるが、若い娘の生活は母親によって厳しく管理されていたので、実際に恋をするチャンスがあったかどうかは疑問である。両親は、娘がしかるべき年齢になると、良縁を求めて娘を社交界へデビューさせるが、結婚を決めるのは、一般に、本人ではなく両親のほうであった。両親が結婚を決めてしまえば、娘にはほとんど選択の余地はなかった。というわけで、大恋愛をして結婚するほうが例外的だったに違いないのだが、多くの若い娘たちは現実を見ることなく、ともかく結婚に夢を託した。実際に結婚してみると、結婚生活は退屈であった。結婚は日常的なもので、恋愛小説に使われている「至福」とか「情熱」とか「陶酔」という言葉とは対極にあると言っても過言ではない。退屈さに倦《う》み、ボヴァリー夫人のように、秘密の恋に走った女性も少なくなかっただろう。ムンサラット・ロッチは、そのような結婚の現実を、秘密の恋も含めて、女性の「くり返し」の人生の一環として捉えている。

5　この語については拡大解釈が可能であるが、ここでは、「大恋愛をして結婚に至ることを強く望むイデオロギー」と定義したい。

祖母ムンデタの日記で「陶酔（*ivresse*）」がイタリック体で綴られていることから、カタルーニャでも恋愛小説が頻繁に読まれていたことがわかる。祖母ムンデタは、エマ・ボヴァリーより、はるかに現実的で、書物の世界と現実を混同することはなかったが、結婚前には、やはり「情熱」と「陶酔」に満ちた結婚生活を期待していた。だが、その期待は見事に裏切られ、現実の結婚生活は退屈であった。当時の中産階級の妻たちは、夫にとって装飾品であり、再生産のみを期待される存在であった。フランシスコ・バントゥーラは若くて美しい妻を自慢に思っていたが、妻が自分と同様、固有の意志を持つ人間と考えていたわけではなかった。そのような意味では、フランシスコも、当時のカタルーニャ・ブルジョワジーの域を出ていなかった。男たちはホモソーシャルな世界を築き、男だけで重要と思われる政治、経済、文化の問題を議論して、そこから女性を排除した。それが顕著に表れているのは、一八九八年七月一六日付の日記の米西戦争の場面である。

その日、夫のフランシスコ・バントゥーラと仲間の貸付業者たちが貸付金を回収できるかどうかを口角泡を飛ばしながら議論していた。他方、別の部屋でそれを聞いていた祖母ムンデタは、事情がまったく呑み込めず、時々聞こえてくる、楽園のような南の島に思いを馳せ、戦争のためとはいえ遠くに行くことのできる兵士や貧しい人たちを羨ましく思うのであった。実際に兵士として出征した人やその家族の気持ちを慮ると、世間知らずにも程があるのだが、外の世界から切り離され、社会・政治・経済的に周縁に置かれていたブルジョワの妻たちにとって、案外、普通の反応だったのではないだろうか。

祖母ムンデタの反応はまた、米西戦争の敗北がカタルーニャではスペインの他の地方ほどの悲惨な史実ではなかったことを明らかにしている。中央から見たスペイン史にとって米西戦争の敗北は「九十八年世代」と呼ばれる、スペイン社会の弱体化と後進性を嘆く悲観主義の世代を生み出すに至るほど衝撃的な事件であったが、カタルーニャはうまくそれを乗り切った。キューバ市場はカタルーニャの繊維工業に対する安い原料供給者として重要だったが、敗戦後、時を移さずに他のアメリカ大陸の国や別の国にそれを求めたので、その経済的痛手は言われているほどにはひどくはなかった（AA. VV., 1998, p.166）。むしろ、利潤の高い市場をすべて失ったスペインの他の地域に比べると、相対的にカタルーニャの地位は大きく引き上げられることになった。そのような状況を反映しているのが、次に挙げるジュアン・マラガイ（バルセロナ、一八六〇〜一九一一）の「スペイン頌歌」である。

スペイン頌歌

1　スペインよ、聞いてくれ、
2　カスティーリャ語ではない言葉で話す息子の声を
3　私は、荒れた大地が私にくれた
4　この言葉で話す
（…）
17　貴女は名誉ばかり考えて
18　生きることを考えなかった
19　悲劇の母たる貴女は息子たちを死に追いやり、
20　死の名誉で心を満たす、
21　葬儀こそ貴女の祭典、

22 ああ、哀れなスペインよ！

23 私は船が出航するのを見た、
24 死に向かう息子たちでいっぱいの船
25 彼らは微笑み、運を天にまかせて船出した
26 そして、貴女は海の傍で歌っていた
27 狂女のように。

（…）

39 貴女には私の大音声が聞こえないのか。
40 危険を冒して貴女に語るこの言葉がわからないのか。
41 息子を理解する術を忘れたのか。
42 さらば、スペインよ！

（拙訳による。数字は説明のために引用者が付与した）

この詩は、戦争を批判するだけではなく、これまでのカスティーリャとカタルーニャの関係やカタルーニャが持つカスティーリャのイメージにも言及している。自らを「息子」と呼ぶのは、スペイン継承戦争以降、カタルーニャがスペインの一地方になったことを示唆している。十七行から二七行は、一八六〇年代頃から激化した植民地戦争のために出征して命を落とした兵士への追悼である。一六世紀、太陽の沈むことの

ない大帝国を築き上げたスペインでは「生粋主義」が猛威を振るった。「生粋主義」とは「生粋のスペイン人が備えるべき条件として〈血の純潔〉[6]、〈名誉あるいは体面感情〉、そして〈カトリック信仰〉などを重視する考え方である」（牛島、一九九七年、一五六頁）。この時から、スペイン人にとって、〈名誉あるいは体面感情〉は何より大切なものになり、その後のスペイン人の性格形成に大きな影響を与え続けた。植民地戦争については、もはや、勢力を回復することは不可能になっていたが、「名誉ばかりを考えて生きることを考えなかった」中央政府は、無益に武力の投入を続けて、多くの尊い命を犠牲にすることを厭わなかった。カタルーニャ人は、内心では「外見だけを重んじる」（ヴィラール、一九九二年、九一頁）カスティーリャ人を批判的に見ていたが、スペイン米西戦争で敗北するまでは、政治的に優位にある中央政府に敬意を表して、それを表立って口にすることはなかった。米西戦争の敗北によって、スペインがその弱体化を露呈すると、マラガイは好機を逃さずに、カタルーニャ語で堂々とスペインに訣別する意志を示して、これまでの「主従関係」を否定した。マラガイと言えば、〈ラナシェンサ〉について起こった文芸運動〈ムダルニズマ〉の旗手である。彼の自由奔放とも見える大胆な詩は、飛ぶ鳥を落とす勢いだった、その時代のカタルーニャの雰囲気をよく伝えている。〈ムダルニズマ〉に至って、徐々に発展を遂げてきた独自の文化が政治と結びついてカタルーニャ・ナショナリズムが強化されていく。

祖母ムンデタはそのようなカタルーニャのナショナリズムとは無縁であったが、キューバを南の島の楽園のように捉えているのは、米西戦争の敗北を国の重大な危機と捉えている、中央から見たスペイン史に対する痛烈な皮肉であろう。この歴史的な事件は、一つの史実が見る立場によって異なることを示している。

6　〈血の純潔〉とは、祖先にユダヤ人やイスラム教徒のいない、生粋のキリスト教徒を指す。

祖母ムンデタの不満は、退屈な日常生活だけではなく、セクシュアリティにも及んでいる。フランシスコ・バントゥーラは律儀で、祖母ムンデタの誕生日や記念日にプレゼントやレストランでの食事を欠かしたことはないが、いつも型にはまっていて、そこから逸脱することはなかった。もっとも我慢がならないのは、ベッドで妻を抱くとき、大切にしている蝶の標本に添えたのと同じ形容詞で自分を呼ぶことである。夫は蝶の標本を「インスピレーションの部屋」と名付けた小部屋の秘密の戸棚に隠していて、家族や使用人には、その部屋に入ることさえ禁じている。美しいコレクションは飾られてしかるべきなのに、コレクションを他人に見られることを嫌うばかりではなく、コレクションを持っていることさえ知られたくないのは、フランシスコ・バントゥーラにとって、蝶が単なる収集の対象ではなく、特別な意味をもつものだからであろう。妻を抱くときに蝶につけた形容詞で呼ぶのは、祖母ムンデタの中に蝶のイメージを見ているからだと考えられる。おそらく、蝶は性的な興奮を喚起するものに違いない。一種のフェティシズムである。したがって、妻と蝶は、彼にとって限りなく近い存在だと言える。次の引用がそれを裏付けている。

① 「ねえねえ、私を捕まえないでね」と私（祖母ムンデタ）は甘えたしぐさで彼（フランシスコ）に言った。
「ムンデタ、子供のような真似はやめなさい！　人に見られたらなんと言われるか！　(…)」――ムンデタ、蝶のような真似はやめなさい！」(RA, p.64)

② 「コッペリアのワルツを弾いておくれ、私の可愛い蝶や」(RA, p.96)

①は、流産する前に異様な高揚感にかられた祖母ムンデタが夫の周りを走り回ったときの会話である。

「子供のような真似はやめなさい」という言葉は夫婦の関係が対等ではないことを示唆している。ムンサラット・ロッチは、カタルーニャの男性の女性蔑視は、スペインの他の地方に比べて微妙なだけに立ち向かうのが難しい（Nichols, 1989, p.151）と述べている。フランシスコ・バントゥーラのこの態度はその一例と言えよう。カタルーニャの男性は女性に暴力をふるうわけではないが、子供のように扱うことによって女性を貶めるのである。その後の「蝶のような真似はやめなさい」という表現は一般的ではないが、フランシスコ・バントゥーラが蝶に異常な執着心をもっていたことを考えれば説明がつく。若い妻のすばやい動作に、フランシスコは、誘惑するようにひらひらと飛ぶ蝶の姿を見ているので、思わず、そのような言葉が出てきたのだろう。

②の「私の可愛い蝶や」は祖母ムンデタに対する呼びかけである。スペイン語圏では、知らない人でも女性に向かって「可愛いお嬢さん」などと呼びかけるのは日常茶飯事であり、恋人であれば、「女王様」、「小鳥さん」など、呼びかけの語彙はさらに豊かになるが、「蝶」と呼びかける例はそれほど一般的ではない。この呼びかけに、フランシスコ・バントゥーラの異常とも思われる蝶への執着心が表されている。

祖母ムンデタのセクシュアリティに対する不満はそれだけではない。性に対して淡白な夫は、いつも妻の期待を裏切るのである。祖母ムンデタは次のように不満を日記に書いている。

私は不思議な、とんでもない感情を求める。そのとき、皮膚の下の肉体が激しく燃えている。まるで、誰かが恐ろしい火をつけたみたいに。私はフランシスコに愛と優しさを期待している。でも、彼は、コッペリアのワルツを弾いてくれと言って、私をいらだたせる。（…）フランシスコと私、ベッドにいるときはほとんど視線を交わさない。彼は暗がりの中で私を愛撫する。彼が明かりをつけたいと思うことなんて絶対にないと思う。彼の手は震え、汗だくになっている。そして、トカゲのように私にしがみつく。耳元で彼のあえぎ声が聞こえる。彼の吐息は胃の臭いがする。私が彼を引き離すと、フランシスコは、くるりと背を向けて寝入ってしまう。(R.A, p.96)

この引用でもっとも重要なのは、女性には性的な欲望がないとされていた時代に、祖母ムンデタが自分の欲望を露わにしていることである。「カタルーニャのもっとも優れた主義と伝統に従って教育された」祖母ムンデタが、セクシュアリティの不満を夫にもらすことはなかったが、それだけに不満は徐々に鬱積していくことになる。

フランシスコの側から考えると、ベッドの中で決して「視線を交わさない」、「暗がりの中で私を愛撫する」、「明かりをつけたいと思うことは絶対にない」のはブルジョワジーの性の規範を遵守しているからだとも考えられる[7]。それよりも問題なのは、「トカゲのようにしがみつく」と「胃の臭いのする息」という表現である。爬虫類である「トカゲ」のイメージは、やはりネガティブなものではないだろうか。普段はじっとしているが獲物を見つけると、唐突に襲い掛かっていく動きを思い出していただきたい。何かがトカゲのよう

---

7 ジョージ・L・モッセは、中産階級について以下のように論じている。「中産階級とは、経済的活動でも、貴族や下層階級に対する敵意でも、部分的にしか定義できないだろう。彼らの経済的な活動と並んで、その生活様式を特徴づけることとなったのは、とりわけ市民的価値観(=リスペクタビリティ)の理想であった。彼らは市民的価値観(=リスペクタビリティ)により、下層階級と貴族の双方に対して自らの地位と自尊心を守ろうとした。彼らは倹約、義務への献身、そして情熱の抑制に基づいた自らの生活様式が「怠惰な」下層階級や放蕩的な貴族の生活様式よりも優れていると考えた」(モッセ、佐藤卓己・佐藤八寿子訳、一九九六年、十三頁)

に、突如、自分に覆いかぶさってきたら、ぎょっとしない人はいないだろう。祖母ムンデタは、夫を「トカゲ」と比喩することによって、愛の場面でのフランシスコの不器用さをほのめかしている。「胃の臭いのする息」は、「色の褪せた目」と並んで、この小説で何度も繰り返されている表現であり、フランシスコ・バントゥーラがあまり健康ではなかったことを匂わせている。祖母ムンデタが二十七歳のとき、夫が「新しい入れ歯を作った」(R.A. p.148) という記述があるので、そのとき、ゆうに四十歳は越えていたのではないだろうか。二十代の女性の目に四十代の男が老人のように映ったとしても不思議はない。規範的で面白みのない夫との結婚生活に対する不満から、祖母ムンデタは身を焦がすような大恋愛を夢見るようになる。

その夢は、一九〇一年初頭、一家がバルセロナのアシャンプラ地区に引っ越したときに叶えられる。祖母ムンデタは、バルコニーから見かけた学生に恋をするのだが、二人の恋がバルコニーを通して始まったという設定には大きな意味がある。『ボヴァリー夫人』のエマが最初の愛人の姿に目をとめたのも、窓際にいたときのことだった。ムンサラット・ロッチは、女たちが退屈さに倦んで佇んだ空間を、時代によって「窓、バルコニー、ガレリア（アシャンプラ地区の中庭に面している「屋根付きベランダ」を指す、本書第四章二一六頁の写真参照）」と区分し、詳しいエッセイを書いている (Roig, 1991, p.119-55)。窓は中世、バルコニーは近代、ガレリアはアシャンプラ地区を代表する女の空間である。

とはいうものの、従来、女がバルコニーに佇むことは、決して好意的な目で見られてはいなかった。それを物語るのが、次に挙げるカタルーニャの古い格言である。

「バルコニーにいる女は怠け者」(Roig, 1991, p.129)

この格言は、女たちがバルコニーから外を見ることをたしなめている。祖母ムンデタのように、若くして年取った男性と結婚させられて、退屈な結婚生活を送っている女たちにとって、唯一の楽しみはバルコニーから外を眺めることだった。バルコニーは好奇心を満たすだけではなく、時には秘密の冒険を提供する場所でもあった。[8] 女たちは、窓やバルコニーから、音楽を奏でる者や踊り子、葬列や処刑、売り子の掛け声や異国の人を見て興じ、時には、見目麗しい若者に心をときめかせることもあった。だから、道徳家は女性がバルコニーに佇むのを快く思わなかったのである。

この格言の原型となっているのが、次に掲げる中世の格言であるが、同じように外の世界に興味を持つ女性を諌めている。

「窓に佇む女はいかず後家になる」（Roig, 1991, p.123）

中世では、バルコニーと同様、ゴシック建築のアーチ型の「窓」が家の内部と外の世界を結ぶ媒介の役割を果たしていた。中世のカタルーニャの女は闊達で、「家庭から家族以外の女性との連帯や友情へと行動の輪を広げていた。バルセロナには家という物理的な空間に女性を閉じ込めるような習慣がなかったからである。女性たちは自由に通りに出ることができた」（Nash, 1988, p.17）。ところが、中世末期の一四世紀から

8　スペインの現代女性作家の重鎮であるカルメン・マルティン・ガイテ（一九二五〜二〇〇三）も、『窓から』というエッセイで、「窓は、タブーを冒すときに避けることのできない、危険を含んでいる要素であった」(Martín Gaite, 1987, p.50)と断言し、カスティーリャ語で、今では死語になっている「窓に佇む人」を意味する形容詞"ventanero/a"は、男性に使われることはなく、排他的に女性に用いられたと述べている。

バルセロナ・アシャンプラ地区
“Eixample” by elhzeia via https://www.flickr.com/photos/ilak/3187655762/ under Attribution-ShareAlike 2.0 Generic (CC BY-SA 2.0)
Full terms at https://creativecommons.org/licenses/by-sa/2.0/

アシャンプラ地区に位置する聖家族教会
(pixabay)

一五世紀になると、「女性の労働の範囲や余暇の過ごし方が見直されるようになる。女性は罪深いものという考え方が支配的になって、誘惑を避けるために、常に女性を忙しくさせて、仕事の範囲を家庭内に限定しなければならなくなった」（Nash, 1988, p.18）。外に出る自由を失った女たちは外の世界を知るために窓際に佇むようになる。中世の女について正確な資料が残っていない現在、その生活の実態を知るのは不可能に近いが、民衆の記憶である、この格言が、当時の女たちの現実を如実に物語っている。女の不道徳な行いに頭を痛めた道徳家たちは、「いかず後家になる」という最大級の罰を設定して、窓の外の世界を見る女の好奇心を戒めたのだが、バルセロナの女たちは、「格言がどんなに戒めようと、何世紀もの間、窓に佇み、外の世界を見て、好奇心を満たすことをやめなかった。なぜなら、家の中に閉じ込められている女性たちにとって好奇心こそ鬱病から救う最高の薬だったからである」（Roig, 1991, p.123）。

娘時代から外に出る自由がなかった祖母ムンデタにとって、唯一の楽しみはバルコニーから外を見ることであった。その習慣は結婚後も続くが、バントゥーラ夫妻が結婚直後に住んだグラシア地区は、その頃まだ寂しい郊外で、祖母ムンデタの目を引くようなものはなかった。その後、夫妻はアシャンプラ地区に引っ越す。アシャンプラ地区のマンションのバルコニーから見える光景はグラシアとは比べ物にならないほど賑やかで、祖母ムンデタに大きな喜びをもたらした。

一九世紀後半にイルデフォンス・サルダーの設計でバルセロナの壁の外に建設されたアシャンプラ地区は中産階級の居住地として発展した。建築様式はそれまでと異なり、パルコニー側に男性の書斎がおかれ、中庭に面したガレリア（＝屋根付きベランダ）に女性が多くの時間を過ごす居間や厨房がおかれた。当時、女性がバルコニーに出るのは無作法とされており、女性でそこに出られるのは掃除をするメイドぐらいのものだった。アシャンプラ地区の建物では、中世以降続いてきた、女と外界をつなぐ空間がなくなり、女の世界はさらに家の奥へと追いやられている。それでも、祖母ムンデタは、わずかな機会を逃さずにバルコニーから外を眺めている。「グラシアで生まれ、カタルーニャのもっとも優れた主義と伝統に従って教育された」祖母ムンデタであっても、新しい家のバルコニーから外を眺めたいという気持ちを抑えることはできなかったのである。次の引用はバルコニーから見える風景の一部である。

> 私は一日中、バルコニーにいて、鉢植えに水をやりながら、人々がどんなふうに通り過ぎるのか、どんなふうに話すのか、下の店でどんなふうに立ち止まるのかを見る。車に誰が乗っているか、電車から降りる人がどんな生活をしているのかをあてる遊びをしてみたい。あの人たちの話を知りたい。時々、私は彼らが知り合いであるかのように、彼らの物語を作ってみる。(R.A. p.108)

バルコニーから外を見る祖母ムンデタの姿はゴシック建築のアーチ型の窓から外を眺める中世の女性たちの姿と重なる。ほどなく祖母ムンデタは、中世の女たちと同じように、そこで見目麗しい若者に目をとめる。

若者はビクトー・アマットという学生で、向かいの下宿屋に住んでいた。次の引用からバルコニーを媒介とする恋の進展の様子を窺うことができる。

① あの学生さん、今日、私が花に水をやっているときに、私をじっと見つめたわ。（RA, p.112）

② あの学生さん、私がバルコニーに出ると、私に微笑みかけるの。家の下の小間物店に立ち寄る私から目を離さないし、グラシア通りでは私の後をぴったりとつけてくる……（RA, p.116）

③ 私って馬鹿みたい。毎日、バルコニーに出て、花に水をやったり、小鳥にえさをやったり、道を通るティルバリー（＝二人乗り二輪馬車）や辻馬車をぼんやりと見ていたり。彼の部屋のカーテンの後ろに彼がいるんじゃないかと思って、影を見ては遠くから彼の姿を探している。彼が手で合図をしているように見える。そして、太陽の光のような彼の熱い視線が私に届いたような気がする。（RA, p.127）

祖母ムンデタは、人妻であるという立場をわきまえながら、視線、ちょっとした仕草、豊かな想像力で、恋心を高揚させていく。やがて、二人の恋は手紙をかわすまでに発展する。初めての逢瀬は、バルセロネータ（バルセロナ市南東部にあり、海岸に面している）であった。祖母ムンデタは、庶民が住む、その地域の自由な雰囲気を、まるで別世界のようだと感じる。のびのびと外で遊ぶ子供たち、小さなバルコニーに洗濯物を広げる年配の女たち、家の玄関でパイプをふかす男たち、磯の匂いのする空気、漁師や船員で賑わう酒場など、そこには、アシャンプラ地区の閉鎖的な環境とは大違いの、港町独特の開放的なバルセロナがあった。その後、祖母ムンデタはビクトーと淡い交渉を持って人生のクライマックスを迎えるが、道徳心が勝って、愛を極める前に身を引いてしまう。バルセロナのボヴァリー夫人は、エマ・ボヴァリーと違って、道ならぬ恋で身を滅ぼすことはなかった。逸脱を夢見ながら逸脱しきれなかったのは、おそらく、(カタルーニャの)「もっとも優れた主義と伝統に従って教育された」からであろう。このタイトルが祖母ムンデタとエマ・ボヴァリーの相違、つまり、フランス人とカタルーニャ人の違いを明らかにしている。

カタルーニャ人の気質を表す言葉に「セニィ(seny)」と「アラウシャメン(arrauxament)」という言葉がある。カタルーニャ人は、「セニィ」には辞書にはない意味がたくさんこめられているので他の言語に訳出することは不可能だと主張するが、あえて訳出を試みると、「分別、良識、生きる知恵」(Farrater, 1987, pp.31-42)ということになるだろうか。「アラウシャメン」は「激昂、激情」を表し、セニィとは相反する意味合いをもつ。この二つの対立的な特徴は「ある人びとがセニ、べつの人が激情というのではない」(樺山、一九七九年、七三頁)。おなじ一人の人間に同居しているという。「バルセロナのボヴァリー夫人」こと祖母ムンデタは、エマ・ボヴァリー同様、退屈さに倦み、秘密の恋の冒険をするが、それに溺れることなく、何食わぬ顔で元の生活に戻っている。それは「セニィ」、つまり、「分別、良識、生きる知恵」のなせる技だろう。その一方で、祖母ムンデタが、セクシュアリティの面で、めくるめくような夜を欲したのは、アラウシャメンのゆえであろう。ムンサラット・ロッチは、貞淑と見えるカタルーニャの女の多くが、どれほど禁じられようと窓あるいはバルコニーに佇むことを止めず、陰で秘密の恋をしていたと主張する。秘密の恋は、女の人生にとって珍しい経験ではなく、延々と繰り返されてきた「くり返し」の人生の一環に過ぎないということである。それは、沈黙を強いられてきた女にとって、生きる糧でもあった。

一九〇九年、祖母ムンデタは三十五歳にして母になるが、生まれた赤ん坊が男の子でなかったことにいたく失望する。「男の子には、少なくとも自由がある」からである。『ボヴァリー夫人』にも、「エマは男の子がほしかった。（…）男はとにかく自由である。」（生島遼一訳）という、同じような台詞がある。その根底には、女性であるがゆえに窮屈な人生を余儀なくされてきたという思いがある。この時期、祖母ムンデタは、娘を持つということが何を意味するのかを分析したり、夫を批判したりしている。米西戦争の頃の彼女とはもはや別人である。

この年の七月、モロッコ戦争が激化し、「悲劇の一週間」[9]が起こる。「直接の契機はモロッコへの予備役動員への抗議だったが、特徴的なのは教会関係建物の焼き打ちが多かった」（楠貞義他、一九九九年、三八頁）ことである。一九〇九年七月二十八日の日記に、祖母ムンデタはその事件を目撃したことを記している。モロッコ戦争のため孫を徴兵された老婆が「アフリカは貧しい若者の屠殺場だ」（R.A. p.149）と叫ぶと、それを皮切りに暴動者のグループが警備隊を襲うが、サーベルで蹴散らされてしまう。警備隊が引き上げた後に残ったのは血を流している数人のけが人と、「金持ちが戦争に行けばいいんだ。私の孫を前線に送ったのは奴らなのだから」（R.A. p.149）という老婆の悲痛な叫びだけだった。この事件について、多くの歴史書には無味乾燥な短い説明があるだけだが、ムンサラット・ロッチは、豊かな表現力で、その場の情景をリアルに再現している。祖母ムンデタは老婆の訴えを真摯に受け止め、なぜ、戦争がそれほどの犠牲を強いるのか、と大きな怒りを感じて、夫の友人とこの事件について議論さえしている。米西戦争のときの祖母ムンデタの子供のような反応を考えると、その成長には目を見張るものがある。

9　一九〇九年、モロッコで「スペイン人が開発した鉄鉱山をリフ族が攻撃したことから、リフ族とスペイン人の間に激しい戦闘が始まった。（…）バルセロナでは、モロッコに向かう兵士たちの乗船妨害運動が起き、（…）ＰＳＯＥカタルーニャ連合は八月にゼネラル・ストライキをおこなうことを決議した。しかし、七月末に早めてストライキが行われたバルセロナでは、軍が出動して戒厳令が布かれ」（楠貞義他、一九九九年、三五頁）、軍や警察と、ストライキ参加者が衝突し、流血の惨事となった。

祖母ムンデタの日記は、一九一九年一月二日、フランシスコ・バントゥーラの死によって締めくくられる。危篤状態にあったフランシスコは、次のような言葉を残している。

「ちょうちょ、ちょうちょ」と（フランシスコは）言った。「いつか、おまえを捕まえてやる」（RA. p.159）

この引用は、フランシスコが息をひきとる間際まで蝶に翻弄されていたことを示している。彼のような蝶の収集家でも、生涯、手に入れることができなかった蝶とは、一体、どんな蝶なのだろうか。それは、本物の蝶ではなく祖母ムンデタとしか考えられない。四角四面なところのあるフランシスコは人情の機微に疎かったが、それでも、妻が不満を抱えていることは察していた。祖母ムンデタの日記の端々に、妻を理解することができずに当惑している夫の姿が描かれている。だが、共通の言語を話していない二人が理解し合うことはなく、最後まで、フランシスコは、妻の不満の原因を特定することはできなかった。フランシスコはおそらく蝶の標本のように、祖母ムンデタを愛したかったのだろう。だが、若くて健康な妻が、「インスピレーション」の小部屋にじっととどまっているはずがない。フランシスコが捕まえたと思うやいなや、妻は、ひらひらと飛ぶ蝶のように、フランシスコの傍をするりとすりぬけていった。夫にとって、そのような妻は、誘惑者であり、決して手の届かない存在のように思われたが、自分から歩み寄ることはなかった。あるいは歩み寄る術を知らなかったと言うべきか。祖母ムンデタもまた、フランシスコに期待するものがあったにもかかわらず、夫にそれを告げることはなく、封じ込めてしまった。二人の関係は、ブルジョワジーの夫婦の形式的な関係を示している。かくして、フランシスコ・バントゥーラは、祖母ムンデタという「蝶」を決して手に入れることなく逝く。

夫の死に直面した祖母ムンデタは、数十年にわたる結婚生活を振り返って、次のように語っている。

> （フランシスコは）とびぬけて美人でも醜女でもない私にありったけの優しさや愛情を注いでくれた。それは、一人の男性が自分を傷つけずに一人の女性に捧げることのできる、最高の優しさや愛情だと言えるだろう。彼は、優しくて、親切で、慎ましくて、すべてが紳士的だった。節度をもって、適切に私を愛してくれた。でも、私は一度も彼に誘惑されたと感じたことはなかった。たっぷりとしなければならない熱い愛のしぐさをするとき、つまり、キスしたり、抱きしめたりするとき、いつも時計を見て時間を測っているようだった。（R.A, p.155）

この引用は、カスティーリャ人の名前をもつフランシスコ・バントゥーラが、実は典型的なカタルーニャ人気質だったことを示唆している。一般に、カタルーニャ人は倹約家だと言われるが、フランシスコも、その例にもれず、大変な倹約家であった。愛の場面でも倹約を忘れることはなく、浪費をすることはなかった。では、フランシスコにはアラウシャメンはなかったのだろうか。いや、そうではあるまい。フランシスコのアラウシャメンは、もっぱら蝶の収集に向けられていたと推測される。祖母ムンデタという、もっとも魅力的な蝶を捕まえることに、ひそかに情熱を燃やしていたかもしれない。それが達成できなかったのは、妻を物象化し、意味のあるコミュニケーションをとろうとしなかったからである。

フランシスコの没後、祖母ムンデタは、娘（＝母ムンデタ）や孫（＝娘ムンデタ）には、詩と絵画をたしなんだ教養人としてのフランシスコのイメージを伝えている。「セニィ」を持つ祖母ムンデタらしい態度である。

祖母ムンデタの人生は、秘密の恋も含めて、カタルーニャ・ブルジョワジーの女性としては、ごく平均的である。若くして年配の男に嫁ぎ、自由のない退屈な日常を過ごすことを余儀なくされ、外界につながる唯一の空間から外の世界を眺めて、好奇心を満足させるだけではなく、「恋」に巡り合う。それは、中世から続いてきた女の「くり返し」の人生である。だが、女の「くり返し」の人生は、大文字の歴史の流れとは無縁ではない。夫となるフランシスコ・バントゥーラとの出会いがリセウ劇場爆破事件だったし、米西戦争や悲劇の週間も経験している。祖母ムンデタの日記はまた、ここでは取り上げなかった「電車」の電化や、バルセロナの壁の崩壊など日常的な出来事にも言及している。公の歴史とは別の視点から見ている彼女のコメントは、どんなコメントであれ、カタルーニャ固有の歴史の証言として位置づけることが可能であろう。

母ムンデタ

母ムンデタの地の文の語りは、第二共和政の成立とイグナジ・コスタとの秘密の恋が中心である。母ムンデタは三人のムンデタの中ではもっとも控えめで、自分が主役に生まれついていないことを自覚しているような娘であったが、心の中では、大恋愛と幸福な結婚生活を夢見ていた。しかし、その夢は激動のスペイン史に翻弄されて潰えてしまい、犠牲者ともいうべき人生を送る。夢見る乙女と容赦ない現実との対比は、どんな女性であれ、歴史の影響を免れ得ない存在であることを強調しているように思われる。

彼女の語りが、一九三一年四月十二日、第二共和政が宣言された日から始まっているのは象徴的である。その日、行きつけのバルである「ヌーリア」に行くために母（＝祖母ムンデタ）を待っていた母ムンデタは、街が騒然としていることに気付いてとまどう。あちらこちらから異様に興奮した民衆の叫び、カタルーニャの国家である〈収穫人〉の歌、トラックに乗った労働者たちのシュプレヒコールが聞こえてくる。旗を振る人がいる。「マシアー（＝フランセスク・マシアー、一八五八〜一九三三）」という名前が耳に入ってくる。母ムンデタは、その光景を「さながらフォルク・イ・トラスの作品に入り込んだようだった」(RA, p.48)と表現している。

フォルク・イ・トラスは、初期の作品で階級闘争における個人主義と社会的連帯の問題を取り上げた作家である。特に、『ジュアン・アンダール』（一九〇九）の冒頭には、土曜日の午後、仕事を終えた労働者たちが一斉に街に繰り出す場面が描かれており、その開放感にあふれた様子はさながら祭のようである。共和国宣言の日と、平常の土曜日の午後とは比べるべくもないのだが、大勢の労働者を見たことのない母ムンデタが、その光景から彼の作品を思い浮かべたとしても不思議はないだろう。

それにしても、この共和国誕生のシーンは、なんとカタルーニャ的なシンボルに満ちていることか。「マシア」とは第二共和政が宣言された日に、「カタルーニャ共和国」を宣言した、分離主義的なアスタット・カタラの指導者であり、〈収穫人〉の歌とは、一六四〇年の収穫人戦争を謳った歌で[10]、カタルーニャの「国歌」となっている。それに加えて、旗がある。しかし、国旗、国歌、紋章、国の日（九月十一日＝スペイン継承戦争でバルセロナが陥落した日）、踊り（サルダーナ）、守護聖人など国のシンボルの多くが整えられた

10　「フェリーペ四世の治下（一六二一―六五年）のカタルーニャは、カタルーニャ人の自由に対する執着と、王のますます旺盛になる資金需要がぶつかり合う舞台となった。（…）一六四〇年一月にパルピニャーの戦闘が終わると、農民と歩兵のあいだの紛争が頻発し」（M・ジンマーマン／M＝C・ジンマーマン、二〇〇六年、五十〜五一頁）、収穫人戦争（一六四〇〜一六五二）が勃発する。この戦争でカタルーニャは、現在、「北カタルーニャ（ルシヨン地方とサルダーニャの一部）」と呼ばれる地域をフランスに割譲せざるを得なくなる。その屈辱を忘れまいと、この歌が歌い継がれ、国歌となった。

のは、それほど昔のことではない。それらのシンボルが制定されたことによって、一八九〇年代には、カタルーニャ・ナショナリズムは、都市部だけではなく農村部にも浸透していく。

「ヌーリア」

母ムンデタは、このようなカタルーニャ・ナショナリズムの歴史にはまったく無関心かつ無知で、事の重大さをまったく理解できずにいた。「ヌーリア」で母が友人たちと共和政について、しきりに話している間も話の輪に加わろうとせず、子供のように揚げ菓子入りのチョコレートに舌鼓を打ちながら、心の中では小説や映画に出てくるような愛を夢想していた。次に挙げる引用がその時の母ムンデタの気持ちである。

（母ムンデタは）三人の女性（祖母ムンデタ、パトリシア・ミラルペッシュ、シクスタ叔母）はあまりに早く愛を知りすぎたのだと考えた。私は、慎重に、辛抱強く待たなくては。そしたら、もっと巧みに恋愛できるはず。（…）愛する人の胸に頭をもたれるわ。映画でジャネット・マクドナルドがモーリス・シャバリエ[11]にしたように。（…）私の人生は、毎晩、私を愛して、「君だけだよ」とささやく、固い意

---

11 Jeanette MacDonald（フィラデルフィア、一九〇三～一九六五）、女優。Maurice Chevalier（パリ、一八八八～一九七二）。二人は映画 *The Love Parade* 邦題『ラブ・パレード』（Paramount, 1929）、*One Hour With You* 邦題『君とひととき』（Paramount, 1932）、*Love Me Tonight* 邦題『メリィ・ウィドウ』（Paramount, 1932）、*The Merry Widow*（Paramount, 1934）で共演している。

志をもった物静かな男性の傍で、幸福に彩られるはず。(R.A. p.63)

この反応は、米西戦争のときの祖母ムンデタを思い出させる。米西戦争が祖母ムンデタにとって対岸の火事でしかなかったように、今、目の前で起こった第二共和政の成立は母ムンデタにとって何の意味も持たなかった。異なるのは、祖母ムンデタの時代にロマンティックな想像をかきたてるのは小説であったが、母ムンデタの時代には映画がそれに取って代わっていることである。具体的な映像は小説以上に強力なロマンティック・ラブ・イデオロギーを母ムンデタに植えつけたようである。母ムンデタは、いつも母親と一緒に行動していたので、周りには多くの既婚女性がいて、それぞれが結婚生活について不平を述べていた。それにもかかわらず、祖母ムンデタは映画の主人公と自分を同一視して、自分だけはそうならないと確信しているのである。その確信のもう一つの要因は、母・娘の世代間のコミュニケーションの不足であろう。祖母ムンデタの時代にも多くの娘たちが小説を読んで大恋愛を夢見たが、その憧れを自分の経験として語り継ぐことはなかった。したがって、娘たちは、母親にもまた、同じように夢見た時代があったことを知る由もなかった。

晩生だった母ムンデタが愛を知るのは、その三年後、一九三四年の夏のことである。母ムンデタはバイドレッシュ(バルセロナ近郊の避暑地)にあるカティの別荘でイグナジ・コスタと知り合い、一目で恋に陥る。外交官の息子でありながら左派で政治活動をしているイグナジには何かと芳しくない噂があったが、母ムンデタはまったく意に介さず、恋を貫いていく。

二人は、その夏、何度も一緒にバルセロナを訪れている。イグナジ・コスタといると母ムンデタはつい雄弁になり、バルセロナの生活、気候、店、祭などについて、次から次へと語り続けた。小説の中ではバルセロナの描写に、実に、約一ページ半が費やされており、作者のバルセロナへの並々ならぬ愛着が感じられる場面である。ムンサラット・ロッチは自分が生まれた街、バルセロナをこよなく愛した。ロッチが定冠詞をつけて「市」と言うときには、排他的にバルセロナを指した。『さらばラモーナ』だけではなく、すべての作品に、様々なバルセロナが、その土地に住んでいる人でなければ気付かないような繊細さで描かれている。母ムンデタにとっても、バルセロナは「自分の街」であり、「家族」であり、そこに住む「彼女自身」であり、バルセロナを語るのは自分を語ることであった。イグナジに語っているとき、母ムンデタは、ふと「バルセロナは満開の花のようだ」（R.A. p.102）と思う。バルセロナが「満開の花」であるということは、母ムンデタもまた満開の花だということである。大恋愛への憧れが現実になりつつあることに気付いた瞬間ではなかっただろうか。

イグナジ・コスタは、母ムンデタの気持ちを察していたが、政治活動をしている自分の立場を自覚していた。確かな将来を約束することができないので、年の割にはあどけない母ムンデタを傷つけまいとして距離を保ち、誰にも知られないように気を配った。そして、サルバット＝パパセイット（一八九四〜一九二四）の詩を彼女に捧げている。

隠れて愛するのは、なんと、ぬくぬくとした喜びなのか
僕たちを見る人は誰も、僕たちを見て、そう言わないだろう
でも、僕たちはもう抱擁してしまった
そして、無我夢中になっている（R.A. p.90、出典は Salvat-Papaseit, 1981, p.143、拙訳による。）

サルバット＝パパセイットは社会主義運動に身を投じて、ブルジョワジーを痛烈に批判した詩人（Molas, 1981, p.vii）である。この詩は「愛」の詩で、一見、それほど政治的ではないように見えるが、未婚の娘は何よりもまず貞操を守らなければならないという当時のブルジョワジーの性の規範を考慮するなら、「隠れた愛」そのものが、真っ向からブルジョワジーの規範に対立するものだと言える。内気な母ムンデタが結婚を前提にしない愛に身を投じることができたのは、第二共和政がもたらした自由な空気ゆえとも考えられる。

一九三四年の政治的な状況に目を向けると、一九三一年に成立した第二共和政の下、中央政府の抵抗や共和国の混乱のため自治政府への権限委譲は遅々として進まず、一九三三年十一月には中道-右派の政府が成立した。この政府は、農地問題や労働争議において地域内の経済的・社会的利害対立が表面に浮上したため、とりわけ、「これまでの二年間に行われた改革、とりわけ農地改革とカタルーニャ自治権を修正しようとした」（立石、二〇〇二年、一三〇頁）。それは、自治を望むカタルーニャには危機と映り、一九三四年十月六日に十月革命が起こって、首班クンパニィスが「スペイン連邦共和国のカタルーニャ国」を宣言する。それによって大きな波紋が広がることはなかったが、農村部では血なまぐさい事件が散発した（ヴィラール、藤田一成訳、二〇〇二年、一三二頁）。イグナジ・コスタがアラバサダ街道で受け持っていた任務もその一つである。彼はモーゼル銃を仲間に渡そうとトラックを待っていたが、そのトラックが坂を登りきれずに立ち往生している間に治安警備隊員が発砲して、二人が倒れた。イグナジがかけよって「けが人は何人か」と質問すると、運転手は「けが人はいない」と答えた。ほっとしたイグナジにトラックの運転手は「殺されたんだよ、二人は。坊ちゃん」（RA, p.144）とあきれたように言った。イグナジは、道路に飛び散っている、殺された二人の脳を見て、その凄まじさにおののき、モーゼル銃を渡すことも忘れて、母ムンデタと約束していた場所まで走ってきたのであった。

その夜、母ムンデタに会ったイグナジは、異様に興奮して、その日の事件を語り続けた。「僕は戦いたかった、カタルーニャを労働者の問題と国の問題で分けないように。だから、僕はアラバサダ街道に行った。（…）でも、着いたとき、僕は何もしなかった。呆けたような顔をして彼らを見ていただけだった……」(RA, p.151)。イグナジ・コスタは、理想に燃えて政治活動をしていたのだが、任務に失敗し、死体を見て逃げ出すという失態を演じて己の脆弱さに気付く。真の意味で「暴力とは何か」ということを理解していなかったのである。机上の理論では大義名分が暴力に優先する。しかし、実際の暴力の場面に遭遇すると、大義名分など単なる口実でしかない。いかなる理由があろうと、暴力は暴力なのである。イグナジは、領事の息子として豊富な外国暮らしの経験をもっていたので、バイドレッシュで避暑をするようなプチ・ブルジョワの卑小な世界を厳しく批判していたが、アラバサダ街道の事件で、所詮、自分もまたその一員に過ぎないことを自覚したのである。

他方、母ムンデタは、イグナジに会ったとたん、彼の様子がいつもと違うことにとまどう。イグナジは気のふれた人のように一貫性のない言葉をぶつぶつつぶやき、「クンパニィスのカタルーニャ国（アスタット・カタラ）宣言」(RA, p.150)のことを話した。イグナジのその言葉から、母ムンデタは、第二共和政が宣言された日のことを思い出し、二つの出来事が脳裏で衝突するのだが、政治に無知な母ムンデタの思考がそれ以上、発展することはなかった。

混乱しているイグナジ・コスタの手をとって、二人きりになれる場所へと誘ったのは母ムンデタのほうであった。万事に控えめだった母ムンデタからは考えられない大胆な行動であるが、愛の力と第二共和政の自由な雰囲気が彼女を踏み切らせたのであろう。そう考えると、冒頭の第二共和政が宣言された日の場面は、この日の伏線だったと考えられる。数日後、任務の失敗から立ち直ることのできなかったイグナジ・コスタは自殺してしまい、母ムンデタの語りは、そこで終わる。

プロローグとエピローグで、数年後、母ムンデタが、金儲けはうまいが日和見主義者のジュアン・クラレットと結婚したことが判明する。地の文をはさみこむように、イタリック体で書かれているその部分は、いかに内戦が特殊な経験であったかを強調するかのようである。次の引用は、ジュアン・クラレットとの出会いから結婚に至るまでの母ムンデタの語りである。

① （母ムンデタは）ジュアンと知り合った日のことを考えた。その日、ジュアンは私に、自分の母親のようにきちんとして身だしなみがよいから大好きだと言って、自分と結婚したいかどうか、尋ねた。私は、ええ、と答えた。実際、大満足だった。未婚のままで年取ってしまったらどうしようと思っていたからだ。(R.A. p.20)

② ジュアンは内戦による貧乏から抜け出す術を知っている。お母さんは、最初、私がジュアンと結婚するのを快く思わなかった。優雅さのかけらもない下劣な男で、本なんか一冊も読んだことがないのだから、と言って。でも、ジュアンが金儲けのうまい男であると知って、口をつぐんでしまった。(R.A. p.8)（プロローグとエピローグ原文はイタリック体だが、読みやすさを考慮して普通の書体に訳出した。）

最初の引用の「未婚のままで年取ってしまったら、どうしようと思っていた」という言葉は、祖母ムンデタの「笑いものにならないために結婚する」という言葉と共通しており、大恋愛の末に結婚したわけではないことをほのめかしている。二人の結婚の相違は、祖母ムンデタの夫フランシスコ・バントゥーラが両親のお墨付きだったのに対して、ジュアン・クラレットのほうはその限りではなかったということである。もし、内戦で困窮しなければ、祖母ムンデタが二人の結婚を認めることはなかっただろう。そのような意味で、二人の結婚は内戦の産物なのである。母ムンデタは、一九三四年の十月革命で、初恋の人、イグナジ・コスタを失い、内戦によって、多くの女の人生でもっとも重要なファクターである結婚を決定づけられる。

二人の結婚生活は、次の引用が示すように、「賢い」ジュアンと「バカな」ムンデタに特徴づけられている。

① 「お前はバカで世間知らずだから、俺のような、人生を導いてくれる夫をもって幸運なのだ」とジュアンは私に言う。ジュアンはとても賢い。(RA, p.9)
② 女はみんなバカなのだから。(RA, p.9)
③ 私はバカだから、女子文化学院で習ったことをほとんど覚えていない。(RA, p.10)

九ページから十ページにかけて「バカ」という言葉が三度も使われているのは、母ムンデタが自らを「バカ」であると納得させようとしているからであろう。母ムンデタは、女は「バカ」だから男の保護がなければ生きられないが、自分の母親とその友人のカティは例外だと思っている。二人は「賢い」から男性を必要とせず、自由に生きている。母ムンデタは心の中でこの二人に憧れ、自分も賢かったら彼女たちのように生きられるのに、と思っている。だが、母ムンデタが憧れる、自由で賢い女は、ジュアンにとって敵である。ジュアンは、祖母ムンデタは「高慢で、誰からも援助を受けようとしない」(RA, pp.9-10)し、カティは「自由すぎて、男に好かれない」(RA, pp.10-11)と悪口を言う。裏を返せば、男にとって好ましい女とは、依存心が強くて、自分を必要とする「バカ」な女だということになる。

これについて、フェミニストとして著名なマリア・アウレリア・カップマニー（一九一八〜一九九一）は、カタルーニャの社会には知的な女性に対する敵意があったので、「カタルーニャの女は常に自分の能力に驚く無邪気で可愛い女を演じて、極めて男性的な社会からのそしりや嘲笑を避け、男性優位を信じ込んでいる男たちが自分を控えめな女性だと思うようにしむけた」（Capmany, 1975, p.84）と述べている。だが、母ムンデタは意識的に「無邪気で可愛い女」を演じるほど策略家ではない。依存心が強いので夫に「バカ」だと信じこまされているが、実際には、母ムンデタは「バカ」ではない。自分の意見をしっかりと持っているから、祖母ムンデタとカティを評価できるのである。

内戦中に、母ムンデタがジュアンの家父長的な支配に気付く日がやって来る。一九三八年三月、バルセロナは反乱軍の空襲によって壊滅的な打撃を受ける。夫のジュアンは、その日の朝、出かけたまま戻ってきていなかった。妊娠中の母ムンデタは、それまで一人で行動するということはなかったが、この非常事態に直面して、夫を探しに家を飛び出す。爆撃されたバルセロナを右往左往しながら、死体収容所にたどり着くが、そこでも夫を見つけることはできなかった。なす術もなく佇んでいると、甥を探しているという老人が声をかけてきた。老人は、イベリア・アナーキスト連合（ＦＡＩ）の党員であり、何度もデモに参加した筋金入りの闘士だった。母ムンデタにとって、この老人のような労働者と接触したのは初めての経験であったが、話しているうちに、彼のかっと見開いている目がイグナジ・コスタの目と同じであることに気付く。真実を見ようとする目、夫の、鳥のように細めた目とはまったく違う目。この時、母ムンデタは夫とイグナジ・コスタとの相違を知る。夫ジュアンは、最初は共和派に属していたのだが、内戦の混乱に乗じて財を成し、戦況が不利と見るやいなや、さっさと反乱軍の側に寝返ってしまった。それに対して、イグナジは主義主張を貫くために自殺した。政治や経済には疎いが、純真で真っ直ぐな性格の母ムンデタは、この時やっと、イグナジの真実を理解するのである。そして、次のように、ジュアンとの初夜を回想する。

（その時）ねばねばした毛むくじゃらの玉がイグナジの幽霊のように私の肌にくっついて胸を圧迫していた。ジュアンは動きを止めて、どうしたの、と私に尋ねた。ジュアンにそれがわかったのは結婚式の夜だった。（RA, p.164）

結婚式の夜に、処女ではなかったことをジュアンに看破されて以来、母ムンデタはイグナジ・コスタとの関係を恥辱と思ってジュアンに絶対服従してきた。だが、イベリア・アナーキスト連合の老人との会話で、母ムンデタは、労働者の世界に触れ、「社会」の成り立ちをおぼろげながら理解する。イグナジは平等で、より良い社会を築くために戦っていたのだ。そう気付いたとき、母ムンデタはイグナジ・コスタとの思い出を振り返って、恥辱に思う必要はなかったのだと悟り、次の言葉を残している。

私は友達とそれほど違っていない。私たちの間では、いつも、すべてが同じように終わって始まる。三十四年の夏とその秋に起こったこと以外は。でも、誰もが人生に夏と秋を経験する。（RA, p.163）

一行目は、母ムンデタが、女の人生が「くり返し」だということをすでに知っているということを示唆する。次に、「三十四年の夏とその秋に起こったこと以外は」と述べて、イグナジ・コスタとの秘密の愛は、逸脱、つまり「してはならないこと」だったと認めている。以前と比べると、格段に自由だった第二共和政の時代でも、ブルジョワジーの性の規範では結婚前に処女を失うことはタブーであった。だが、最後の文で、「誰もが人生に夏と秋を経験する」と述べて前言を撤回する。愛し合っていれば、結ばれるのは自然の成り行きで、誰もが経験することである。それを恥辱にしているのは男性に有利な性の規範に他ならない。それに気付いた母ムンデタは、生まれてはじめて自分の目で現実を見つめることを学び、ジュアンがいなくても一人で生きていく自信を持つ。

幸か不幸か、ジュアンは爆撃にあわずに帰還する。そして、反乱軍が勝利する。それは、母ムンデタにとって死にも等しいものであった。内戦後、反乱軍のフランコが敷いた体制は、第二共和政時に制定された女性に有利な法律を撤廃し、女性の男性への従属を法によって制定し、女性の社会的役割を家庭内に限定した（Garrido, 1997, p.419）。それによって、女性の解放は大きく後退し、厳格な家父長制社会が推進されたのである。それが、啓蒙された母ムンデタに、どれほどの息苦しさを与えたかは推して知るべし、であろう。

内戦後の母ムンデタについては、娘ムンデタの語りを通して知ることができる。娘ムンデタから見た母ムンデタはいつもびくびくと夫のジュアンの顔色を窺う、無防備で虚弱な小動物のようである。その脅え方は尋常ではなく、長男のナジは母親のそんな態度を見かねてブラジルへと旅立ってしまった。だが、娘ムンデタは、一度、次に挙げるような両親の別の側面を垣間見ている。

「母さんは父さんと出かけたくないと言うんだ」と、ある夜、ジュアンが、怒りのためか、悲しみのためかわからないが、唇を震わせながら娘ムンデタに言った。母は暗いベランダのナイトテーブルの傍に頑なに座り続けていた。母ムンデタは、ジュアンから、出かけるから着替えるようにと言われても、子供のような頑迷さで拒んだ。楽しい場所を提案しても無駄だった。彼女はジュアンの意見に耳を貸さず

に勝ち誇っていた。(RA, p.44)

この引用から、母ムンデタは沈黙を保つことで、実は、夫への抵抗を試みていたのだということがわかる。沈黙による拒絶は和解不可能な絶対的な拒絶である。「賢いジュアン」にも、それに対処する術はない。もはや、二人の間の溝を埋めるのは不可能である。母ムンデタの抵抗はそれだけにとどまらない。「母は、折に触れては、サルバット＝パパセイットの詩を口ずさんでいる」という娘ムンデタの言葉は、母ムンデタが、イグナジ・コスタとの愛の思い出を、生涯、大切にしていたことの証しである。また、長男の「ナジ」という名前がイグナジにちなんでいるのは言うまでもない。

三人のムンデタの中でもっとも控えめで、自分の意志というものをもたなかった母ムンデタが、もっとも大きな歴史のしっぺ返しを受けることになったのだが、そのような母ムンデタが専制的な夫に抵抗をするきっかけを作ったのもまた歴史であった。

娘ムンデタ

娘ムンデタの語りが扱っているのは非常に短い期間で、一九六八年のパリの五月危機のあおりを受けて大学が閉鎖される前の二日間と、一ヵ月後に大学が再開されたときの一日だけである。その合間に、過去がフラッシュ・バックの形で語られる。

この時、娘ムンデタは二十歳で大学生である。一九六〇年代後半は世界的に大学に学生運動の嵐が吹き荒れた時代であり、スペインも例外ではない。女子学生の多くは伝統的な慣習に異議を唱え、進歩的な思想に傾倒した。以下の娘ムンデタの言葉がそれを物語っている。

ジョルディと知り合う前、彼女はどのようにして処女を捨てるかで思い悩んでいた。処女であることが重荷だったのである（R.A. p. 34）。

祖母や母の時代には性について話すことさえタブーであり、結婚前に貞操を失うことは女性としてまっとうな人生を送ることを否定されたようなものだったが、一九六〇年代後半、特に学生運動に身を投じるような進歩的な女子学生の間では、もはや貞操という言葉は死語になっていた。彼らが理想とするのは、誰にも縛られない「自由恋愛」である。娘ムンデタもそれを支持していたのだが、実際に恋人ができると、理論通りにはいかなかった。内心では恋人との安定した関係を望んでいたが、保守的な女性だと思われるのが嫌で、本音をさらけ出すことができなかった。彼女の語りがその告白から始まっているのは、外見と内面との相克がいかに大きかったかを物語っている。

恋人のジョルディ・ステーラスと知り合うきっかけになったのが一九六六年三月に起こった「ラ・カプチナーダ」と呼ばれる立てこもり事件[12]である。娘ムンデタはまだ十七歳だったにもかかわらず、それに参加してジョルディと知り合う。そのときの場面が次に挙げる引用である。

12　一九六六年三月九日、独裁的なフランコ体制に異議を唱える五百人余りの学生たちがサリアにあるカプチン修道院に立てこもり、三十人の教授が「バルセロナ大学学生民主組合（el Sindicato Democrático de Estudiantes de la Universidad de Barcelona）」の設立を要求して、それに同伴した。集会が終わって外に出ようとする学生を警察が待ち受けていたので、中にいた学生たちは、外に出ることを拒んで修道院に三日間、立てこもった。これが「ラ・カプチナーダ（la Caputxinada）」事件である（Sánchez, 2001, pp.317-8）。ムンサラット・ロッチ自身も、この事件に参加し、同年、二十歳で結婚している。

彼が話すのを初めて聞いたのは、あの憲法改正の集会の最中だった。二年生の学生だったので、誰も彼のことを知らなかった。彼の論法の明確さは他者を圧倒していた。ゆっくりと間をとる穏やかな話し方は鎮静剤のようだった。その声には学生の疑問や、混乱や、常につきまとう不確かさを解消するものがあった。若いけれど彼はリーダーだった。そうなりたいと思わないからこそリーダーだったのだ。彼は、そこで抵抗していた人を即座に納得させた。その後、四月二十七日の集会で、警察が大学に入ってきて学生の間にパニックが広がったとき、叫びや、あざけりや、うめきの中から、落ち着きを求める彼の声が再び聞こえた。（RA, pp.34-35）

娘ムンデタにとって、ジョルディ・ステーラスは英雄である。その後、娘ムンデタはディスコで偶然ジョルディと再会して、またたく間に恋に落ちる。左派の活動家と中産階級の若い娘という関係は、イグナジ・コスタと母ムンデタの関係の再現であるが、前者と異なるのは、娘ムンデタとジョルディの間には常に不協和音が鳴り響いていることである。左派のリーダーであるジョルディはブルジョワジーを敵とみなし、ブルジョワ出身であるというだけで娘ムンデタを頭ごなしに批判した。娘ムンデタのほうは、ジョルディを愛し、尊敬し、絶対的な存在であると信じていたので、その批判を真摯に受け入れていた。

娘ムンデタは、最近、英雄視してきたジョルディに疑問を抱くことがある。もっとも不満なのがセクシュアリティの問題である。セックスのとき、ジョルディはいつも突然、動きを止めて立ち上がり、水を飲んだり、いらいらとタバコを吸ったりする。娘ムンデタは「始めるのも、喜びが始まろうとするその瞬間に中断するのも、どうして、いつもジョルディなのかしら」（RA, p.34）と疑問に思うが、あえて尋ねようとはしない。なぜなら、「ジョルディの手、細長くて白い手、死人のように青白く、ためらいがちな手は汗だくで、指の間からタバコが落ち、顔は告白できない恐怖を隠している」（RA. p.34）のがわかるからである。ジョルディは娘ムンデタをリードしようとするのだが、途中でそれが不可能になることがたびたびあるのだ。

初体験のときも、二人はすんなりと結ばれたわけではなかった。ジョルディが、突然、不能になったからである。なんとか関係が成立したとき、娘ムンデタは、「全生涯を偉大な愛、恐ろしいほどの愛、その終わりは死しかあり得ないような夜の闇への長い旅路の始まりに身を捧げた」（RA. p.35）と思って有頂天になる。だが、ジョルディにとって、この経験は屈辱的なものだっただろう。なぜなら、ジョルディはリーダーであり、革命の闘士として屹立《きつりつ》するファルスのごとく強い男性であることが期待される立場にあったからである。リュース・イリガライによれば、「もっとも《強い》者とは、《もっとも勃起する》者、もっとも長い、もっとも太い、もっとも固いペニスをもつ者」（Irigaray, 1977, p.24）であるという。つまり、ペニスは強さの象徴なので、上に立つ者ほど、より大きく、より太く、より固いペニスを持つことを要求されるのである。二人の初体験には、男女のセクシュアリティの相違がはっきりと表れている。男性は屹立するファルスにこだわるが、女性のほうはその限りではなく、触れ合っているだけでも満足できる。だが、二人は、性の場面でお互いにコミュニケーションをとることなく、愛の新鮮さを失っていく。知り合ってから二年経った今、娘ムンデタは、ジョルディとの関係ではもう、優しさも、愛の長い夜も、満足も得ることができないことを知っていた。

二人のコミュニケーション不足は、祖母ムンデタとフランシスコ・バントゥーラ、あるいは、母ムンデタとジュアン・クラレットの関係を思わせる。伝統的な貞操の概念を打ち破った娘ムンデタでさえ、実際の性の場面で「男性は能動的で、女性は受動的」という固定観念を捨てることができず、前の世代と同じような問題で悩んでいる。何事も理論通りにはいかないものである。

というわけで、娘ムンデタはジョルディとの結婚を夢見ることはなく、自分は、将来、『ボヴァリー夫人』か『ラ・レヘンタ』(クラリン作(一八八四―五)。ラ・レヘンタとはヒロインの名前)か『ピラー・プリム』(ナルシス・ウリェー作(一九一二)。〈ラナシェンサ〉期の代表作)のようになるだろうと予測している。

ここに挙げた三つの小説のうち、最初の二つの小説の主人公は退屈な結婚をして、退屈をまぎらすために道ならぬ恋に走るという共通点があるが、『ピラー・プリム』は、若干異なる。主人公ピラー・プリムは未亡人なので、再婚するのは自由だったが、夫の遺言にある用益権に縛られていた。再婚すれば、工場の経営権を含む、夫から受け継いだ財産をすべて放棄しなければならない。夫から相続した工場は、名目上、彼女が経営者であるにもかかわらず、実質的には義弟に経営権を握られて、私生活まで監視されていた。カタルーニャ語で「ピラー(pilar)」は「柱」、「プリム(prim)」は「細い」を意味し、合わせると「細い柱」となる。題名でもあり、主人公の名前でもある「細い柱」は、女手一つで会社の経営にあたらなければならない主人公の弱い立場を示唆している。しかも、カタルーニャの法律は「細い柱」に非情であった[13](Oller, 1912, p.187)。

ある夏、ピラー・プリムは避暑地に行く汽車で乗り合わせた男性ダベルガに強く惹かれるが、財産を失うことを恐れて身を引く。その後、数年たって、義弟の経理上の不正が発覚して、弁護士が必要になったとき、

13 法的に「女性は不平等な立場におかれていた。一八八九年に制定された民法では、妻の夫への服従が義務づけられており(第五十七条)、(…)妻は相続をめぐる手続きにも夫の許可が必要だった(第九百九十五条、第千五十三条)、(…)女性は自分の裁量でできることはほとんどないに等しかった」(磯山、二〇〇三年、一五七頁)。ピラー・プリムの場合は夫を亡くしているのだが、夫の代わりに義弟に財産を管理され、私生活まで監視されているのは、女性に対して法が非情だったからである。

ダベルガの名が浮上する。彼は弁護士だったのである。ピラー・プリムは意を決し、ダベルガを頼る。再会した二人の間に恋が再燃し、今度こそピラー・プリムが恋人の腕の中に飛び込むことが暗示されている。

このように、ウリエー作『ピラー・プリム』のストーリー構成は、『ボヴァリー夫人』や『ラ・レヘンタ』とは異なるのだが、あえてムンサラット・ロッチが三つの小説を並列したのは、夫がいようといまいと、女が自分の意思を貫こうとすれば、何らかの制裁を受けずにはいられないということを主張したかったからではないだろうか。また、スペインとフランスとカタルーニャを同列に並べることによってカタルーニャの存在を強調する意図もあったに違いない。「細い柱」としてのピラー・プリムの人生は、四十代半ばで夫を失った祖母ムンデタの人生を彷彿とさせる。祖母ムンデタも、夫の死後、一家を支えるべく奔走するが、得られたのはわずかな年金だけであった。祖母ムンデタの生き様を見ていたから、二十歳そこそこの娘ムンデタが自分の将来をそのように思い描くことができたのかもしれない。

さて、娘ムンデタとジョルディ・ステーラスは、一九六八年、パリの「五月危機」の余波を受けてバルセロナ大学が封鎖された後に破局を迎える。マドリード大学封鎖のニュースにバルセロナ大学の学生たちは浮き足立って今後の方針を話し合うが、そこでジョルディは指導的な役割を演じることができなかった。そればかりか、警察の介入に仰天して身を隠してしまう。彼の反応は、イグナジ・コスタがアラバサダ街道で任務に失敗したときの反応を思い出させる。だが、イグナジが母ムンデタを忘れることはなかったのに対して、ジョルディは娘ムンデタを顧みなかった。ここに、理論には長けているが、実際は、胆力がなく、身勝手なジョルディの性格が浮き彫りになっている。非常事態だからこそジョルディを必要としていた娘ムンデタは、その不在に耐えられず、行きずりの男と関係を持った後にジョルディとの仲を清算する。

娘ムンデタとジョルディの愛は学生運動に始まって、学生運動に終わる。この歴史的な事件がなければ、同じ大学に在籍していたとしても二人が出会うことはなかったかもしれない。そのように考えると、娘ムンデタのわずか二十年足らずの人生もまた歴史に翻弄されていることが明らかである。

『さらばラモーナ』の並列的な構造は、類似点を強調し、女性の人生が「くり返し」であることを効果的に描き出している。「くり返し」の大半はパートナーとの愛の欠如に特徴づけられる。祖母ムンデタは型にはまった夫婦生活に倦み、母ムンデタは専制的な夫の支配に苦しみ、娘ムンデタは「自由恋愛」を主張する恋人に疑問を感じている。三人とパートナーとの関係は、抑圧、惰性、コミュニケーション不足に満ち満ちている。三人のムンデタのパートナーたちは、タイプも世代もまったく違うにもかかわらず、パートナーが何を考えているのか、まったく理解しようとしないという点で共通している。三人のムンデタは、そのようなパートナーとの抑圧的な関係の中で、様々な抵抗を試みている。退屈と戦う祖母ムンデタはバルコニーから外を眺めることによって秘密の恋を経験し、夫に絶対服従を強いられている母ムンデタは昔の恋の思い出に生きることによって心の中で反旗を翻し、奔放な女を演じている娘ムンデタは娼婦のように行きずりの男と関係を持った後に恋人に別れを宣言する。合法的に結婚して子供を生むのが唯一の「正しいセクシュアリティ」（竹村、一九九七年、七二頁）であるとすれば、三人の抵抗は逸脱として非難されるべき行為であるが、三人が三人とも逸脱を経験しているということは、逸脱がそれほど特別なことではないということである。そこから、三人のムンデタ以外の女や、その前の世代の女たちも逸脱を経験したに違いないということが容易に想像される。それを裏付けるのが窓やバルコニーに佇む女を諫める格言の存在である。

ムンサラット・ロッチは、逸脱は、ほとんどの女性が経験する「くり返し」の人生の一環であり、大方の女の人生にとって、逸脱はもっとも重要な出来事なのだと主張する。だが、その興奮が長続きすることはない。祖母ムンデタは道徳心から身を引き、母ムンデタは怒涛のスペイン史の流れの中でイグナジ・コスタを失い、未婚の娘ムンデタが二年越しの愛の中で「全生涯を偉大な愛に捧げた」と感じたのは始まりの頃だけであった。比較的長く続いた娘ムンデタの愛が、日常の中でどんどん擦り切れていったのは、愛がいかに儚いものであるかということの証左でもあろう。一瞬のきらめきのような愛に身を投じた女性たちは、社会的制裁を恐れてか、秘密を他人に漏らそうとはしなかった。したがって、他人の経験として「武勇伝」のように女の世界で語り継がれることはあったにせよ、世代間に受け継がれることはなかった。逸脱は、それほど稀有な経験ではないにもかかわらず、個人的かつ断片的なのは公に語られ得なかったことによる。『さらばラモーナ』の断片的な構造は、そのような女の世界を象徴している。

三人のムンデタの人生を決定づけるもう一つのファクターは歴史的な変化である。意識するとしないとにかかわらず、社会で生きている限り、何人も歴史の影響を受けずにはいられない。ムンサラット・ロッチは、小説に正確な歴史的なデータを取り入れて、「くり返し」の人生とは別のベクトルである歴史の流れを取り入れている。歴史的な大事件として祖母ムンデタはリセウ劇場の爆破事件、米西戦争、悲劇の週間について語り、母ムンデタは、第二共和政と一九三四年の十月革命と内戦に翻弄され、娘ムンデタは「ラ・カプチナーダ」と呼ばれる学生たちの修道院の立てこもり事件とフランスの一九六八年の五月危機の余波を経験する。このように、女の「内-歴史」は「くり返し」の人生と歴史の流れの組み合わせからなっている。

娘ムンデタは、小説の最後で、恋人と別れ、旅立つことを決心する。それは、「くり返し」の人生に終止符を打とうとするムンサラット・ロッチの意志の表明である。『さらばラモーナ』というタイトルにその決意が表明されている。

3. 女の系譜構築

クリスティナ・デュプラアは、『さらばラモーナ』の主要な目的の一つは、「大文字の歴史から忘れ去られた女の系譜を構築することによって、女性の歴史に意義を与えることである」(Dupláa, 1996, p.91) と述べている。そのための工夫として、ムンサラット・ロッチは祖母、母、娘に同じ名前を付して、名前を基準にした、母系の家系図を構築する。しかも、ラモーナの家系は三代に限るわけではないことが、次の引用に示唆されている。


(イグナジ)　君の名前が思い出せないんだけど……

(母ムンデタ)　ムンデタです。

(イグナジ)　変わった名前だね。

(母ムンデタ)　田舎から来た名前です。私の母もムンデタ、祖母もムンデタ、そして、曾祖母もムンデタという名前でした。皆、ムンデタはライムンダの愛称だと思っているけれど、私たちの名前は、実は、ラモーナなんです。(RA. p.78)


「母も、祖母も、曾祖母もムンデタだった」という言葉は、小説が取り上げる三世代だけではなく、その前の幾世代もの女もムンデタという名前で、三人のムンデタの前に連綿と続く長い列があるということを示唆している。

スペイン人の姓は二つあって、父の姓が第一姓、母の姓が第二姓である。一見、子供には男女の姓が平等に付与されるように見えるが、子供には父の第一姓（父の父の姓）と母の第一姓（母の父の第一姓）が受け継がれるので、第二姓である母の姓はどんどん消えていくことになる。小説の中で三人の主人公の姓への言及はごくわずかなのは、姓よりも名前を重視して母系を際立たせるためであろう。だが、三人とも同じ名前なので、地の文で、突然、語り手が交代するとき、読者は、夫、あるいは恋人との関係で三人のムンデタを区別しなければならない。換言すれば、三人のアイデンティティにはパートナーの男性の存在が不可欠だということである。社会的な肩書のない女は誰かの娘、誰かの妻、あるいは誰かの母として、アイデンティティを示されることが多い。その最たる例が報道である。男性が肩書きと個人名で登場するのにたいして、女性は「〜の長女」、「〜の妻」、あるいは、父親や夫がいない女性については「〜の母」と紹介される例さえある。これは女が個人としてのアイデンティティを付与されていない事実を示唆している。家族との関わりのないムンデタは「誰」でもないのだが、ムンサラット・ロッチは、誰でもない女に主役の座を与え、女の存在を浮かび上がらせている。

また、ムンデタという名前が「田舎から来た名前」であるという言葉は一九世紀のバルセロナの社会状況をほのめかしている。祖母ムンデタはバルセロナ近郊のグラシア（今はバルセロナ市）出身であるが、両親は、シウラーナという小さな村からバルセロナに進出してきて財をなした、典型的な産業ブルジョワジーである。今日のバルセロナに住む多くの人が、祖母ムンデタの両親と同様、産業革命が隆盛となった一九世紀後半にカタルーニャの田舎からバルセロナに移住した人だという（Roig, 1991, p.121）。つまり、「田舎から来た名前」は祖母ムンデタのそのような出自をほのめかしているわけである。だが、田舎の出身が名誉でなかったことは、『洗い物は多いのに石鹸は少ない』の短編に、祖母ムンデタの出自を暴いて悪評を立てようと企てる人が登場することで明らかである。「グラシアで生まれ、カタルーニャのもっとも優れた主義と伝統に従って教育された、バルセロナのボヴァリー夫人」である祖母ムンデタはブルジョワジーの妻の役割を完璧に演じ切って、悪意を抱く人につけいる隙を与えかったが、出自を表す名前だけは変えることができなかった。

さらに、娘ムンデタの語りの部分に、ジョルディが「ムンデタなんて、ずいぶん古めかしい名前だね」（R.A. p.35）と言って、娘ムンデタをからかう場面がある。だが、『名前百科事典』によると、一九八六年の調査で「ラモーナ」は新生児に多くつけられた名前百選の中に入っている（Albaigès, 1995, p.149）ので、多くのラモーナがいるはずで、からかわれるほど特別な名前ではない。では、なぜ、それほど「古めかしい」という印象を与えるのだろうか。

同書は「ラモーナ」の愛称として「モンチータ（Monchita）」、「モーナ（Mona）」、「オーナ（Ona）」、「ラム（Ram）」を挙げているが、「ムンデタ（Mundeta）」という愛称はどこにも見当たらない。したがって、一般的ではないのは愛称のほうだということになる。

キャサリン・デーヴィスは「ムンデタ」は「mundane（＝世俗的な、ありふれた）」から来ていると解釈している（Davies, 1994, p.42）。「mundane」と「Mundeta」は音が似通っているし、主人公の三人の人生はブルジョワの女性のそれとしては世俗的で、ごくありふれているので、その効果を狙ったということは考えられないわけではない。だが、一般に「古めかしい」ものは希少価値であり、「世俗的な、ありふれた」という概念とは合致しないのではないか。しかも、ラモン（ラモーナの男性形）／ラモーナはゲルマン系の名前で「保護者」を意味し（Albaigès, 1995, p.41）、名前そのものに「mundane」という意味はない。

問題なのは「皆がムンデタはライムンダ（Raimunda）の愛称だと思っている」という言葉ではないだろ

バントゥーラ／クラレット家の家系図

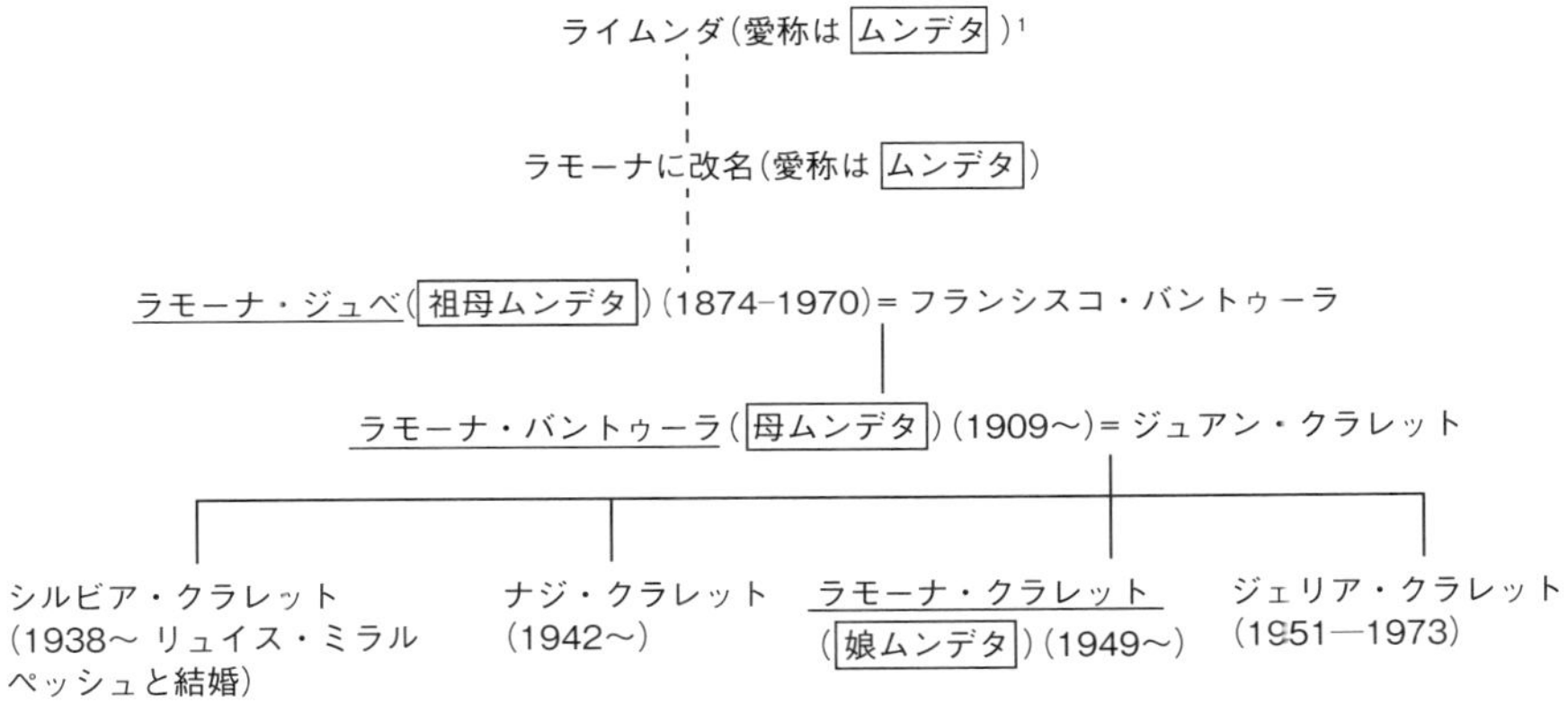

ミラルペシュ家の家系図

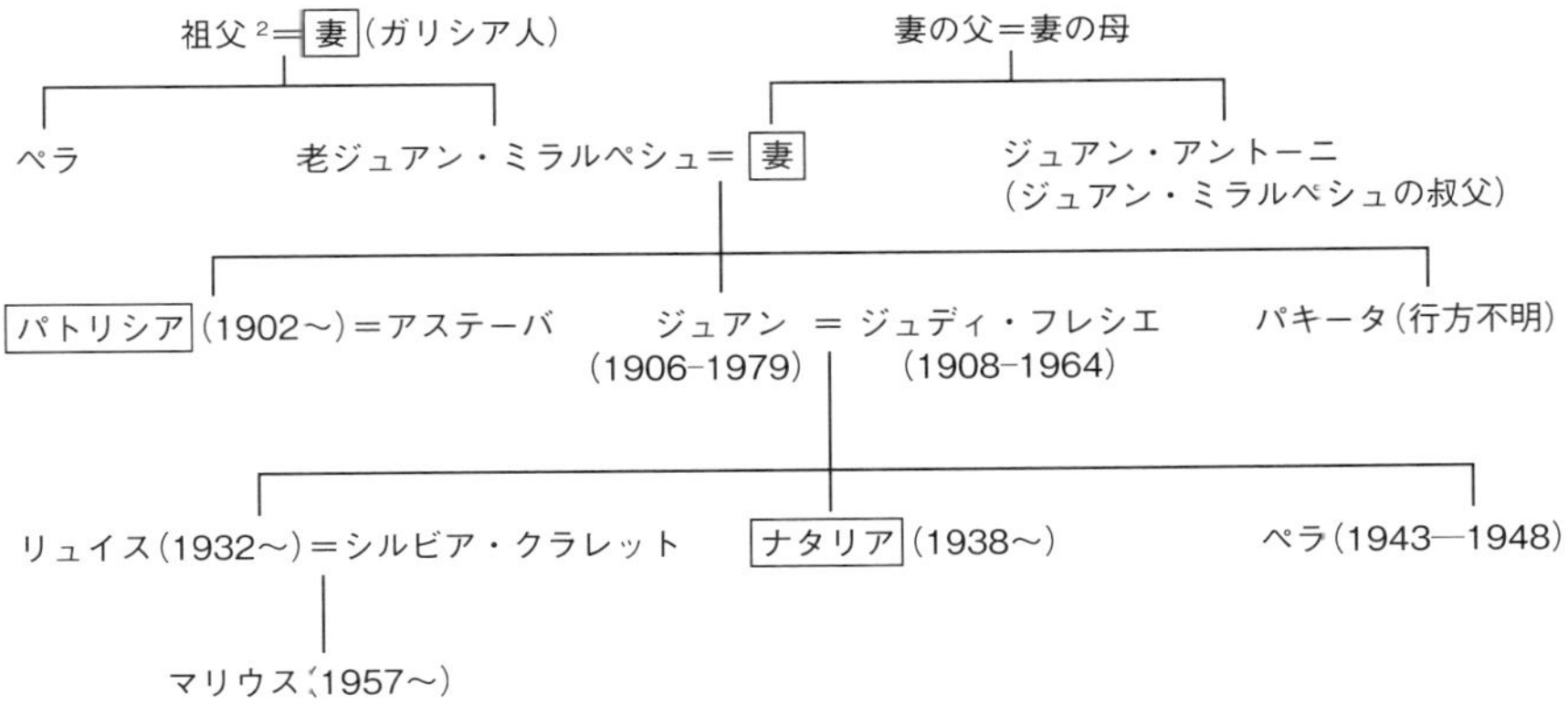

1　四角の囲み線は女性を中心とした家系図の後継者であることを示している。
2　祖父とはパトリシアから見た場合の家族関係

うか。『名前百科事典』によれば、「ライムンダ」はラモーナの古称である。カタルーニャ語では愛称として語の後をとる傾向があるので、「ライムンダ」の愛称として「ムンダ（Munda）」が考えられる。それに縮小辞を形成するカタルーニャ語の接尾辞"-et/-eta"を付けると「ムンデタ（Mundeta）」になる。「ムンデタ」という愛称は「ライムンダ」を連想させるから、「古めかしい」という印象を与えるのであろう。はるか昔、「ラモーナ」たちは「ライムンダ」だったに違いない。時代が下るにつれて、「ライムンダ」が古めかしく響くようになって、流行に敏感な女性が「ラモーナ」に変更してもなお、よく使われる愛称のほうは、そのまま残ってしまった、ということは十分あり得ることである。ムンサラット・ロッチが「ムンデタ」という愛称を用いたのは、ムンデタたちが「ライムンダ」が一般的だった時代から続いてきた古い家系の出身であることを強調するためであろう。「ラモーナ」はカスティーリャにも大勢いるが、「ムンデタ」はカタルーニャの女性に特有の愛称である。愛称のほうに伝統的でありながら庶民的なカタルーニャの雰囲気がこめられているように思われる。

前ページの家系図はムンデタを中心とするバントゥーラ・クラレット家と、『さらばラモーナ』の次の作品『さくらんぼの実るころ』の主人公ナタリアの家族ミラルペッシュ家の家系図である。なお、四角の囲み線は女性を中心とした家系図の「後継者」であることを示している。

第二作『さくらんぼの実るころ』で、娘ムンデタはナタリア・ミラルペシュとなって、十二年ぶりにバルセロナに帰還する。この二人は同じような経験を共有していることから同一人物と考えられるが、一度、旅立って、生まれ変わった女性には古いカタルーニャを示唆する名前「ムンデタ」はもはやふさわしくないので、ナタリアという新しい名前が与えられたのだと考えられる。「ナタリア（Natalia）」には「生まれた

(natal)」という形容詞が含まれており、「新しく生まれた女」であることが強調されている。家系図もラモーナ＝ムンデタたちのバントゥーラ・クラレット家からミラルペシュ家へと引き継がれる。両家をつなぐのが、娘ムンデタの姉であり、後にリュイス・ミラルペッシュの妻となるシルビア・クラレットである。
ナタリアの母親はユダヤ系フランス人なので、ミラルペシュ家を代表する女性は伯母のパトリシアということになるだろう。パトリシアが主役を演じることはないが、ムンデタたちとは違うタイプのカタルーニャ人として名脇役を演じている。グアルバ（バルセロナ北東部に位置する農村地帯）からモンセニィ山（バルセロナとジローナの中間に位置する山、一七一二メートル）の麓までを有するグアルバ有数の地主であるミラルペシュ家はカタルーニャの旧家で、祖先にはイサベル二世に表彰された曽祖父や、ナポレオン軍によって銃殺された有名な詩人や、(反) フランス人戦争[14]で奇跡を起こして聖人に処せられた女性がいると、パトリシアは語る。

前掲したミラルペッシュ家の家系図では女性を四角で囲んでいるが、実際は従来と同じ男性中心の家系図で、パトリシアの母の名前も祖母の名前も記されていない。その二人が歴史に何の痕跡も残さず、消えてしまっているのは、絶対的な権力を誇ったパトリシアの父、老ジュアン・ミラルペシュが、ガリシア人である自分の母親（＝パトリシアの祖母）と、若くして先立った妻を抹殺してしまったからである。老ジュアン・

14　これは一般に一八〇八年のスペイン独立戦争として知られているが、「カタルーニャの歴史学は、この戦争に「スペイン独立戦争」という名称を与えない。二十世紀に入り、スペイン・ナショナリズムの「国民意識」に対抗するかたちでカタルーニャ・ナショナリズムの「民族意識」を強調する歴史学は、カタルーニャにおける民衆の戦いをスペイン独立のための戦争ではなく、カタルーニャを侵略したフランス人に抵抗した戦争であったという意味で「(反) フランス人戦争」という用語を使っている」。（立石他、一九九八年、一七八頁）

ミラルペッシュは、女を再生産の道具としかみなさなかったが、娘のパトリシアに対してはいくぶん甘かった。娘が詩人アステーバ・ミランジャルスと結婚すると言ったとき、老ジュアン・ミラルペシュは、一目で婿の目的が財産目当てだと見抜き、持参金はおろか、嫁入り道具は何一つ持たせないと宣言するが、最終的にはミラルペシュ家の長女にふさわしい支度をして結婚させる。次に挙げるのがその引用である。

祖母のペチコート、母のレースのマンティーリャ（スペインの女性が頭・肩を覆う黒い薄絹）、曾祖母、祖母、母が着た花嫁の寝間着、サテンの部屋着、銀糸で総刺繍された日本の着物……（TC, p.69）

この引用に、わずかにパトリシア・ミラルペシュの母や、祖母や、曾祖母の存在がほのめかされている。この引用の大部分が寝室で着用される衣類であるということは、女たちの人生にとって、それらがもっとも重要だったということである。エレーヌ・シクスーは、「男は女にたくさん子供を産ませようとするので、女は青春の大半を床で過ごし、もはや女でなくなる年齢まで、いくつもの床を渡り歩く」（Cixous, 1975, p.66）と述べているが、パトリシアの母はまさにそのような人生を送り、三人目のパキータの出産で命を落とした。その嫁入り道具を引き継いだパトリシアにも母と同じ「くり返し」の人生が期待されていたのだが、生涯、子供を生まなかった彼女には嫁入り道具を引き継ぐ娘はいない。唯一の姪のナタリアは「新しく生まれた女」であり、結婚制度そのものを否定するだけではなく、不妊手術を受けてまで母親になることを拒否する。したがって、寝室の衣類が象徴する女の「くり返し」の人生の連鎖はパトリシアの代で途切れることは必定である。この後、ムンサラット・ロッチは「新しい女」、「強い女」としての生き方を模索することになる。

第二章　自由獲得の戦い――ムンサラット・ロッチにおける内戦の位置付け

現代スペインを理解するための、もっとも重要な鍵は、内戦であると言っても過言ではない。一九三六年七月、フランコによる武装蜂起で始まったスペイン内戦は、歴史的側面だけではなく文化的側面においても様々に取りざたされてきた。文学も例外ではなく、多くの作品に、直接あるいは間接的に内戦が描かれている。

一九四六年生まれのムンサラット・ロッチは内戦を経験していない世代であるが、五つの長編すべてと多くの短編に内戦そのもの、あるいは、内戦前後の様子を描いている。だが、内戦そのものを扱ったムンサラット・ロッチ研究はそれほど多くなく、フェリス・ザトリンが、ムンサラット・ロッチは戦後生まれの女性作家の中では、もっとも徹底的に内戦を描いている作家である（Zatlin, 1989, p.34）と述べているぐらいである。それは、ロッチの小説の時代設定が、小説が書かれた時代、つまり、ロッチが生きた「現代」なので、フラッシュ・バックの形で提示される内戦は副次的なテーマとみなされるからだろう。だが、ロッチは、現代を理解する鍵は過去にあると考えている。だから、何度も何度も内戦に遡るわけである。ムンサラット・ロッチがいかに内戦を重要視しているのかは、『ナチス収容所のカタルーニャ人』のプロローグに明らかである。

一九三九年以降に生まれた者は直前の過去、つまり、歴史的健全さを回復するには、あまりに多くの傷を私たちに残した過去を放棄して生きてこなければならなかった。(Roig, 1977, p.11)

ここで言う直前の過去とは、言うまでもなく内戦である。内戦は多くのスペイン人に大きな傷跡を残したが、カタルーニャの場合には、内戦による暴力、貧困、飢餓に加えて、多くの人がカタルーニャ人であるというアイデンティティを根底から覆されなければならなかった。なぜ、カタルーニャがそれほどまでの傷を負わなければならなかったのかを理解するためには、内戦前の状況を知る必要があるだろう。

一八九八年の米西戦争におけるスペインの敗北は転機であった。カタルーニャ・ブルジョワジーは、その弱体化を目の当たりにして、スペインに失望し、「カタルーニャ国」の独立を夢見るようになる。それが、カタルーニャ・ナショナリズムの推進力となり、ますます地方分離主義の気運が高まっていく。カタルーニャ・ナショナリズムの特徴として、ピエール・ヴィラールは以下の四点を挙げている。

① 言語―カタルーニャ語文学の過去は一九世紀に〈ラナシェンサ〉を興すほど栄えあるものである
② 〈ラナシェンサ〉が神話化した歴史―地中海の覇者として知られた中世カタルーニャに基づいている
③ 独立の伝統―カスティーリャの王たちを批判し、独立のための戦争を何度か経験している
④ 経済的独自性―一八世紀以来、盛んになった工業(主に繊維工業)、しかし、その発展はスペインの貧しい市場に負っており、不安定であった。というのも、関税を決定するのはマドリードだったからである(Vilar, 1986, p.22)

①から③までは、ベネディクト・アンダーソンが『想像の共同体』[1]で述べた、一九世紀にヨーロッパで起こった様々なナショナリズムの特徴と一致しているが、④はカタルーニャ特有の現象である。カタルーニャ・ブルジョワジーは、スペイン国家に比肩する「カタルーニャ国」を立ち上げようとするのだが、その繁栄の鍵を当のスペイン国家に握られていた。多くの保証を得るためには、スペイン国家の機嫌を損ねてはならなかった。カタルーニャ・ブルジョワジーが推進するナショナリズムは、最初から矛盾を内包していたのである。一九一〇年代後半から二〇年代にかけて労働者のストライキが頻発して、テロが横行し、社会が騒然となった時、カタルーニャ・ブルジョワジーはその矛盾を露呈させる。一九二三年、プリモ・デ・リベラが独裁政権を樹立すると、カタルーニャ・ブルジョワジーはナショナリズムを貫くことより、独裁制を受け入れて、独裁者に混乱の解決を託すことを選択したのである。

プリモ・デ・リベラの独裁に対抗するために、労働者側に新たな動きが出てくる。一九一〇年に「労働者

1　これについては、Anderson, Benedict, *Imagined Communities*, new edition, London: Verso, 2006（ベネディクト・アンダーソン、白石隆・白石さや訳、『想像の共同体　ナショナリズムの起源と流行』、リブロポート、一九八七年）の第五章「古い言語、新しいモデル」（六七〜八二頁）を参照されたい。一九世紀のヨーロッパのナショナリズムでは、ほとんどすべての場合、言語の問題が最重要であった。なぜなら、一九世紀は、商業、産業、コミュニケーション、国家機構が全般的に成長した時代であり、その成長と共に、多くの分野で読み書き能力が要求されたからである。読み書き能力を身に付けるには、ヨーロッパ共通の公用語だったラテン語より、日常的に使用している言語を学ぶほうがはるかに効率的だったので、国家語が定められた。その結果、「英語はアイルランドのほとんどの地域からゲール語を押し出し、フランス語はブルトン語を追い詰め、カスティーリャ語はカタルーニャ語を辺境に追いやった」（一二四頁）。しかし、この言語の統一動きは、そこから分離しようとする勢力を生み出し、ヨーロッパのあちこちで地域ナショナリズムが高揚した。カタルーニャもその一例である。

の連帯」を結成していたアナルコ・サンジカリスト勢力によって全国労働連合（以下、ＣＮＴ）が結成されていたが、一九二七年、ＣＮＴの穏健派から分かれて、より厳しい政治理論を理想とする、より行動的なイベリア・アナーキスト連盟（以下、ＦＡＩ）が結成される。

プリモ・デ・リベラは、分離主義を掲げるカタルーニャを徹底的に弾圧した。例えば、カタルーニャ語を公の場で使うことや、カタルーニャの国旗を掲揚することまで禁じた。その反動で《カタルーニャ主義》を掲げる第三の勢力が始動する。その担い手は農民、ラバサイレ（ぶどう栽培農家）、手工業者、被雇用者、小商店主、学校の先生、村の聖職者、自分を取り巻く環境に批判的な知識人であった。彼らは、「祖国、民主主義、民衆の利益を、イデオロギー的というよりは感情的に理想化し、中央政府の権力と結びついて自分の利益を守ろうとする保守的なリィーガ（カタルーニャの地方主義連盟）を、《祖国》と《カタルーニャ民族》に対する裏切り者として糾弾した」(Vilar, 1986, p.24)。リィーガは、一九〇一年カタルーニャ・ブルジョワ層の指導で結成された連盟で、カタルーニャ主義、カタルーニャの自治獲得を掲げる政党として、長年、政権の座についていたが、プリモ・デ・リベラの独裁制の間に急速に指導力を失う。

カタルーニャの勢力は、このように、ブルジョワジー、《カタルーニャ主義者》、労働者と三つに大別することができる。この三つの勢力のうち、《カタルーニャ主義者》と労働者は、分離主義を掲げて中央政府に抵抗しながら、なおかつカタルーニャ・ブルジョワジーと戦わなければならなかった。今なお、この図式は変わっていないのではないだろうか。

一九三一年の選挙では、エスケーラ（カタルーニャ共和主義左翼）というカタルーニャ主義の党が圧倒的な勝利を収める。一九三一年四月十四日、マシアが憲法の制定に先んじて「イベリア連邦共和国を構成する国家としてのカタルーニャ共和国」を宣言する。この日は、自治を願うカタルーニャ人にとって待ちに待った復活の日であった。『さらばラモーナ』の母ムンデタの語りがこの日の場面から始まっているのは、この日がカタルーニャにとってもっとも晴れがましい日の一つだからであろう。次章で取り上げる『日常オペラ』でも、この日は、主人公の一人であるカタルーニャ主義者のドゥックの人生を左右する重要な場面となっている。

ところが、これに危機感をもったマドリードの中央政府は、すぐさま、カタルーニャ共和国宣言の撤回を要請する。マシアは、独自のカタルーニャ自治政府「ジャナラリタット」を復活させることと引き替えに共和国宣言を取り消すが、ジャナラリタットの首班となって一年半後には自治憲法を発布する。憲法は、カタルーニャが制度上、復活したことを保証するものである。これによって、カタルーニャは二百年以上も前に失っていた「独立性」を取り戻したと言える。

ジャナラリタット

このような地方の動きに対して、中央政府内には分離に反対する勢力が強くなり、一九三三年十一月には中道 - 右派の政府が成立して、それまでの改革が見直される。それに危機感を覚えたカタルーニャ分離主義者は十月革命を断行するが、大きな広がりを見せずに鎮圧されて、政府が実力を示すことになる。第一章で紹介したように『さらばラモーナ』では、母ムンデタの恋人、イグナジ・コスタがこの十月革命に参加し、任務の失敗から立ち直ることができずに自殺している。

一九三六年の総選挙では、経済不況や保守系の政治家の汚職の露見などがあって、様々な左派系の政党から成る「人民戦線派」が勝利を収める。この勝利は、一つの強いスペインを目指す右派にとって、受け入れがたいものであった。かくして、一九三六年七月十七日にモロッコで軍人のクーデターが起こる。クーデターは翌十八日にはイベリア半島に広がり、七月十九日にはバルセロナの軍が市の中心部を制圧しようとするが、民衆の反撃にあって失敗に終わる。この失敗が、共和政府に勇気を与えた。CNTを中心に反乱軍に対するレジスタンス組織が結成されて、内戦へと突入する。

内戦はまた、スペインではじめて女性が参戦した戦争でもあった。第二共和政時に制定された一九三一年憲法は男女の平等を謳い、女性に参政権を与え、市民法による結婚、嫡出子と非嫡出子の区別の撤廃、実父確定検査など女性の解放を促す法律（Morcillo Gómez, 1988, p.67）を擁していた。それによって、女性の地位は向上し、女性の意識も変化した。女性による女性の組織が出現し、中でも一九三六年四月に発足して一九三九年二月まで存続した、アナーキズムの流れを汲むムヘレス・リブレス（「自由な女」の意）（Nash, 1975, p.16）は指導的な役割を果たした。当組織は、それまでのブルジョワ的な女性解放運動ではなく階級という視点から働く女性の問題を提起し、発足当時は、男女平等、女性の労働参加、その条件の改善を目標としていたが、にわかに勃発した内戦によってムヘレス・リブレスは活動内容の変更を迫られることになる。

クーデターが起こった直後、共和国政府の防衛のために、すべての男性と女性の入隊を呼びかけるポスターが通りを埋め尽くした。青いサルと銃を肩に乗せた女性の民兵の姿が、その時、はじめて出現する。女性を直接、戦闘や前線へと軍事的に配備したのは、事態の緊急性とクーデターへの抵抗が政治的に重要だったということで説明されるだろう。この最初の段階で、バルセロナで女性の民兵が特に名声を博していたが、彼女たちを統率していたのは、ムヘレス・リブレスの党員だった。（イタリック体

は原文通り、傍線は筆者）（Grimau, 1979, p.209）

このように、ムヘレス・リブレスの指導の下に戦争に参加する女性が現れ始めるのだが、女性に求められた役割はそれだけではなかった。男性が戦争に行ってしまったために生じた労働力不足も補わなければならず、「内戦の勃発とともに、女性は、新たに、軍事、政治、労働の分野に進出することになった」（AA. VV., 1998, p.184）のである。それまで客体に甘んじていた女たちが主体性をもって、生き生きと活躍する様は、女の時代の到来を予感させた。

ムンサラット・ロッチの長編小説のすべてが何らかの形で内戦に触れているが、この章では、内戦そのものに多くのページ数が割かれている『さらばラモーナ』と『すみれ色の時刻』を取り上げて、内戦が女性にとってどのような意味をもっていたのかを考えてみたい。

1．暴力の経験を乗り越えて

『さらばラモーナ』のプロローグには、バルセロナが爆撃を受けたときの様子が詳細に描かれている。そこでは、妊娠中の若い女性である〈私〉が、朝、家を出たまま帰らない夫を探しながら爆撃されたバルセロナをさまよい、行く先々で、戦争によるすさまじい暴力を目の当たりにする。この〈私〉は母ムンデタであることがエピローグで判明するが、プロローグでは彼女の名前は伏せられている。まず、〈私〉は、冒頭から漂っている街の悪臭に顔をしかめる。

① 地下鉄の入口から発している、オレンジの腐った臭い（R.A, p.7）
② 住むところがなくて地下に詰め込まれている避難民の汗ばんだ足の臭い（R.A, p.7）
③ 氾濫している瓦礫や生ごみから漂う、腐った卵や茹でたキャベツの臭い（R.A, p.11）

プロローグの冒頭には、時代背景や登場人物についての説明はないが、上記の引用から非常事態であることが一目瞭然である。なぜなら、都市が正常に機能していれば、このような悪臭を放置しておくことはあり得ないからである。その後の説明で、この日は一九三八年三月であることが判明する。『バルセロナの歴史』には、「一九三八年三月中旬には三日間続けて、反乱軍と同盟したイタリア軍機がバルセロナの中心部を破壊した」（Sánchez, 2001, p.293）とあり、死者は、数千人に及んだという。この場面はその空爆の日のいずれかであろう。

爆弾が落とされた場所の様子が生々しく表現されているのが次の引用である。そこは、まるで生き地獄のような様相を呈している。

爆音は地震のようだった。地面が沈没したかのように、そこに黒々とした、深い穴があいた。まるで神の手によって殴打を二発食らったかのように。そして、炎、叫び、うめき、嘆き、埋まった人たち、穴から動いている腕、死者たち。（R.A, p.18）

目をそむけたくなるような惨状であるが、ムンサラット・ロッチはあえて地獄絵を描くことによって戦争の暴力を強調しようとしている。〈私〉は、ここでも夫を見つけることができなかったので、右往左往しながら、やっとのことで死体収容所先へたどり着く。そこには、次に挙げる、もっと耐え難い悪臭が漂っていた。

① 死者の臭い（RA, p.21）
② 拭き取られずに固まった血の臭い、汗の臭い、腐敗の臭い、戦争の臭い（RA, p.22）

義勇軍として実際に内戦に参加したジョージ・オーウェルは、「感覚的な記憶というものは、未経験者には理解されにくいが、実際に経験した者にとってはもっとも生々しい記憶として残っているものである。（…）戦争につきものの経験のひとつは、人間につきもののいやな悪臭から逃れられぬことである」（オーウェル、橋口稔訳、一九七〇年、二二五頁）と述べている。ムンサラット・ロッチは「戦争の臭い」を盛り込むことによって内戦の悲惨さを五感に訴え、より具体的に伝えようとしている。

クリセウム劇場
1938 年３月、爆弾はこの付近に落ちた。

死体収容所で、〈私〉が目にしたのは、最初の爆撃シーンに勝るとも劣らないほど凄惨な光景だった。

> 私はラベルの付いた男の顔を見た。ぐちゃぐちゃだった。まるで、ゼラチンの塊のような顔。その隣には人形のように箱に入れられた女

の子がいた。その子にはぱっちりと開いている目も、へこんでいる額も、上唇のあたりから見える二本の丈夫でしっかりとした歯も、いやなことがあってしかめ面をしても開いてしまう口もなかった。（RA, pp.21-22）

ここで爆撃による凄惨さは頂点に達し、もはや状況を具体的に想像することさえ不可能である。しかも、この二つの引用は、死体収容所に収容されている死体が兵士ではなく、直接、戦争に参加していない市民であるということを示している。実際に内戦は、スペインではじめて「職業軍人の軍隊に対抗するものとして民兵が組織された戦争であった」（ヴィラール、二〇〇二年、藤田一成訳、一三〇頁）。民兵と言うからには、軍人としては素人である。民兵には、「銃を手にしたこともないものが多かった。」（オーウェル、橋口稔訳、一九七〇年、一九頁）というジョージ・オーウェルの言葉がそれを裏付けている。軍の組織化には時間がかかったが、三七年十二月、民兵部隊はアラゴン戦線で著しい成果を上げた。テルエル市を制圧したのである。だが、反乱軍はすぐに反攻し、制圧された地を奪回して、四月にはリェイダを占拠する。

その間隙を縫って、一九三八年三月、イタリア軍機がバルセロナに大規模な空爆をおこなった。その時、「飛行機は『白』も『赤』も区別しなかった」（RA, p.12）と、祖母ムンデタの妹であるシクスタ叔母は驚愕する。「白」とはドイツやイタリアなどファシスト政権から支援を受けている反乱軍を指し、「赤」とは社会主義や共産主義など左翼系の思想を持つ人からなる共和国政府軍を指す。飛行機の出現によって、敵を一度に大量に殺戮することができるようになったが、多くの場合、犠牲となるのは、直接戦争に参加していない市民であった。空から市民を「赤」と「白」、あるいは「敵」と「味方」に区別して攻撃するのは不可能に近いので、攻撃する側は、犠牲者の中には味方が含まれることを十分、承知の上で攻撃しているのである。

シクスタ叔母は、反乱軍（白）の側についている自分に対しても、飛行機が容赦なく向かってきたから驚愕したのであろう。運が悪ければ、犠牲者になっていてもおかしくないような状況であった。このように、飛行機による空爆は、従来の「戦争」という概念を大きく変えた。

この前年四月に、ドイツ軍は世界で初めてバスク州のゲルニカを空襲し、尼僧や子供まで殺傷している。余談ながら、その後ピカソは怒りをこめて、世界的に有名な「ゲルニカ」を描き上げている。ゲルニカの空爆は、住民の戦闘意欲を喪失させることが目的だったという。目的のためには手段を選ばず、勝者は告発されないのが戦争である。反乱軍は、ドイツやイタリアと同盟し、大量殺人が行われる可能性があったにもかかわらず、スペインを武器の実験場として提供することを辞さなかった。この「実験」の結果を受けて、第二次世界大戦では、空爆による都市の無差別攻撃が本格化する。そして、広島・長崎への原爆投下へとつながっていくのである。

爆撃のシーンは反乱軍側の暴力であるが、プロローグは、共和政府側の暴力にも言及している。祖母ムンデタは、全生涯、自らを共和派であると感じていたが、世俗の人が宗教の世界に首をつっこむべきではないと言って、アナーキストたちが無差別に教会を焼いたり、神父や修道女を殺したりすることを批判している。スペイン史上、教会が政治と結びついて、大きな権力をほしいままにしてきたのは事実であるが、だからといって、理由もなく聖職者を殺戮してもいいという理屈は成り立たない。教会のすべてが悪であると盲信して、教会に従事している人を見境なく暴力の標的にするのは、ファシズムが反勢力を根絶やしにするのと同じくらい理不尽である。シクスタ叔母は、共和国軍を次のように批判している。

このようなこと（共和国軍の犯した暴行）は知られなければならない。みんなが共和政時代に犯した愚行を叱責しなければならない。私たち女性も、「コルムナ・デ・イエロ（民兵による組織の名称で、「鉄の柱」の意）」や「バタジョン・デ・ラ・ムエルテ（民兵による組織の名称で、「死の戦い」の意）」の人たちが犯した罪や恐ろしさについて神に報告しなければならない。（RA, p.15）

シクスタ叔母はカタルーニャ・ブルジョワジーの立場を代表するような存在で、最初から、「政府は秩序を打ち立てたいと思ったにせよ、そうは見えなかった。」（RA, p.15）と言って、共和政府に対して批判的であった。シクシタ叔母の情報源は、反乱軍側の放送である「ラジオ・ブルゴス」である。情報がつねに報道する側に有利に検閲されるということを考慮するなら、彼女の批判を鵜呑みにするわけにはいかないが、民主主義を旗印に掲げた共和国側の軍隊も、戦争という名の下に、罪もない人の殺戮を繰り返したのは事実である。ピエール・ヴィラールは内戦の暴力について、次のように述べている。

平均的なスペイン人の記憶に依然として鮮烈に残っている暴力行為を過小評価するのは愚かしいことであろう。暴力行為は「赤」の陣営では無秩序に行われたがゆえに、そして、「白」の陣営では命令に従って整然と行われたがゆえにすさまじいものであった。（ヴィラール、藤田一成訳、二〇〇二年、一三八頁）

つまり、どちらもひどい暴力行為をしたということである。百万人とも言われる内戦の死者数がそれを如実に物語っている。熱心なカタルーニャ主義者の家庭に生まれたムンサラット・ロッチは、当然、共和政府側の理念に共感を覚えているはずだが、反乱軍側だけを批判することなく、両者の暴力に言及して、内戦を公平な目で評価しようとしている。

内戦が長引くにつれ、人々は直接的な暴力だけではなく、飢え、貧困、暴行など二次的な災害に苦しむようになる。特に、食料不足は切実で、ネコの肉がウサギの肉として市場に出回っているという噂がまことしやかに流れるような状況である。

食料不足の影響をもろに受けるのが貧しい人々だ。例えば、祖母ムンデタの友人、カティが住むマンションの管理人は乳飲み子がいる上に、二ヵ月後には第二子の出産を控えていた。妊娠によって、当然、乳に含まれる栄養分は低下するが、それを補うだけの食料が手に入らないので子供は栄養失調になっている。「(子供の)体はヘルペスとかさぶたに覆われ、腹部が異常に脹らんでいる。(…)母親は乳を飲ませようとやっきになっているが、子供は吸いつこうとしない」(RA, p.7)。この事例は内戦による窮乏が階級問題と密接に結びついていたことを示しているが、実は、それだけではない。短期間に二度も妊娠してしまうのは、ジェンダーの問題でもある。女性の身体に対する配慮のなさと避妊の知識の不足が招いた結果だからである。カティは、常々、この管理人に性教育の講座に通うように勧めていたが、その日を暮らすのが精一杯だった彼女が行くことはなかった。当時、性教育をしようとする動きがすでにあったことは注目に値する。これも、女性解放の気運の高まりの所産であろうが、本当にそれを必要とする階級にまで普及していなかったのは悲しい事実である。

ジェンダーの問題として忘れてはならないのが兵士による暴行である。「『赤』は村に入ると、決って教会の前で娘という娘を陵辱して殺した」(RA, p.15)。共和国側の兵士のこの行為は「教会の権威」を傷つけるという大義名分の下に行なわれたが、それが口実に過ぎないのは自明である。若い娘に何の罪があるだろうか。暴力の犠牲になったにすぎない。戦争の恐ろしさは、イデオロギーが不必要な暴力まで誘発してしまうことである。暴力が日常茶飯事になると、正常な感覚が麻痺してしまいかねない。しかし、「大雑把に『白』と呼ばれるもののほうが『赤』と呼ばれるものよりもはるかにひどい残虐行為をおかすものと考えて間違いない」（オーウェル、橋口稔訳、一九七〇年、二二五頁）というジョージ・オーウェルの言葉が正しいなら、「白」の残虐行為がいかにすさまじかったかは推して知るべし、であろう。

死体収容所にたどり着いた母ムンデタは、ＦＡＩに所属する老人と隣り合わせる。ＦＡＩはＣＮＴと並んで、反乱軍に対抗するためのレジスタンス組織を指揮していたグループである。歴史が常に勝者の側から書かれるということを考慮するなら、ＦＡＩの老人の言葉は、共和政府側に属していた人の生の声として歴史の証人となり得るだろう。

ＦＡＩの老人は、人生のほとんどを労働者の権利を主張するために闘ってきたという筋金入りの闘士で、次のように語っている。

① 十三歳でもう植字工になっていて、ゼネストに参加したよ。請負では仕事をしたくなかったからね。カタルーニャ語を植字するのはラテン語を植字するようなものだったんで、わしらは困り果てていた。すると、ブルジョワのだんなは言った。お前たちがカタルーニャ語の植字にもっと金を要求するのは愛国心がないからだ、と。だから、俺たちは言い返してやった。植字工にカタルーニャ語がわからないってことに気づかないなんて、あんた方は人でなしだ。（RA, p.28）

② 「ラ・カナディンセ」のストのことを聞いてほしい。それは、アレナス広場で起こった。わしは

「サトウキビ少年」[2]から三メートルのところにいた。声の限り叫んで彼を勇気づけたので喉はからからだった。広場にいた人は皆、一人の人であるかのように、一斉にうなった。すると、〈彼〉が言った。静まれ、静まれ、我々は仕事に戻って、男として約束を守る術を知っていることを示そうじゃないか。そうすれば、当局は、刑務所に入っている同志を釈放するだろう。というわけで、わしらは仕事に戻ったが、同志は刑務所から釈放されなかった。だから、またストをしたが、何も変わらなかった。（R.A. p.28）

①の引用は、カタルーニャに住むカスティーリャ語話者が見たカタルーニャ語話者の実態である。カタルーニャの側から歴史を見ると、スペイン継承戦争後にカタルーニャ語が弾圧されたことに目が行きがちであるが、ここでは逆の現象が起きている。労働者には、言語の面では優越の立場にある、ＦＡＩの老人のようなカスティーリャ語話者が多く、経済的に支配者階級であるブルジョワジーにはカタルーニャ語話者が多かった。言語を「愛国心」の象徴とみなすカタルーニャ・ブルジョワジーは、一見、「スペイン」からの独立の推進者だったように思われるが、実際に独立を要求したのは、ＦＡＩの老人のような労働者と、プリモ・デ・リベラの時代に生まれた第三の勢力であるカタルーニャ主義者のほうであった。カタルーニャ・ブルジョワジーは中央政府の機嫌を伺いながら、その一方で、カタルーニャ主義を掲げてカスティーリャ語話

2 「ラ・カナディンセ」とはカタルーニャの主力電力会社である。一九一九年、労働者の人員整理を発表されると、大規模なストが起こり、軍隊まで介入しなければならなくなった。そのとき、指揮をとったのが、「サトウキビ少年」と呼ばれるサルバドー・サギである。この時のストに怖気づいたカタルーニャ・ブルジョワジーは、当局の寛容な目をかいくぐって殺し屋を雇い、ＣＮＴの指導者や共和主義者を暗殺したが、その中にサルバドー・サギも含まれていた。（Sánchez, 2001, p.254）

者を抑圧するというダブル・スタンダードであった。移民の目には、そのようなネイティヴのカタルーニャ語話者はレイシストとしか映らなかった。ＦＡＩの老人の言葉はカタルーニャ・ブルジョワジーの偽善的な体質を鋭く突いている。

②の引用は、なぜカタルーニャで労働運動が激しさを増していったのか、という理由を明確にしている。ＦＡＩの老人の言葉が事実であるなら、労働者側が経営者の横暴や劣悪な労働環境の改善を目指して行動を起こしても、経営者側は口約束をするだけで、ほとんどそれを実行することはなかったということである。だから、またストが起こる。そのくり返しである。

第一章でも述べたが、当時、階級の違う人同士が言葉をかわすのは稀で、母ムンデタが労働者階級の人と長い間、話をするのは、それが初めてであった。母ムンデタは、学校の行き帰りでさえ、常に母親（＝祖母ムンデタ）と一緒で、一人で行動することはほとんどなかった。依存心が強く、政治・経済には疎く、母親に頼り切っていた母ムンデタが、初めて政治というものを目の当たりにしたのが、第二共和政が宣言された日である。二百年という長い年月を経て自治を手にしたカタルーニャにとって、それは筆舌に尽くしがたいほどの喜びの日だったが、母ムンデタに、そのような意識はなく、普段より、少し賑やかな日というだけに過ぎなかった。十月革命についても同様で、恋人が自殺したにもかかわらず、その理由はわからずじまいだった。だが、内戦の真最中、極限とも思われる状況の中で、母ムンデタは、過去を振り返り、これまで、ばらばらだった出来事が頭の中でつながっていく。内戦がなければ、ＦＡＩに属しているような人間と話す機会は一生、なかっただろう。非常事態だからこそ、普段では起こり得ないことが起こり得る。そのような意味では、内戦は母ムンデタに貴重な機会を与えたとも言えるだろう。

ＦＡＩの老人は内戦で一人息子を亡くし、家族三人で写した写真を大事に持っていた。今また、甥が行方不明になったので、甥を探してさまようちに、母ムンデタと同様、死体収容所にたどり着いたのである。それを語るＦＡＩの老人の目は抑えきれない怒りのためにぎらぎらと輝いていた。あまりの理不尽さに、悲しみを通り越して、怒ることしかできなかったのである。その目を見て、なぜか、母ムンデタは昔の恋人イグナジの目を思い出した。イグナジもまた、社会の理不尽さや、それを是正しようとするときの己の非力さにたいする怒りで、ぎらぎらと燃えるような目をしていた。それとは対照的に、夫ジュアン・クラレットの目は黒くて小さくて、「中国人のように細く、切れ長で、笑うと見えなくなる」（RA, p.164）が、母ムンデタは、その笑顔が仮面に過ぎないことをよく知っていた。ＦＡＩの老人の目を見て、母ムンデタは、当時はわからなかったイグナジの行動の意味を理解する。イグナジは母ムンデタを捨てたわけではなかった。労働者側の利益を守るために身命を賭して戦ったが、重大な局面で、機転がきかなかったために二人の若者を死なせてしまったことに耐えられず、自らの死をもって償ったのである。それに対して、夫のジュアン・クラレットは闇市で暴利をむさぼり、それを守ろうとして、いとも簡単に主義主張を捨ててしまった。同じような立場にあったら、おそらく、母ムンデタはイグナジと同じ道を選んだに違いない。ジュアン・クラレットはブルジョワジー、イグナジは《カタルーニャ主義者》、ＦＡＩの老人は労働者という、カタルーニャにおける三つの勢力を具現している。だが、内戦後のブルジョワジーは、一九世紀にバルセロナに移住してきた産業ブルジョワジーとは異なり、闇市でブルジョワジーにのし上がった人も少なくない。ジョアン・クラレットはその代表的な一人である。

エピローグから、共和派の戦いぶりの一端を窺うことができる。「すでに聖人像を焼くことに疲れた」（RA, p.161）というＦＡＩの老人の言葉は、アナーキストたちの教会への憎悪がいかに凄まじかったかを物語っている。『カタルーニャの歴史と文化』によれば、「（一九三六年の）夏のあいだに二千四百三十七人の司祭ら宗教関係者が殺害された。バルセロナとリェイダの司教もこのなかに含まれている。教会は焼かれ、墓地は暴かれた。聖職者は身を隠し、礼拝は消滅した」（M・ジンマーマン／M＝C・ジンマーマン、二〇〇六年、田澤耕訳、七五頁）という。FAIの老人の言葉は、多くの歴史書が記述している共和政府側の暴力が誇張ではないことを示唆している。

ジョージ・オーウェルは、内戦の原因として、「スペイン戦争の大まかな真相は、きわめて単純である。スペインのブルジョワジーが、労働運動を破壊するチャンスをとらえて、ナチスや世界中の反動勢力の助けを得て、それに成功したのだ」（オーウェル、橋口稔訳、一九七〇年、二八二頁）と述べている。つまり、内戦は一つの階級闘争でもあったということである。確かに、反乱軍には軍人、貴族、教会関係者など「持てる者」が多く、共和政府側にはFAIの老人のように「持たざる者」が多かったので、オーウェルの解釈は一理あるだろう。内戦の原因は一つではないのである。共和政府側についた人々は、これまで抑圧されてきた者たちであり、人間らしい生活と自由を求めて戦った。だから、「一九三七年の夏以降、眼のある人には、国際情勢に重大な変化のないかぎり、共和政府に勝ち目がないことがわかっていた」（オーウェル、橋口稔訳、一九七〇年、二四〇頁）にもかかわらず、三年近くも持ちこたえたのである。

FAIの老人との会話で啓蒙された母ムンデタは、死体収容所を出るとき、夫がいなくても生きていけると考えるようになった。この時の母ムンデタは完全に夫から解放されて、自分の意志に従って生きる未来を思い描いている。夜明けのバルセロナの清々しい光景が彼女のその気持ちを象徴している。「一夜明けて、昨夜の爆撃が嘘のように静かな朝だった。戦争は続いているのに、どこからかバラの匂いが漂ってきて、夜明けのバルセロナは、すでに死の臭いから解放されて清浄な空気を取り戻していた」（R.A. p.165）。そこはかとなく希望が感じられるこの光景に、すでにジュアンは不在である。それは、暴力を乗り越えたからこそ手に入れることのできた貴重な宝であった。

内戦は、周知のように、ファシスト側の勝利で終わる。爆撃の時に姿を消していたジュアン・クラレットは無事帰還して、闇市でさらなる暴利を得る。「母が夫を怖がる様子は尋常ではない」と語る娘ムンデタの言葉から、その後、母ムンデタは、再び、夫に服従する生活を送ったのだろうと推察されるが、以前のように、怯えてばかりいたわけではない。折に触れては、サルバット＝パパセイットの詩を口ずさんでいるということは、心の中にはイグナジ・コスタがいて、その思い出に生きていたということであろう。「賢い」ジュアンでも、人の心にまでは踏み込むことはできなかったのである。

だが、本心を隠して、心の中で反旗を翻すような生活を「人間らしい生活」と言えるだろうか。一度、自由を手にした母ムンデタにとって、再び服従するのは、死と同じくらい辛かったことだろう。母ムンデタの経験は、自治を手にして、すぐにもぎ取られたカタルーニャの歴史と重なるように思われる。内戦後のカタルーニャの運命を予測しているかのように、母ムンデタは次のような言葉を残している。

> 戦争の思い出は、私達が生きている限り消えないだろう。死ぬまで心の奥底で私たちをさいなむだろう。おそらく、私たちの子供をも、もしかしたら、孫も。(R.A, p.27)

このくだりは、本章の冒頭で掲げたムンサラット・ロッチの『ナチス収容所のカタルーニャ人』のプロローグの言葉に呼応している。

2. 活躍する女性たち

『すみれ色の時刻』内の作品として掲載されている第二章「小説『すみれ色の時刻』」は、内戦勃発の様子から内戦終結後の時代までを描いている。その主役は、ジュアン・ミラルペッシュの妻で、ナタリア・ミラルペッシュの母であるジュディ（構成は複雑なので家系図を参照されたい）と、祖母ムンデタの友人のカティである。二人とも、ムンサラット・ロッチの初期の長編小説に描かれた女性のグループに属しているが、内戦に直面して、他の女性たちとは違うタイプの女性であることが判明する。内戦中、共和国側では、「ムヘレス・リブレス」などによって、直接あるいは間接的な戦争への参加を呼びかけるために「革命的な女性」のイメージが推進された一方、カタルーニャ・ブルジョワジーの世界では、相変わらず、「伝統的な女性」のイメージが保持されていた。積極的に銃後の守りに取り組んだジュディとカティは前者、共和国政府の理念に賛同しているものの、聖職者に対する暴力の行き過ぎを批判する祖母ムンデタや、共和国政府を頭ごなしに非難するシクスタ叔母や、後にＦＡＩの老人に啓蒙されるとはいえ、内戦勃発の時には何の意識もなかった母ムンデタは、後者に属すだろう。

一九三六年七月十九日のモロッコにおける軍人蜂起のニュースは、家庭で平和な生活を送っていた女性にも大きな衝撃を与えた。「戦争」という言葉を聞いただけで、取り乱した女性は少なくない。ムンサラット・ロッチの小説に登場するブルジョワの女性のグループは、午後に行きつけのバル「ヌーリア」でひとときを過ごすのが慣わしであったが、ニュースが流れた直後、その習慣は消滅する。グループの女性たちの多くが動転して、「ヌーリア」に行くどころではなくなったからである。だが、中には内戦のニュースに平常心を失わない女性もいた。それが本作の主人公であるジュディとカティである。

（カティ）　どうして一人で来たの。

（ジュディ）　他の人たちが怯えているから。ムンデタ（＝祖母）はシウラーナに行こうとしているし、パトリシアは泣いてばかり。シクスタは……。

（カティ）　あの人たちは、ひどく女らしいからね。あなたは怖くないの。

（ジュディ）　怖くないわ。でも、ジュアンが志願して前線に行こうとしているの。友達が皆、志願兵として参戦するから。

（カティ）　思ったより事態は深刻よ。サン・クガット（バルセロナ近郊の町）の友達はブルゴスの友達と一緒に引き上げるみたい。臆病者なのよ。

（ジュディ）　あなたはどう思うの。

ポスター
Obra promoguda pel Museu d'Història de Catalunya, *Història de la Catalunya: història i memòria*, Pòrtic(Barcelona), 1998, p. 184. “LA DONA DURANT LA GUERRA CIVIL”

（カティ）　そうねぇ、長く続きそう。どんなに長く続くのかしら。将軍たちの演説を聞くと、ぞっとする。スペインを救いたい、そのためにイタリアやドイツの支援を受けると言っている。（HV, p.146）

ブルジョワの女性の反応としてはムンデタやパトリシアやシクスタの反応はごく普通で、ジュディやカティの

女性兵士たち
Obra promoguda pel Museu d'Història de Catalunya, *Història de la Catalunya: història i memòria,* Pòrtic(Barcelona), 1998, p. 178. "Milicianes al front d'Aragó, ARXIU CENTELLES"

ように落ち着いているほうが珍しい。しかも、カティは情報通である。軍人蜂起のニュースに浮き足立った人は多かったものの、内戦が勃発したとき、反乱軍側の勝利で年内には終わるだろうと言われていた（Vilar, 1986, p.8）。だが、外国諸勢力の介入などもあって内戦は複雑化し、長期戦化していく。そのような内戦の行く末を見透かしたように、カティが、最初から「長く続きそう」と予測しているのは、驚きに値する。女性の中でも、特にブルジョワの女性は政治に疎いと言われているからである。

カティは、いろいろな意味で破格である。親が残した莫大な遺産のお陰で三十歳を過ぎても独身を通して自由奔放な生活を送ってきた。ブルジョワの妻たちがいかに無意味な生活を強いられているかを熟知していて、結婚したいとは思わなかったのである。自由を愛し、好奇心が旺盛で、行動力もあるカティには大勢の男友達がいて、どの友達とも対等に付き合っていた。その中には前述のセリフにあるように「臆病者」もいたかもしれないが、貴重な情報を提供する者もいたのではないだろうか。カティは、豊富な情報網を持ち、自らも社会の動向に関心をもっていたから、事態を的確に判断することができたのだろう。周囲は、女という枠に収まらないカティに批判的だったが、母ムンデタはカティを「賢い女性」と認めていた。因習にとらわれず、自由に生きるカティに、心中、秘かに憧れを抱く女性も少なくなかった。

ジュディもまた、一般的なバルセロナのブルジョワの妻とは異なっている。ジュディは、一九〇八年生まれのユダヤ系フランス人で、第一次世界大戦のときに父親とともにフランスからスペインに逃れてきた。

ジュディが戦争を経験したのは、ほんの子供の頃だが、その時の恐怖は脳裏に焼き付いている。戦後になっても、父親はずっと戦争の影を引きずっていた。戦争で親友を失い、自らも、生涯、毒ガスの後遺症に苦しんだ。ジュディは、そのような父親をずっと見つめてきた。戦争の経験者であるジュディは、グループの誰よりも戦争とはどういうものかを知っていたと言える。夫の志願を案じるのは、家族として当然だが、「友達が皆、志願兵として参戦するから」と述べて、ジュアンが集団心理に踊らされて志願するのではないかと懸念している。カティとの会話の続きにジュディの本心が読み取れる。

(カティ)　(…)こんなとき、女に生まれたことに怒りを覚えるわ。
(ジュディ)　なぜ?
(カティ)　わからないけど……。たぶん、男だったら、あれかこれかというときに、はっきりとした選択ができるからだと思うの。長所を堂々と示せるし、自分の判断を表明することもできる。でも、私たち女ができるのは待つことだけ。それって、退屈じゃない?
(ジュディ)　私たち女は戦争を選びはしなかったわ。
(カティ)　なんてこと。それは安っぽい言い訳よ。同じように、共和国側の男だって戦争を選ばなかったと言える。でも、今は皆が大声をあげて、感情的な声明を発し、政党に加入し、戦争を望んでいる。
(ジュディ)　いいえ、戦争を望まない男性もいるわ。あなたは間違っている。
(カティ)　わかった、わかった。誰もが戦争を望んでいるわけではないけど、今は戦争中で、誰もが世界は自分のものになるだろうと信じている。

（ジュディ）　戦争に行く女もいるわ。

（カティ）　彼女たちはすぐに家に帰されるわよ、見てらっしゃい。（HV, p.147）

血気にはやるカティと冷静に事態をみつめているジュディの反応の違いは、戦争を実際に体験したかしないか、によるものかもしれない。暴力と暴力の応酬である戦争では、どちらの側にいても大きな犠牲を強いられる。ジュディは、誰よりもよくそれを知っていて、戦争そのものを批判しているのである。「誰もが戦争を望んでいるわけではない」にもかかわらず、一度、戦争が始まってしまうと、戦争に行かない人は裏切り者とみなされるような風潮が生まれる。カティが「女に生まれたことに怒りを覚える」のは、男だったら、戦場で戦えると思っているからではないだろうか。誰もが声を大にして戦争を主張するような状況の中、戦争の実態を知っているジュディは「女は戦争を選びはしなかった」、あるいは「戦争を望まない男性もいる」と言って、女性はもちろん、実際には、男性も心の奥底に戦争に対する恐怖を隠していることを指摘する。共和国側が一体となって戦おうとするときに、このような発言をすれば、戦前の軍国主義全盛の日本であれば、当然、「非国民」ということになるだろう。したがって、この発言は、一見、おとなしそうに見えるジュディが、実は、自分の意見を恐れずに口にする勇気を秘めた人間であったということを示している。また、男性についてのコメントは、戦う男を是とするジェンダーの概念を切り崩している。

「戦争に行く女」についてのコメントは、カティの予測が当たっていた。確かに、内戦は、スペインではじめて女性が参戦した戦争だったが、効率の面で女性の参戦は失敗であった（Morcillo Gómez, 1988, p.83）。「戦闘が始まったばかりには、むろん女たちも男と一緒に戦った」（オーウェル、橋口稔訳、一九七〇年、二二五頁）が、一九三六年十二月には、すでに女の民兵はほとんどいなくなっていた。女たちの訓練は男たちの笑いの種にしかならず、士気に著しく影響したからである。「戦う女性」のイメージは急速に薄れて、「男性は前線に、女性は労働に」（ナッシュ、川成洋・長沼裕子訳、一九七五年、十六頁）というスローガンがそれに取って代わる。

内戦が始まるまで、行動的で奔放なカティと、口数が少なく控えめなジュディは油と水のようで、ほとんど話をしたことがなかった。内戦が勃発した直後、「ヌーリア」にやってきたのが二人だけだったために、初めてジュディとカティは会話をかわすことになる。そのとき、カティは、ジュディがおとなしいだけの女性ではないことを知る。その後、二人は徐々に親しくなり、お互いに心を開いていく。戦争という非常事態がなければ、一生、この二人がお互いを認め合うことはなかったかもしれない。ここでも、戦争は、思わぬ偶然をもたらしている。非常事態だからこそ、今まで見えなかったものが見えてくるのである。

ジュディとカティが内戦中に育んだ友情は強烈で信頼に満ちている。二人の関係が友情の枠を超えるものであり、レズビアンであると解釈する批評家は少なくない（Hart, 1993, p.108）が、ジュディが既婚者であり、カティもまた内戦中にアイルランドの義勇兵と恋に陥ったことを考慮するなら、その解釈は行き過ぎであろう。「自由な国に生まれたフランス人」（Roig, 1991, p.163）のジュディと、既存の価値観に囚われることなく奔放に生きるカティは、当時のカタルーニャ社会にあって自由とは何かを知っている、希少な女性であった。だから、お互いを理解し、尊重し、対等な関係を築くことが可能だったのだと思われる。

内戦勃発後、時を移さず、カティは「違う世界を築く」（TC, p.155）ための戦争を始める。まず、すべての持ち家を戦争孤児に開放し、「若い女性同盟」（TC, p.156）に加入して、ジュディをそこに引き込む。また、手に入る限りのソビエトに関する本を読み漁り、共和国側が勝利すれば自由な世界が訪れると信じて、次の言葉を口癖にするようになる。

① 戦争が終われば、世の中がどんなに変わるか、女性は誰の許可も得ないで子供を持つことができるようになるのよ。(HV, p.137)

② 赤が勝ったら、女は別の生き方ができるでしょう。戦争は男だけのものではなく、皆のものだわ。彼らが前線にいて私たちがここにいるのは、今の馬鹿げた生活を変えるためなのだから。(HV, p.139)

結果が判明している現在から見ると、カティの言葉は楽観主義的なのだが、内戦中には確かにそう思えるような雰囲気があったに違いない。というのも、共和国政府側は時局に応じてポスターを作成し、女性にも戦争の参加を呼びかけたからである。内戦直後は「戦う女性」のポスターで女性の士気を鼓舞し、その後、労働力が不足していると見ると「男性は前線に、女性は銃後の守りに」というスローガンを掲げたポスターで「働く女性」のイメージを推進した。カティとジュディの活動は、まさにそのスローガンを実践した例である。二人は、この活動によって、それまで感じたことのない生きがいを感じる。カティは、「戦争によって頭がはっきりとして、女も装飾物としてだけではなく、何かの役に立つことに気付いた」(RA. p.10) と述べ、ジュディは、次に挙げる、カティとの共同作業について語った手紙を、戦地にいる夫に送っている。

カティと私は共和国陣営のキャンペーンのために資金を募っています。近々、前線であなたと遭えるかもしれません。(TC, p.156)

この短い文から、ジュディの意気込みが伝わってくる。ジュディの参戦の決意は、ジュアンが「来るには及ばない」という返事を出したせいか、実現されることはなかったが、その後、また夫に「共和国側が勝ったら、私たちの生活はかなり違ってくるでしょう」（TC, p.156）と書き送っている。ジュディもまたカティのように、共和政府側の勝利とその後に訪れる自由な世界を夢見ていたのだ。戦争はとてつもない暴力を生み出すが、その一方で、既成の概念を破壊する機会ともなり得る。銃後の守りとして働く二人の姿は凛として美しく、このまま、「女の時代」がずっと続くのではないかという気配さえ感じさせる。

だが、「違う世界を築くため」に始めた孤児院の運営は、思うようにはいかなかった。カティとジュディは誠心誠意を尽くすが、戦争で心や体に大きな傷を負った子供たちは容易に心を開こうとはしなかった。特に、バスク地方から到着した子供たちの目には死が焼きついており、笑うことはなかった。カティとジュディは、その子たちのためにチョコレート・パーティを開くのだが、それを受け取ろうとしない子もいた。その一人が半陰陽の子で、男でも女でもないことを理由に仲間はずれにされていた。戦禍で親を失った戦争孤児たちは皆、同じ悲しみを抱えているはずなのだが、彼らの間にも序列があり、貧しい人の中にさらに貧しい人がいるように、不幸な子供の中にさらに不幸な子供がいた。死の恐怖と隣り合わせであっても、そこから人間社会の縮図が消えることはなかったのである。

戦局が共和国側に不利になるにつれて、「働く女性」のイメージは薄れて、「母なる女性」がそれにとって代わり、子供とともに疎開を勧めるポスターが出現するようになる。それと同時に、ジュディとカティの活動は困難を極めるようになる。生活に必要な物資が不足してきたからである。

3. 敗戦

スペイン内戦を描いた最も有名な小説の一つとして、ヘミングウェイの『誰がために鐘は鳴る』（一九四

○）が挙げられるだろう。その小説では、共和国側で重要な任務を負った主人公が、内戦で大きな傷を負ったスペイン人の娘に恋をするが、ムンサラット・ロッチの小説でも、カティがアイルランド人の義勇兵と激しい恋に落ちる。戦争中でも、愛は生まれる。その愛は、危険と隣り合わせだからこそ、はかなくも美しい。『誰がために鐘は鳴る』では、主人公が爆撃で命を失い、ムンサラット・ロッチの小説では、恋人が戦死し、その報を受け取ったカティが自殺する。

自由奔放に生きてきたカティは、好奇心を満たすために二十人を超える男性と肉体関係を持ったが、一度も満足することはなく、性的な場面で、いかに男性が滑稽で、吐き気をもよおす存在であるかを赤裸々に述べている。カティによれば、「男は、つねに決定する立場にあって、自分を強いと信じている。女は愚かだから、そんな男に仕えることに喜びを感じている」（HV. p.153）。カティはそのような関係がいかに偽善的であるかを知り尽くしていたので、三十五年間、恋とは無縁の人生を送ってきたのである。

そのようなカティが、内戦中、それまでのイメージを覆すような男性と知り合う。戦争という、もっとも男らしさが強調されるときに、男らしさを強調しない男がいた。それが、アイルランドから義勇兵としてやってきたパトリック・オブライエンである。パトリックは医者で、シンフェーン党に属し、ダブリンにおける戦い[3]で父親を亡くしていた。「スペインの戦争にやってきたのは残酷さに我慢できなかったからだ。そして、自由と呼ばれる言葉を信じていたからだ」（HV. p.158）とパトリックはカティに語った。その言葉に

3　一九一六年のイースター蜂起を指すものと思われる。なぜなら、「イースター蜂起はダブリン蜂起ともいわれているように主としてダブリン市の蜂起だった」（堀越智『北アイルランド紛争の歴史』、論創社、一九九六年、七八頁）からである。この蜂起は、一九一四年に成立したアイルランド自治法（第三次）に挑戦して起こったものである。蜂起がナショナリズムを結集して復活し、一九一九年に国民議会開設に成功する。これはアイルランド民族の大部分が、その挑戦を支持したことを意味する。

対して、カティが「あなたたち、義勇兵って、最後のロマンティストね」(HV, p.158) と言って、からかう。するとパトリックは次のような目でカティを見た。

パトリックは、その目に、無邪気さと信仰がないまぜになった、不思議な動揺をたたえていた。何もかも初めて見るかのように、すべてが新しく珍しいとでもいうように。だが、弱さも見えた。大きな恐怖心も。(HV, p.158)

パトリックの目は正直である。カティの思いがけない言葉に動揺した様子が見てとれる。また、他の男性の目とは異なって、弱さや恐怖心も隠していない。カティは、そのようなパトリックの目を見て、即座に恋に落ちる。戦争になると、男は男らしく、女は女らしくというジェンダーの概念がより支配的になり、男は強く賢くなければならず、特に、女の前で弱さや恐怖心を見せることは恥となる。女もまた、男にヒーロー像を求める。『日常オペラ』のアルタフーリャ夫人の「軍服姿の軍人ほど若い女性をうっとりさせるものはない」(OQ, p.82) という言葉がそれを裏付けている。だが、カティには、恐怖心を隠して強がりを言う男は薄っぺらにしか見えなかった。そのような男たちの中で、パトリックだけは本心をさらけ出していた。だから、カティはパトリックに惹かれたのである。

パトリック・オブライエンはアイルランドとイギリスの戦争を経験しており、見せかけの強がりが何の役にも立たないことを知っていた。彼の青い「目は、自分を傷つける」(HV. p.155) とカティは言う。ジュディの目と同様である。ジュディは第一次世界大戦の犠牲者であり、その目はつぶさに戦争を見た。カティは、二人の目が見た悲しみの実態を想像することすらできない自分を恥じて、前線にいるパトリックに次のような手紙を書いている。

時々、私は自分が恥ずかしくなります。世界の悲しみという悲しみを知るために、これほどの戦争やこれほどの死が私に降りかかったのかと思って。昔は悲しみが存在していなかったのしら？　なぜ、今頃になってそれに気付いたのかしら。（HV, p.160）

カティのこのような手紙に対して、パトリックは、前線での苦労や、栄光に満ちた戦闘や、並外れた任務については決して語らず、戦争とは関係のない子供時代の思い出を語った。パトリックが戦争について語らなかったのは、みだりに軍隊の動静を外部に漏らしてはならないという規律ゆえかもしれないが、戦争の経験があまりに悲惨だったから、おそらく、語り得なかったのだろう。あまりに悲惨な経験をすると、それを語ろうとする言葉を失う。なぜなら、語ることは、再び、その経験を生きることだからである。時が経ち、脚色をして「思い出」とならなければ、到底、語れるものではない。

二人の恋は戦火と共に激しさを増していく。カティは、戦争が早く終わることを願う一方で、その愛が戦時中だけのものであることを知っていたので、戦争が長引くことを祈らずにはいられなかった。パトリックのほうも同じような気持ちを抱えていたのかもしれない。なぜなら、アイルランドの義勇軍が引き上げても、彼だけは身分証明書を偽造してまでスペインに留まったからである。次に挙げる引用は、二人の最後の逢瀬の場面である。

「私のために残ったの」

「君のためだけじゃない。好奇心もあった」

「好奇心ですって」カティは彼の腕の下にゆったりと身を横たえた。

「そう。この理不尽な戦争の行方を見届けたいと思っている。彼らはどんどん進軍してくる。僕は後退することには耐えられない。エブロ川の前線で後退させられるたびに、僕の一部が宙に、誰のものでもない大地に、残るような気がする」

「怖くないの?」

「もちろん、怖いよ」パトリックはカティの髪を梳かすように愛撫した。「これは僕を試す方法なんだ。いいかい、僕は決して死なないと信じている」(HV. p.157)

義勇軍が引き上げるということは、共和国側に勝ち目はなくなったということである。それにもかかわらず、パトリックはスペインで戦う道を選んだ。その理由として、表向きには正義を掲げているが、「僕を試す方法」という言葉は微妙である。何を試そうというのか。

パトリックは、アイルランドに残してきた妻子に対する愛についてカティに包み隠さず話していた。彼にとって、妻は妻、カティはカティで、愛に代用品などあり得なかった。カティのほうも、それまでの経験から「妻を愛せない男が別の女性を愛せるとは思えない」(HV. p.156)と考えていたので、パトリックの正直さが嬉しかった。だが、実際に、パトリックが家族を思い出して遠い目をすると、カティの心は痛んだ。ここに愛の矛盾がある。正直であって欲しいという気持ちと、独占したいという気持ちの間でカティは引き裂かれていた。パトリックもまた、妻とカティとの間で揺れていた。だから、前線に戻って自分を試さざるを得なかったのである。それは、命を賭けた戦いであった。

一九三八年十月、共和国側はエブロ川の戦いで敗退し、パトリック・オブライエンはその戦いで戦死する。あの状況で前線に戻ることは死を選んだに等しい。おそらく、パトリックは、妻かカティか、どちらか一方を選ぶことができずにカティの愛に死で応えたのだろう。戦死の報を受け取ったカティは、悲しみではなく、やり場のない怒りを露わにする。戦争がパトリックを奪ったとしか思えなかったからである。怒りで、カティの目は燃えるようだった。その目は、理不尽な暴力に屈したイグナジやＦＡＩの老人の、ぎらぎらと燃えていた目と同じである。究極の悲しみは怒りでしか表すことができないのかもしれない。

ほどなく、ファシストたちがバルセロナに凱旋してくることを予測したカティはジュディに亡命を持ちかけるが、幼子のいるジュディは首を縦にふらなかった。絶望したカティは青酸カリをあおって自殺する。

女性の側から描いた戦時の愛にヒーローは不在である。実際、パトリックは従来のヒーロー像とは程遠い男性であった。ムンサラット・ロッチは男性像に関しては従来のジェンダーの概念を転覆させているのだが、愛に関してはその限りではない。パトリックを知ったカティは、最初からわかっていたはずなのに、妻の存在を意識し、別れの危険に脅えざるを得なくなる。奔放なはずのカティでさえ、愛の苦悩から逃れることはできなかったのである。だが、敗戦は、思わぬ形で愛に終止符を打った。歴史の偶然でめぐり合った二人は、結局、歴史によって引き裂かれたのである。カティの怒りは歴史という抗いがたい力に対する怒りでもある。

ムンサラット・ロッチは女性の側から内戦を描くことによって、いかに内戦が女性にとっても悲惨な経験であったかを強調している。戦争で慰霊の対象となるのは兵士として戦死した者に限られるが、実際には、犠牲者は兵士だけではない。特に、現代の戦争は総力戦で、兵士以上に市民が犠牲になる。『さらばラモーナ』のプロローグの犠牲者の大多数が市民であったことがそれを証明している。また、戦争には二次災害が付き物である。医療機関は不足し、生活物資は乏しくなり、飢えや住居不足も起こる。『さらばラモーナ』の母ムンデタがジュアン・クラレットと結婚したのは内戦による窮乏のためであった。

その一方で、戦争は貴重な機会を与えることもある。母ムンデタは、不慮の事態に直面して、自分の意志で行動し、自分で考える機会を手にする。『すみれ色の時刻』のカティとジュディの内戦中の活躍もまた戦争がもたらしたものである。二人は女性の行動力や能力の高さを証明し、「女の時代」の到来を予感させるような働きをした。

戦争になれば、前線だけが戦地ではなく、女性もまた、何らかの形で戦争に参加せざるを得ない。内戦下では、巧妙に作成されたポスターが女性の意識の変革に重要な役割を演じている。内戦時に街頭に貼られたポスターが「戦う女性」、「働く女性」、「母なる女性」とめまぐるしく変化するのは、戦況の変化もめまぐるしかったからであろう。だが、そのあまりの一貫性のなさによって、実は都合主義に過ぎないことを露呈させている。

カティの戦時の愛は、女性が惹かれるのは決してヒーローではないことを示して、ジェンダーの概念を切り崩している。「弱さ」を認めるのは、強がりを言う以上に勇気が必要である。カティの豊富な男性経験をもってしても、パトリックに出会うまでは「弱さ」を認めるような男性とめぐり合っていない。だが、戦時下でなければ、このような資質が試される機会は稀である。したがって、この愛もまた戦争の産物と言えるだろう。

女性にも多様な経験をもたらした内戦は共和政府側の敗戦であった。その結果、第二共和政のときから高まってきた女性の自立や解放の芽は摘み取られ、その立場は大きく後退する。女たちは、自由獲得の戦いに敗北し、予想すらしなかったような抑圧の時代を迎える。自由を愛したカティは自殺し、「自由なフランス人」のジュディは精神的な死に至り、啓蒙された母ムンデタは夫に絶対服従の人生を強いられる。

戦争の傷跡に苦しんだのは、戦争を経験した世代にとどまらない。内戦後に生まれた娘ムンデタが、なぜ祖母や母と同じような「くり返し」の人生を余儀なくされているのか。これは、同世代のロッチ自身が抱えていた問題でもあっただろう。ムンサラット・ロッチは、その答を求めて、過去に遡り、敗戦が戦後生まれの世代をも悩ませている主因であることを突き止める。『さらばラモーナ』で内戦の影響は子や孫にまで引き継がれていくという母ムンデタの言葉を誰よりも実感していたのは、他ならぬロッチ本人だったに違いない。内戦を知らない娘ムンデタの世代が内戦の影を引きずっていたのは偶然ではないのである。

たとえ、内戦で共和国側が勝利したとしても、カティが夢見たような世界が実現されたかどうかは疑問であるが、フランコ体制下のような大きな後退は想像し難い。そういう意味で、内戦は、女性にとってターニング・ポイントとなる戦争であった。ムンサラット・ロッチは、「内戦のもっとも大きな犠牲者は女性である」(Nichols, 1989, p.183) と述べて、それをほのめかしている。

第三章　後退——敗戦後のカタルーニャ

大勢の犠牲者を出した内戦は共和国側の敗戦に終わり、「カタルーニャでは、多くの人が処刑されただけではなく、自治政府の役人だった約一万六千人が解雇され、多くの弁護士・医者もその資格を剥奪された。また、カタルーニャ憲章を無効にしただけでなく、カタルーニャの独自性を表象するもの——州旗、州歌、政治・文化諸機関、サルダーナ（カタルーニャ独自の踊り）など——を禁圧し、カタルーニャのスペイン化をはかろうとした。特に教育の現場でのカタルーニャ語使用は禁じられ、通りの名や人名もカスティーリャ語化された」（立石、二〇〇二年、一三四頁）。

慣れ親しんだ通りが突然、別の名前で呼ばれるようになったら、「自分の街」という感じがしなくなるだろうし、例えば、今まで「ジュアン」と呼ばれていた人が、突然、カスティーリャ語風に「フアン」と呼ばれるようになったら、自分が自分でなくなったような気がするのではないだろうか。スチュワート・キングは、そのような状況について、「カタルーニャがアフリカやアジアの国のようなポストコロニアルな国の一つであると断言するのは浅見であるが、実際、フランコ体制によって実施された文化帝国主義のため、植民地となった経験をもつ他の国々と共通の特徴を多く持っている」（King, 1998, p.59）と述べている。フランコが言語を弾圧した意図は、カタルーニャの文化とアイデンティティを排除して、スペインの文化とアイデンティティを押し付けることであった。それに抵抗する多くの文化人が外国に亡命し、カタルーニャにとどまった人も、もはや内戦前のように生きることはできなくなった。『すみれ色の時刻』における以下のパトリシア・ミラルペシュの回想が、敗戦後のカタルーニャ人の様子を如実に物語っている。

内戦前の生活は、こんなではなかった。内戦後は皆が動揺し、精神がまともではないように見えた。ジュアンには何もかも急ぎの仕事だった。「ヌーリア」でのお茶やグアルバの屋敷での晩餐はなくなった。（HV, p. 136）

言語、名前、住居はアイデンティティの根幹をなすものなので、突然、それを変えなければならなくなったら、動揺して精神がまともではなくなるのも当然であろう。その動揺・混乱は内戦を経験した世代にとどまらず、爆撃されたバルセロナをさまよった母ムンデタが予想した通り、子や孫にも引き継がれていく。内戦後に生まれたムンサラット・ロッチが深刻な問題に突き当たるたびに内戦に回帰するのは、問題の根をたどっていくと常にそこに突き当たるからであろう。彼女は、内戦については女性の視点から描いているが、敗戦後のカタルーニャについてはその限りではない。

1.『さくらんぼの実るころ』における亡命の感覚

『さくらんぼの実るころ』の舞台は一九七四年であるが、フラッシュ・バックや会話を通して内戦前後の様子が詳細に描かれている。

内戦中、あるいは内戦後、共和政府側で戦った多くの人が亡命したが、共和政府側で戦ってもカタルーニャにとどまった人もいた。彼らは、カタルーニャ人であるというアイデンティティを剥奪され、フランコ体制に忠実であるという仮面をつけて生きることを余儀なくされた。故郷にいても「外国人」として生きなければならないとしたら、外国で外国人として生きる「亡命者」と何ら変わりないのではないか。実際、フランコ体制下では、もはや内戦前の「カタルーニャ」は存在しなかった。本書では、カタルーニャにいて「亡命者」のように生きる人々を「内なる亡命」者と呼ぶ。

ナタリアの父ジュアン・ミラルペシュはカタルーニャにいながら「内なる亡命」を生き、ナタリアの絵の教師だったアルムニア・カレラスは実際の亡命を経験している。この節では、両者における亡命の感覚について論じる。

ジュアン・ミラルペシュ、もしくは「内なる亡命」

ナタリアの父親のジュアン・ミラルペシュは、一九六四年、建築家として成功しているが、幸せではなかった。妻は卒中のため廃人となり、娘ナタリアは数年前に家を出ていってしまっていた。その上、リゾート地で手掛けた建築物が火災にあって、構造上の欠陥が浮き彫りになった。提携者のジュアン・クラレット(＝嫁のシルビア・クラレットの父)が首尾よくそれをもみ消したが、ジュアン・ミラルペシュはいつまでも失敗を忘れることができなかった。そのような父を、同じ建築家となった息子リュイスが冷ややかな目で見ている。誰にも本心を明かすことのできないジュアン・ミラルペシュは心の中で過去に思いを馳せるだけである。それがフラッシュ・バックの形で語られている。

ジュアン・ミラルペシュは、一九〇六年、グアルバのほとんどの土地を有する大地主の家族の長男として生まれた。幼いころに母親を亡くしたため、厳格な叔母たちに育てられた。父の老ジュアン・ミラルペシュは、カタルーニャ人の常として富の源泉は労働にあると考え、怠け者を極度に嫌った。少年ジュアンは活発に外で遊ぶよりは考え事をすることを好む性格だった。父親には、そのような息子は怠け者としか映らず、ぼんやりと自分の世界にいる息子を見つけると、弁明の余地を与えることなく殴った。息子が怠け者ではないかと危惧する背景には弟ペペの存在があった。老ジュアン・ミラルペッシュは、弟の享楽的な性格はガリシア人だった母の血によるものと決めつけていた。金髪で、背が高く、青い目をした少年ジュアンの容貌はペペに似ていた。だから、老ジュアン・ミラルペシュは息子の夢想癖を嫌ったのである。

老ジュアン・ミラルペシュは家父長制の権化のような存在である。女を人間とは思っていなかった。家父長制とは、一般に、「社会制度、政治制度および経済制度を通じて女性性を抑圧する男性の権威システム」（ハム、木本喜美子・高橋準監訳、一九九九年、二三〇頁）であるが、次の引用に彼の家父長的な性格が明らかにされている。

> パトリシアの父親（＝老ジュアン・ミラルペシュ）は、非常にけちだったが、女中にだけは気前が良かった（グアルバ中に子種をばら撒き、古い愛人たちは、行きずりの関係の思い出に養殖真珠のピアスをつけていた）。（TC, p.77）

老ジュアン・ミラルペシュが絶対的な権力を利用して、次々と女中を意のままにしたのは、若くして妻を亡くしたせいかもしれない。しかし、カタルーニャでは性のダブル・スタンダードが当然とされていたので、おそらく、妻がいようといまいと、彼の行動は変わらなかっただろう。ある日、息子のジュアン・ミラルペシュが、心ならずも、父親が女中の一人と関係をもっているシーンを目撃してしまう。泣き声が聞こえたので、少年ジュアンは、不審に思ってその声をたどって行くと、父親が女中の一人と裸でベッドにいた。女中はすすり泣きながら、ロバのように金切り声をあげ、父親はその女中を「ロバ、私のロバ娘」と呼んでいた。異様な光景に驚いたジュアンは、翌日、別の女中に、父親と女中が何をしていたのかを尋ねた。それが最終的に老ジュアン・ミラルペシュの耳に達したから大変である。その夜、烈火のごとく怒った父親は、いきなり息子を殴り飛ばした。目撃した父親のセックス・シーンの衝撃と、その後の体罰とが一体化して、ジュアンの中に性は穢れたものというイメージが形成された。彼にとって、愛と性はまったくの別物で、女性は人間というより動物に過ぎなかった。後に、長じたジュアンが売春婦に父と同じ行為をしようとしたのは、知らず知らずのうちに父親の性の場面が心の中に刻み込まれてしまったからであろう。しかし、相手をした売春婦が逃げてしまい、彼は目的を果たすことができなかった。それ以来、ジュアンは性的に不能になる。

厳格な家父長制の犠牲者は女性だけではない。理不尽に権力を行使する父の存在は、息子に精神的な去勢をもたらす。父のようになりたくないという思いが無意識に男であることを拒否してしまうのである。ジュアン・ミラルペシュは父に虐待されるたびに自分の殻に閉じこもり、一人になれる場所に逃避した。ジュアンが成長してグアルバを飛び出したのは、自然な成り行きだったと言えるだろう。最初はパリに行くが、パリでは生活するのがやっとであった。貧乏暮らしにあえいでいたジュアンに手を差し伸べたのが母方の叔父ジュアン・アントニであった。ジュアンは、その叔父の援助でバルセロナに戻って大学に入り、建築家への道を目指す。学生時代のジュアンは生き生きとしている。「民衆の知恵」というサークルに入って、友人たちと活発に議論し、夢を語り、文学談義に花を咲かせている。

その頃、ジュアンは叔父の娘のピアノの教師をしていたユダヤ系フランス人のジュディ・フレシェに恋をする。不能だった彼に性の手ほどきをしたのは、他ならぬジュディである。性を穢れたものと考えていたジュアン・ミラルペシュはジュディのお陰で「男」になる。やがて、二人は結婚する。ジュアンにとってジュディは妻であり、母であり、すべてであった。

一九三六年七月、内戦が勃発すると、大学のサークルの友は皆、より良い世界の訪れを信じて共和国側で戦った。ジュアン・ミラルペシュも同様である。だが、結果は共和国側の敗戦であった。ジュアンは捕虜としてベタンソス収容所（スペイン北西部ガリシア地方ア・コルーニャ県にあった）に送られて、そこで三年を過ごす。次に挙げるのは、その時に、ジュアンが妻に宛てた手紙である。

「親愛なるジュディ、グアルバでエステバンに起こったことについての手紙を受け取りました。共産党のやつらがやることといったら！　幸いなことに、彼らにはもう悪事をするだけの元気はほとんどありません」（TC, p.140）

ジュアンは、最初、「愛するジュディ、どんなに君が恋しいか……」（TC. p.140）とカタルーニャ語で手紙を書こうとしたのだが、それは許されなかった。仕方がないので、カスティーリャ語で手紙を書こうとして悪戦苦闘しているうちに、このように味も素っ気もない文になってしまったのである。しかも、フランコ体制にこびるような内容になっている。この収容所で、ジュアン・ミラルペシュはフランコ体制下で生きる術を学ぶ。フランコ体制下では、思っていることを口にしてはならなかった。

収容所から帰還したジュアンが、まず試みたのは、自分を変えることだった。「ジュアンとジュディは顔つきを変え、手を変え、足を変え、腕を変えようとした……。しかし、ジュアンは、言語は変えなかった。すでに不可能だったからである」（TC, p.140）。言語習得能力は人によって差はあるが、一般に年齢が高くなるほど、その能力は低くなると言われている。だが、一九〇六年生まれのジュアン・ミラルペッシュは、当時、まだ三〇代半ばなので、カスティーリャ語へ通常に使う言語を変えることができなかったのは年齢のせいではないだろう。ロッチは、カタルーニャ語話者の中でカスティーリャ語を話すのは、喜劇を演じるようなものだったと言う。もし、そうであるなら、引っ込み思案のジュアンが喜劇を演じる才能に恵まれていたとは思えないので、台詞のように、すらすらとカスティーリャ語を話すことはできなかったのかもしれない。それでも、「ジュアンは、考え方を変え、別の方法で話し始め、彼らが望むような格好をし、家に閉じこもり、眠り、長く深い夢に身を委ねて、外に出なかった――金儲けは、唯一可能な報復手段だった」（TC, p.140）。この言葉から、傍目には平穏と見えるジュアン・ミラルペシュの睡眠と金儲けへの固執は、実は、「内なる亡命」を生き抜くための手段であったことが判明する。この状況は、スペイン継承戦争後のカタルーニャを思い出させる。敗戦後、自治を絶たれたカタルーニャは、経済に専心して、スペインで初の産業革命を達成した。内戦後にも、カタルーニャは目覚しい経済発展を成し遂げている。その発展の陰には、ジュアン・ミラルペッシュのような「内なる亡命」者も少なくなかったのかもしれない。

ジュアンは、外見は変えたが、心の中ではよく過去を回想した。どのような体制であれ、心の裡にある思い出までは奪うことはできないのである。

教授になりたいと言っていたリュイスは、最後まで共和国を信じていたので、アントニで銃殺された。他の連中はどうなったんだろう。（…）フランセスクとエミリとシャビエは国境を越えた。彼（＝ジュアン・ミラルペシュ）は反対勢力に対してもっとも軽い役目しか負っていなかったのでスペインに留まったが、そのために三年も収容所にいなくてはならなかった。その経験は決して忘れられないものだ。しかし、他の連中は？　震撼するような恐怖の中で生きているとき、彼は、他の連中を羨ましく思うことがあった。その後、わかったことによると、シャビエはアルジェから逃亡してメキシコに行き、そこで一財産を築いた。エミリはフランスに留まってドイツの爆撃で死んだ。オルレアン橋の真ん中だったという。フランセスクはナチスの収容所で死んだ。彼の最後を覚えている人は、死人のような顔をしていても目だけは夢見ているようだったという。ナチスの党員は、気が触れたから彼を殺したのかもしれない。一番、賢かったジュアン・ミラルペシュは命をとりとめた。しかし、望むのは眠ることだけ。子供の頃に、物置で、ぼんやりしているのが見つかると、父に紫色になるまで耳を引っ張られたときのように。（TC, pp.149-150）

この引用は共和国側で戦ったカタルーニャ人が敗戦後にどのような道をたどったかを明らかにしている。つまり、銃殺、亡命、収容所送りである。もっとも熱心に活動した人は銃殺され、それより軽い役割しか担っていなかった人は収容所に送られた。「一九三九年一月以降、銃殺された人は少なくとも四千人と見積もられ、十五万人を越えるカタルーニャ人が収容所に送られた」（AA. VV., 1998, p.188）。その他に、危険を察知して国境を越えた人もいる。「一九三九年一月二十七日から同年二月十三日までの間にスペインとフランスの国境を越えたカタルーニャ人は約五十万人に達する」（AA. VV., 1998, p.188）。

その五十万人には、軍人、民間人、男、女、年寄り、子供など、あらゆる種類の人がいたが、飢えと寒さとフランコによる爆撃で国境を越える前に命を落とした人も少なくない。運良く国境を越えた人も、亡命先で苛酷な生活を強いられることが多かった。フランスでは涙を浮かべて迎える人もいたが、「赤」（共和派）

の到着を歓迎しない人も多かったからである。ジュアン・ミラルペシュの亡命した三人の友のうち、生き延びたのが一人だけであるという事実がそれを如実に物語っている。「一番、賢かった」ジュアン・ミラルペシュは祖国にとどまったが、少年時代に父親に虐待されるたびに一人になれる場所に閉じこもったように、フランコ体制下では眠りと金儲けに没入することによって自身の内側に閉じこもった。ジュアンにとって、カタルーニャ的な精神を植え付けようとして虐待した父親と、スペイン的な文化を押し付けようとしたフランコ体制は同義であった。どちらも抑圧の装置で、ありのままの自分でいることを許さなかったからである。だが、ジュアンが決してカタルーニャ人としての誇りを失っていなかったことが次の引用に示されている。

クリスマスの夜、（内戦後に生まれた末子）ペラが紙の馬で遊んでいる間、（ジュアンは）フォルク・イ・トラスの『本当にあったお話』からカタルーニャ語の短編をリュイスとナタリアに読むのが常だった。こうやってカタルーニャ語になじみなさいと言って。（…）クリスマスのパーティで、ジュアン・ミラルペシュは多くのことを子供たちに話した。彼はいつもより陽気だった。そして、我々の国はちっぽけだけど、どんなに大変でもお前たちは、国を愛さなければならないよと言うのが常だった。（TC, pp.152-3、傍線は筆者による）

ジュアン・ミラルペシュがいつもより陽気で雄弁なのは、子供たちにカタルーニャ語で書かれた文学を読み聞かせることによってカタルーニャ人としてのアイデンティティを取り戻し、何の制限もない母語で自分が話したいことを話しているからであろう。傍線を付した部分には、ジュアン・ミラルペッシュの真情が吐露されている。平時には、国に対する漠然とした忠誠心はあるにせよ、祖国を意識することは少ない。あって当たり前だからである。しかし、ひとたび祖国が危機にさらされると、にわかに祖国という概念が浮上する。したがって、傍線部はジュアンのカタルーニャ消滅の危機感を表しているのだが、「内なる亡命」者には、それをおおっぴらに言うことは許されなかった。だから、クリスマスのような特別な日にだけ、安全を脅かされない範囲で、ジュアンは思いのたけを未来の世代に伝えようとしたのである。これが「内なる亡命」の現実である。

「内なる亡命」の感覚は「犠牲の世代」[1]の詩に多く見られる。特に、詩集『旅人とロバ』（一九五四）に掲載されたサルバドー・アスプリウ（一九一三～一九八五）の詩「神殿における賛歌の試作」には、ジュアン・ミラルペシュが感じた「内なる亡命」と似たような感情が表されている。サルバドー・アスプリウは早熟な天才として名を馳せ、様々なジャンルの作品を書いていたが、内戦直後の作品は詩に限られている。厳しい検閲をくぐり抜けるためには、メタファーや象徴的な表現をふんだんに盛り込むことのできる詩のほうが散文より有利だったからである。

1　Fuster, Joan, *Literatura catalana contemporánea*, Madrid: Editora Nacional, c1975, p.295
《犠牲の世代》という言葉を使ったのは評論家でもあり、歴史研究家でもあり、文学研究者でもあるジュアン・フステである。《犠牲の世代》とは、マリウス・トラス（リェイダ、一九一〇～プッチドゥレナ、一九四二）、バルトメウ・ルサリョ＝ポルサル（パルマ、一九一三～アル・ブルイ、一九三八）、サルバドー・アスプリウ（サンタ・クロマ・ダ・ファルネ、一九一三～バルセロナ、一九八五）、ジュアン・テシドー（ウロット、一九一三～バルセロナ、一九九二）など一九一〇年代に生まれた文学者の世代を指す。彼らはカタルーニャ語文学が隆盛を誇った時代に教育を受けた世代で、若い時期から創作活動を始めて、内戦前にすでに名を知られる存在となっていたが、内戦後には、固有の言語や文化を弾圧されるという、カタルーニャ史上もっとも暗黒な時代を経験する。「犠牲の世代」の詩人は、夭折したマリウス・トラスとバルトメウ・ルサリョ＝ポルサルを除いて「内なる亡命」を生きることを余儀なくされている。

神殿における讃歌の試作

ああ、うんざりするよ
憶病で、古臭くて、野蛮な僕の故郷には、
どんなにここを離れたいことか。
遙か北では、
皆が言うには、人々は清潔で、
高貴で、教養があって、豊かで、自由で、
賢くて、幸福なんだって！
でも、兄弟が集って言うだろう、
非難をこめて、「巣を捨てる鳥のように
あいつは故郷を捨てる奴だ」と。
その時、僕はすでに遠くにいて嘲笑う、
つまらない僕の民の
法律といにしえの知恵を。
でも、僕は決して夢を実現させずに、
死ぬまでここに居るだろう。
なぜって、僕もひどく憶病で、野蛮だから、
その上、痛いほど熱烈に愛しているから、

僕のこの貧しく、
粗野で、悲しく、不幸な祖国を。（Espriu, 1954, p.41、拙訳による。）

ジュアン・ミラルペシュがカタルーニャは「ちっぽけな国」であると卑下したように、アスプリウも、カタルーニャを「憶病で、古臭くて、野蛮な僕の故郷」と表現して、故郷が住み心地のいい場所ではないことを認めている。内戦後、経済的な理由で「百万人以上の人々が自分のものではなかった土地を捨て、地図の上の方へと渡って行ってしまった」（ロッチ、山道佳子・潤田順一・市川秋子・八嶋由香利訳、一九九〇年、三五頁）のは、スペインの内戦後の窮状がいかにひどかったかを物語っている。「地図の上の方」とは最初はカタルーニャやバスクを指し、後には国境を越えた北の国々を指すようになったが、カタルーニャ人にとって地理的に「北の国」がカタルーニャであるはずがないので、アスプリウの言う「北」は、具体的にはドイツやスカンジナビアの国々を指している。そこでは「人々は清潔で、高貴で、教養があって、豊かで、自由で、賢くて、幸福」であり、カタルーニャにとどまるより安全で豊かな暮らしができそうである。検閲を受けることなく文学作品を出版することも可能かもしれない。カタルーニャにとどまって閉塞的な生活を強いられている「内なる亡命」者には常に出立の欲望がある。だが、アスプリウの心は亡命するか、祖国に留まるかで激しく揺れ動く。なぜなら、心の奥底にある祖国への愛を捨てることができないからである。臆病であろうと、古臭かろうと、野蛮であろうと、自分を育んだのは祖国である。その祖国を捨てるのは自分を捨てることである。その気持ちは「なぜって、僕もひどく臆病で、野蛮だから」という言葉に表されている。というわけで、最終的に、祖国への愛が亡命の誘惑に打ち勝つのである。
ジュアン・ミラルペシュとアスプリウに共通するのは、カタルーニャにいながら、カタルーニャを外から眺めていることである。二人には、もっと自由で、もっと豊かで、もっと人間らしい暮らしをしたいという切なる思いがあり、それがカタルーニャから出立したいという欲望を引き起こすが、その出立の欲望が彼らをカタルーニャにとどめる。心の中で北の国へと旅立ち、そこからカタルーニャを眺めたとき、今まで気付かなかった祖国への愛をより強く意識するからである。「内なる亡命」者は、カタルーニャにいながら、「望郷」の念にさいなまれ、自分の国の文化に触れることができないばかりか、自分の国の言葉を話すことができないという、亡命者と同じような不自由さに耐えている。しかし、「内なる亡命」者にはそれを露にすることは許されない。だから、彼らは、自分の殻に閉じこもって、見せかけの平穏に生きているのである。

アルムニア・カレラス、もしくは亡命者

アルムニア・カレラスは『さくらんぼの実るころ』においてナタリア・ミラルペシュの絵の教師として登場するだけであるが、実際に亡命を経験した唯一の登場人物である。アルムニアの父は、フランコ体制によって銃殺された。そのため、アルムニアは、まずフランスに逃れ、そこから、メキシコに渡った。メキシコにいた十年の間に、ディエゴ・リベラ（メキシコの画家で多くの壁画を手掛けた。一八八六〜一九五七）の弟子に師事して壁画の技術を学ぶ。その後、カタルーニャに戻って、画家として生計を立てている。

アルムニアは、三十代で、すでに髪が灰色になっていた。それは、亡命先の生活の労苦を偲ばせるものである。だが、それを乗り越えて画家として名をなしたアルムニアには、カタルーニャにとどまった「内なる亡命」者には見られない強さがある。教会を精神的な支柱としたフランコ時代にあっても、アルムニアは「無神論者であることを隠そうとしなかった」（TC, p.31）し、「自分の友人、自分の祖国、自分の芸術に忠実だった」（TC, p.31）。それは、アルムニアが体制に迎合することなく、自分の信条を貫く強さを持ってい

たということである。だが、アルムニアは亡命者としての経験を決して忘れることはなかった。次の引用がそれを明らかにしている。

（アルムニア・カレラスは）メキシコとカタルーニャをこよなく愛し、メセータ[2]に住む住人、つまり、カスティーリャの支配的で卑小な精神を憎んでいた。（…）その精神によって、彼女がもっとも愛する二つの国は征服され、常に、失われた根を求めるという、恒常的な困惑の中に陥れられたからである。（TC, p.31）

祖国を追われた亡命者は、ある意味で、根無し草である。亡命先に根をおろそうにも、喪失した祖国を恋う心がそれを阻む。しかし、年月を経るにしたがって、亡命者の心の中にある祖国はユートピアのような存在になっていく。なぜなら、心の中の祖国は、亡命した当時のままに保たれて、その後の祖国の変化を知ることがないので、実際の祖国とはかけ離れてしまうからである。アルムニア・カレラスはたまたま祖国に戻るという幸運を得たが、帰還して、心の中の祖国と実際のカタルーニャのギャップをつぶさに見たとき、自分の根が永遠に失われてしまったことを知ったのである。

アルムニア・カレラスはナタリアにとって絵の教師であるだけではなく、カタルーニャ文学の教師でもあった。ある日、アルムニアが「リーバが亡くなった」（TC. p.32）とナタリアに言ったが、そのとき、ナタリアはリーバが誰なのか知らなかった。すると、アルムニアは、以下の詩をつぶやいた。

2　イベリア半島中央部の台地はメセータと呼ばれ、九十八年世代の文人の多くは、ドン・キホーテを生み出したメセータがもっともスペインらしい地と考えた。

そして、鬱蒼とした木立の中に、突然、ぼんやりと君が見える……
ああ本物の君なのか、ああ幻影なのか！
不運の最中、亡命者は、君の力で自らを救う力を知る、
才能に恵まれ、心豊かで、落ちぶれても、かくも純粋な亡命者は。（TC, p.32、拙訳による。）[3]
(Riba, 1968, p.30)

カルラス・リーバ（一八九三〜一九五九）は、ギリシア・ローマに範をおく一九〇〇年主義、つまり〈ノウサンティズマ〉の代表的な詩人である。内戦直後、フランスのビエルヴィユに四年間亡命したが、一九四三年、カタルーニャに戻るやいなや文筆活動を開始して、詩集『ビエルヴィユのエレジー』（一九四三）を発表した。引用した詩はその詩集に収録されているⅡの一部の訳である。スペインに戻ったカルラス・リーバは地下活動の中心的存在であり、多くの文人がバイリンガルに甘んじたり、沈黙したりする中で、いつでも戦う用意ができているという姿勢を崩さなかった（Fuster, c1975, p.176）。この詩集の出版もその意志の表明の一つである。

『ビエルヴィユのエレジー』に収録された詩の多くにギリシアの風景が織り込まれているが、その背後には、亡命者としての経験が込められている。この詩の「君」とは、スニオン岬あるいはポセイドン神殿の廃

3　引用した本は第六版（一九六八年）であるが、第一版は一九四二年、ブエノスアイレス、第二版は一九四九年、チリのサンティアゴで出版されたと記されている。バルセロナで最初に出版されたのは一九五一年の第三版である。いかに検閲が厳しかったかを物語る例である。

スニオン岬

墟を指し、前半はギリシアの明るさに満ちているが、最後の四行（引用した箇所全部）に亡命者としての心情が表現されている。リーバは、この詩を書いたとき、フランスのほぼ中央に位置するビエルヴィユにいた。そこでは春の訪れが遅く、四月はまだ冬で、芽吹く木は稀であった。ビエルヴィユでは四月は死の月だと気付いたとき、リーバは「亡命生活とは死である」ことを実感する（Roig, 1991, p.107）。詩人を死から救ったのは内戦前に訪れた光溢れるギリシアの風景であった。心の中に突然、スニオン岬のポセイドン神殿が現れたとき、リーバは「ああ本物の君なのか、ああ幻影なのか！」と叫んで、生きる力を蘇らせる。「君」の中にギリシアに旅した頃の自分を見ているからである。その頃のリーバは〈ノウサンティズマ〉の詩人としてカタルーニャ語で自由に作品を書くことができた。「不運の最中、君の力で自らを救う力を知る」という言葉は、ギリシアの思い出によって、リーバが再び、書く力を取り戻したことを示唆している。リーバは、ビエルヴィユにいながら、感情や思想を自由に形にすることのできる母語でギリシアの思い出を綴ることによって、カタルーニャ人としてのアイデンティティを取り戻したのである（Roig, 1991, p.108）。ギリシアはカタルーニャへの愛を取り戻すための媒介であった。

カルラス・リーバが死にも等しい亡命生活の中でスニオン岬の神殿を媒介としてカタルーニャ人としてのアイデンティティをよみがえらせたのに対し

て、『さくらんぼが実るころ』のアルムニア・カレラスはメキシコを受け入れつつカタルーニャ人としてのアイデンティティを保持し続けた。それぞれ異なる亡命生活を送りながらも、二人に共通するのは、心の奥底にあった強い望郷の念である。アルムニアは、カタルーニャに帰還して、メキシコの原住民の素朴な絵とキュービニズムを合わせたような独特な様式の絵画を発表して認められるようになる。彼女の中にはメキシコとカタルーニャが共存しており、「恐怖に引きつった目をした、悲痛な人物画」（TC, p.33）は、スペインに征服されたカタルーニャとメキシコの苦悩を表現している。アルムニア・カレラスは、カタルーニャに戻り、画家として名をなしたが、描いても描いても、その苦悩が消え去ることはなかった。その苦悩が、リーバの詩を暗誦し始める前に言った「この亡命は、決して終わることがない」（TC, p.32）という言葉に表されている。

ナタリアは、アルムニア・カレラスが読む詩の中に父の世界や母が弾いたピアノの曲に共通するものがあるのを感じとる。「内なる亡命」者であるジュアン・ミラルペシュの家では、表立ってカタルーニャの詩や芸術について意見が交わされることはなかったが、ナタリアは敏感に両親の中に「亡命」の感覚があることを察知していた。ナタリアを通して、亡命者も「内なる亡命」者も同じような苦悩を抱えていたということが示唆されている。

アルムニア・カレラスは、ナタリアがリーバの存在を知らなかったことに驚き、その後、折にふれてはカタルーニャの詩人や画家について若い弟子たちに語るようになった。内戦後に育った世代が内戦前のカタルーニャ文化の繁栄をまったく知らないことに愕然として、誰かが伝えない限り、彼らは永遠に自分の文化について知らずに過ごしてしまうのではないかと危惧したからである。十数年後、ナタリアと甥のマリウスの間で同じような会話が繰り返される。ナタリアがピタラの詩をつぶやいても、マリウスは誰の詩かわからなかった。ピタラは、本名フラダリック・スレ（一八三九〜一八九五）だが、サラフィ・ピタラのペンネームで、戯曲、詩、小説などを著した作家である。この時、ナタリアはアルムニア・カレラスと同じような危機感を持って「アステーバ氏の曾孫たちはルシニョールが誰なのか知らなければならない」（TC, p.202）[4]と思う。ムンサラット・ロッチ自身がアルムニア・カレラスやナタリアと同じような危機感を持っていたからこそ、こうして自らの小説にカタルーニャの作家や詩人や画家を引用しているのであろう。それが、カタルーニャ文化を忘却から救う一つの手段だからである。

実際に亡命した人の多くは亡命先で過酷な運命をたどったが、ジュアン・ミラルペシュの友のエミリのように一財産を築いた人もいれば、アルムニア・カレラスのように芸術家として祖国に帰還した人もいる。しかし、亡命者は常に根無し草であり、心の中で内なる祖国を夢見ている。他方、「内なる亡命」者は祖国カタルーニャにとどまっているが、常に、出立の欲望と祖国への愛に引き裂かれ、表向きはフランコ体制に忠実であるという仮面をつけて生活している。いずれの亡命でも、かつてのアイデンティティを変えることを余儀なくされて、以前のように生きることが不可能になる。

4　「アステーバ氏」とは、〈ムダルニズマ〉の立役者の一人であったサンティアゴ・ルシニョール（バルセロナ、一八六一〜アランフェス、一九三一）の代表的な作品『アステーバ氏絵物語』の主人公アステーバ氏を指す。この作品は、自分の祖父をモデルとして、当時のカタルーニャ・ブルジョワジーの「視野が狭く打算的な」面を批判するために描かれた。マリウスは一九五八年生まれなので、ルシニョールの曾孫の世代にあたる。Bou, Enric, *Nou diccionari 62 de la literatura catalana*, Barcelona: Edicions 62, 2000, p.663-664を参照されたい。

2.『日常オペラ』における過去の書き換え

『日常オペラ』は、一九八〇年代のカタルーニャが舞台であるが、パトリシア・ミラルペシュの間借り人として登場するウラシ・ドゥックと、カタリーナ・アルタフーリャ（以降、アルタフーリャ夫人と呼ぶ）が、内戦前後の思い出を語っている。といっても、アルタフーリャ夫人の直接の語りがあるわけではなく、話し相手として雇われているマリ・クルスのモノローグの中に登場するだけである。小説は、朝食のときにウラシ・ドゥックとパトリシア・ミラルペシュがかわす会話の場面と、マリ・クルスのモノローグが交互に現れて同時進行していく。まったく接点のないドゥックとアルタフーリャ夫人をつなぐのがマリ・クルスである。彼女は、アルタフーリャ夫人の「オペラ」の観客兼話し相手として働くだけではなく、週に一度、パトリシアの家に掃除婦として通っているからである。オペラの構成を模したこの小説では、ドゥックとパトリシア、あるいはアルタフーリャ夫人とマリ・クルスの会話はデュエット、それぞれのモノローグは、カヴァティーナ（オペラなどの短い独唱曲）、アリア、レチタティーヴォ（歌うより語る方に重点が置かれた唱法）と称されている。

『日常オペラ』

ウラシ・ドゥック、もしくはファルスを求める男

パトリシア・ミラルペシュは少しでも生計の足しにしようと下宿人を置くことを決意する。次の引用はパトリシ

ア・ミラルペシュが『バングアルディア』誌に掲載した下宿人を募集する広告である。

信頼できる家主が良心的な価格で都心にある部屋を貸します。中年の男性希望。アルゼンチン人とモロッコ人はお断り。(OQ. p.13)

一九八〇年代には、一九七八年憲法で、すでにカタルーニャ語は公用語となっているので、カスティーリャ語で書かれているこの広告は、フランコ体制による抑圧のためというよりは、カスティーリャ語の記事のほうが人目に触れる機会が多いというパトリシアの計算によるものだろう。しかし、裏を返すと、バルセロナでは、断然、書き言葉としてカスティーリャ語のほうが普及していたということになる。

この記事を見てパトリシアの家にやってきたのがウラシ・ドゥックである。詮索好きのパトリシアは、新しい間借り人がどのような人物なのか知ろうと、ドゥックが出かけた隙に彼の部屋に忍び込み、「ファブラ氏の辞書とスルダビラ氏の『カタルーニャの歴史』」(OQ. p.20) と書きかけの原稿を目にする。この部分は、簡潔な言葉でドゥックの性格を見事に表現している。「ファブラ氏」は、プンペウ・ファブラ(バルセロナ、一八六八〜一九四八)のことで、それまでばらばらだったカタルーニャ語の綴りを統一し、文法を整備して、一九三二年、カタルーニャ語の辞書を編纂した人物である。彼の存在なくして、その後のカタルーニャ語文学の発展はあり得ないので、「カタルーニャ語の父」と呼ばれている。「スルダビラ氏」とは、ファラン・スルダビラ(バルセロナ、一八九四〜一九七二)で、歴史家・随筆家・劇作家・詩人として活躍し、特に中世の歴史考察に定評がある。ウラシ・ドゥックの所持する二冊の著書は、内戦前のカタルーニャ文化を代表する重要な文献である。それらの著書を常に手元においているということは、ドゥックがカタルーニャ人として確固たるアイデンティティを持っているだけではなく、並々ならぬ教養人であることを示している。また、カタルーニャ語のウラシという名前は、ローマ帝政初期の詩人ホラティウスから来ており、書きかけの原稿と共に、ドゥックに「詩人」の気質があることを暗示している。

だが、ムンサラット・ロッチの小説では、「詩人」はどちらかと言えば、否定的なイメージに描かれている。パトリシアの夫として登場する「詩人」のアステーバ・ミランジャルスはエゴイストで、傍若無人で、思い上がった人間であった。彼は自らを天才だと思い、詩集を出版するが、まったく売れなかった。アステーバ自身、それは時代のせいだと思っていたが、実は、彼のカタルーニャ語に問題があった。各地を転々としてきた彼には、カタルーニャ語の東部方言（バルセロナを中心とした地域）に顕著な母音のe、oの開口音と閉口音の区別がつかなかった。その区別は、詩で韻を踏む場合には特に重要である。例えば「ressò」（カタルーニャ語で「エコー」の意）と「remor」（カタルーニャ語で「（風・波等）ざわめき」の意）はいずれもoにアクセントがあるが、前者は開口音、後者は閉口音で、異音とみなされ、この二つの語で韻を踏むことはできない。その区別がつかないアステーバは詩人として致命的であったが、その類稀なる空想力を駆使して別の理由をでっち上げ、それに気付かずに自分を「詩人」と呼び続けることができたのである。東部方言の話者であるパトリシアは、夫の致命的な欠点に気付いていたが、あえて口にすることはなかった。夫の反応が恐ろしかったからである。夫アステーバと間借り人ウラシ・ドゥックは、世代も経歴もまったく違っていたが、パトリシアは、二人に共通するものがあることに気付く。かつて肉屋の職人だったというドゥックもまた詩人のように豊かな空想力を持っていた。

ドゥックの話は一九三一年四月十四日の第二共和政が宣言された日に遡る。ドゥックは、父と、同じ建物に住む隣人パジェスとともにサン・ジャウマ広場でフランセスク・マシアのカタルーニャ共和国の宣言を聞いた。十五歳年長のパジェスは、そのとき、ほんの子供だったドゥックを肩車して、誰よりも大きな声でカタルーニャを祝福する歓喜の声を上げた。そのとき、幼いドゥックも大人の仲間になったような気がして、カタルーニャ人であることを誇りに思った。

その五年後に内戦が始まり、ドゥックの父はどさくさに紛れて別の女性と出奔してしまった。ドゥックの母は、男は戦争を言い訳にしてひどいことをすると言って、夫の仲間とは絶縁する。パジェスは、夫、つまり、ドゥックにとっては父の仲間だったので、ここで付き合いが途絶えることになる。だが、パジェスが休暇で戻ってくると、ドゥックは前線の様子を尋ねたくてうずうずした。内戦が、もう少し長引いていたら、ドゥックも志願して前線に行ったかもしれない。

一九三八年十二月二十三日、反乱軍はバチカンが提案したクリスマス停戦を却下してカタルーニャに対して最後の攻撃を開始し、一九三九年一月二十六日にバルセロナを陥落させる。その日、ドゥックは屋上で「ディアゴナル通りから奴らが入ってきたぞ！」（OQ, p.71）という叫び声を聞く。傍らには戦争で負傷して戻ってきていたパジェスがいた。強く、城のように背の高いパジェスが、子供のように泣いてドゥックに言った。「俺たちは負けた。でも、ウラシ、俺たちは存続しなければならない。今は沈黙する時だろうが、心の中で声を大にして叫ばなければならない。覚えていてくれ、ウラシ、今は言葉を奪われているが、心の中で強く叫ぶんだ」（OQ, p.71, 72, 154　この場面は、多少言い回しは異なるが、三度繰り返されている）。パジェスの涙はドゥックの心を動かした。なぜなら、前線で戦って名誉の負傷をして戻ってきたパジェスは、ドゥックにとって英雄であり、その英雄が涙を流さずにはいらないような非常事態だということがわかったからである。

パジェスは負傷のため国境を越えることができなかったので、逮捕されて、数年を刑務所で過ごす。出所後、第二共和政が成立したときのパジェスに戻っており、地下活動に身を捧げる。ある日、パジェスがドゥックの職場に現れて、九月十一日(カタルーニャの日)のためのビラを配るようにと言った。パジェスは、熱心なカタルーニャ主義者の息子であるドゥックが断るとは夢にも思わなかったようだが、ドゥックは内心、当惑した。厳格なフランコ体制によって状況がすっかり変わっていたからである。「地区では多くの人が消えた。幽霊のような人もいれば、骨と皮だけになっている人もいた。誰も信用できなかった。密告して財をなした人もいた」(OQ, p.73)。ビラ配りが見つかれば、当然、刑務所行きである。その上、職場の主人はドゥックが「赤」であるパジェスと付き合うことを許さなかった。というわけで、ドゥックはビラを焼き捨ててしまうのだが、それをパジェスに言うことはできなかった。カタルーニャのために命をかけているパジェスに、同じカタルーニャ人として「ノー」と言うのは恥だと思ったからである。毎年、同じことが繰り返された。その度にドゥックは自己嫌悪に陥り、自分は臆病者であるという劣等感にさいなまれた。

ラモン・バックレーは、ウラシ・ドゥックは「フランコの厳格な言語統一政策とパジェスによって二重に去勢されている」(Buckley, 1993, p.133)と述べている。ドゥックは、もっとも多感な時期にフランコ体制によって否応なしにスペイン人であるというアイデンティティを押し付けられた。フランコによる恐怖政治にすっかり怖気づいてしまい、それを受け入れざるを得なかった。そのとき、彼は去勢されたと言える。

他方、厳格なフランコの言語統一政策はカタルーニャ主義のために死ぬことのできる抵抗のヒーローと殉教者を生み出した。内戦前のカタルーニャの栄光の時代に教育を受けた世代には、その時代のカタルーニャが息づいていたから、危険を賭して活動できたのだろう。しかし、遅れて生まれてきたドゥックにとって、カタルーニャの栄光の時代の記憶は希薄である。内戦前の時代に漠然とした憧れを抱くにしても、その憧れは危険を顧みずに活動するほど強い動機にはなり得なかった。それにもかかわらず、ドゥックは「詩人」の想像力を発揮して真のカタルーニャ人とはパジェスのような男である、と思い込み、あるがままの自分を否定してパジェスになることを望んだ。だが、ドゥックはパジェスになることも、パジェスを拒否することもできなかった。パジェスと比べて、自分を臆病者とみなさざるを得なかったとき、憧れの的だった抵抗のヒーローによって、ドゥックは去勢されてしまうのである。

ドゥックは、フランコ体制とパジェスによって二重に去勢されたが、アンダルシア出身の若い女性マリアと出会って、「ファルス」を取り戻す。ドゥックにとって、マリアとは「野生児のようで、何も知らず、アルファベットもほとんど読めない」（OQ, p.33）、手付かずの「自然」のような存在であった。マリアを教育して「本物のカタルーニャ人女性」にする試みは、ドゥックにわくわくするような喜びを与えた。マリアといると、教えるべきものをもっている自分が強い者であると感じられて、優越感に浸ることができたからである。最初に手掛けたのがマリアにカタルーニャ語を教えることだった。

①（マリアは）カタルーニャ語の言葉を話し始めるようになりましたが、Jをアピチャット弁（バレンシア地方の方言）のように発音しました。あのきしむような音に私は我慢ができません。また、中間的な母音を発音するときに口を開け過ぎました。でも、（マリアは）天使のような耳をもっていて、私たちの言葉の甘くて柔らかな音を、すぐに発音できるようになりました。私たちの言語は神聖です。私たちがカタルーニャ語を救わなかったら、誰が救うのでしょう。（OQ, p.35）

②少し経つと、（マリアの発する）音は音楽のようになりました。もうJの音はきしまず、甘く柔らかに響きました。aとeは正しい発音になりました。つまり、aでもeでもなく中間の音です。（OQ, p.45）

この引用は、マリアの言語習得能力がいかに優れていたかを褒めたたえると同時に、マリアがそれまで話していた言語、すなわち、カスティーリャ語を貶めている。アピチャット弁とはバレンシア地方の方言だが、発音はカスティーリャ語に似て、Ｊは摩擦音である。ドゥックが「あの音にはがまんできない」と言うとき、カスティーリャ語を指しているのは間違いないだろう。内戦後、フランコ体制によって、スペインの言語は、「帝国の言語」、「カトリックの言語」であるカスティーリャ語に統一された。ドゥックの「私たちの言語は神聖です」という言葉は、それに対置するものである。ムンサラット・ロッチは、フランコ体制の言語統一政策のカタルーニャ語版を描くことによって、痛烈な皮肉を浴びせているのだと考えられる。なぜなら、あらゆる言語が、その話者にとっては神聖で、かけがえのないものだからである。だが、カタルーニャ語化の根底には「私たちがカタルーニャ語を救わなかったら、誰が救うのでしょう」という危機感がある。それでも、危機感が他の言語への攻撃とすり替わってはならない。

ムンサラット・ロッチは、「かつて、祖母が話したカタルーニャ語は、今のカタルーニャ語より百倍も生き生きとしていた」（Roig & Simó, 1985, p.41）と語っている。言語は時の流れとともに変化していくものだったが、カタルーニャ語は、大量のカスティーリャ語話者の侵入によって、予想をはるかに上回る速度で変化していった。だが、カスティーリャ語話者に「正当な」カタルーニャ語を話せと強要するのは、フランコ体制がカタルーニャ人にカスティーリャ語を話すことを強要するのと同じことではないか。ロッチは、それに気づいていながらも、内戦前に祖母が話していたカタルーニャ語へのノスタルジーを捨てることができなかったのかもしれない。ドゥックを通して、ロッチの言語に対する複雑な思いが伝わってくる。

ドゥックにとって、マリアはまさしく「宝石の原石」（OA, p.36）であった。またたく間にカタルーニャ語をマスターし、「本物のカタルーニャ人女性」(OQ, p.16)になっていく。ドゥックは、そのようなマリアを見て、「自然のままの土で芸術作品を造形する彫刻家になったように感じて」(OQ, p.36)満足する。ドゥックは、ここで神話のピグマリオンの役目を演じている。ピグマリオンはキプロスの王で、自分が彫り上げた像に恋をする。そこから女性を人形のように扱う性癖を指すピグマリオニズムが生まれた。『源氏物語』や『マイ・フェア・レディ』(原作は『ピグマリオン』)など古今東西の文学の世界に、男性が女性を自分の好みに育て上げるというピグマリオニズムが見られる。

また、男は「文化」、女は「自然」という二項対立の概念は、男/女、理性的/感情的などと並んで、西洋社会思想などによく見受けられる概念である。通常、対立する二項のうち最初の項が優位にあるとされる。女の重要な役割が妊娠・出産であることから、女を「自然」と結びつける連想が生まれ、「自然」を支配する男は「文化」と位置付けられる。まさに男性優位主義の顕著な例で、フェミニズムの立場から異議の申し立てはあるが、この概念が、様々な社会現象を説明するために用いられることは少なくない。まさに、ドゥックは、「手つかずの自然」であるマリアを、「文明」である自分が変化させることによって「本物のカタルーニャ人女性」に仕上げた。この場合には、さらに、カタルーニャとアンダルシアも対比されている。カタルーニャではカタルーニャ人が支配者で、アンダルシアやエストレマドゥーラからの移民は被支配者である。当然、移民の地位はカタルーニャ人より低い。したがって、女性であり、アンダルシア人であるマリアは、ドゥックにとって、二重に劣った存在である。ドゥックはそのような存在であるマリアを「文明化」することによって、優位に立つ。この場合の「文明化」はカタルーニャ化でもある。フランコがカタルーニャをカスティーリャ化しようとしたように、ドゥックはマリアをカタルーニャ化しようとしたのである。

ドゥックはマリアにカタルーニャ語を教えるだけではなく、折に触れては、カタルーニャの歴史や文化についても語った。カタルーニャ語の詩の中でマリアのお気に入りはジュアン・マラガイの「アクサルシオ」で、次に挙げる詩の全文が本文に引用されている。

アクサルシオ

よく見て、魂よ、よく見なさい、
君の指針を決して失ってはいけない、
穏やかで御しやすい港の水に
身を寄せてはいけない。

空中にぐるり、ぐるりと目をめぐらせなさい、
ちっぽけな浜辺を見てはいけない、
額を空に向け、
いつも、いつも遥か沖へ。

いつも帆を揚げて、
空から透き通る海へ、
いつも広い海の周りに
永遠に揺れている海の周りに。

ムンサラット山

ムンサラット修道院

動かない陸地から逃れ
狭い地平線から逃れなさい、
いつも海へ、偉大で気高い海へ
いつも、いつも、遥か沖へ。

陸地の外では、浜辺の外では
帰ることを忘れなさい、
君の旅は終わらない、
決して終わることはないだろう……（OQ, pp.45-46、拙訳による。）

マリアがこの詩を好むのは海がテーマだからだとドゥックは解釈しているが、実際には、この詩のテーマはそれだけではなく、一語一語がメタファーとなっている。「御しやすい港の水」や「ちっぽけな浜辺」は、平凡だが穏やかな日常を指し、「遥か沖」は冒険と労苦を重ねた末に到達できる、より高みにある境地を指している。つまり、マラガイはこの詩で、現状に甘んじることなく、高い理想に向かって勇猛果敢に邁進することを勧めているのである。その背景にはカタルーニャのナショナリズムの高揚がある。それまでスペインを指していた「ナシオン」という言葉がカタルーニャを指すようになり（立石博高、二〇〇二年、百五頁）、地方主義がカタルーニャ・ナショナリズムへと発展したのは、マラガイを旗手とする〈ムダルニズマ〉の時期であった。マリアがこの詩を好きなのは、詩の中にそのようなカタルーニャの精神を感じ取っているからなのだが、「詩人」のドゥックは詩にこめられているメタファーに気付かなかった。

ドゥックは、カタルーニャ独自の歴史として、ギフレ一世（最初のバルセロナ伯。在位八七八〜八九七）によって八七九年に建設されたリポイの修道院（OQ, p.89）、カタルーニャの聖地であるムンサラット修道院（OQ, p.89）、一七一四年九月十一日のスペイン継承戦争におけるバルセロナの陥落と英雄カザノバ（OQ, p.46）について語った。以下は、その時の二人の様子である。

（マリアは）戦争をした人たちの歴史について私が説明するのを聞くのが好きでしたが、彼女に言ったことの多くは私の作り話であったことを認めなければなりません。彼女は私の話をうっとりとして聞き、物知りである私を誇らしげに思っているような眼差しで私を見ました。そうこうするうちに、私は何が真実で、何が作り話かわからなくなってしまいました。生き残るためには、虚構の世界に住むことが必要な時代でした。（OQ, p.69）

『さくらんぼの実るころ』のジュアン・ミラルペシュは睡眠と金儲けに逃避することで「内なる亡命」を生き抜いたが、ドゥックはマリアと虚構の世界を築くことでフランコ体制の抑圧に耐えようとした。両者とも現実から目を背けることによって生き残ろうとしたという点では共通している。ドゥックをうっとりと英雄のように見つめるマリアの視線は彼の自尊心を満たし、敗戦によるショックから立ち直る力を与えた。ドゥックは、パジェスに対して常に劣等感をもっていたが、マリアを「本物のカタルーニャ女性に変えた」

とき、カタルーニャ主義者としてパジェスと同等になったと感じる。次の引用は、その時のドゥックの気持ちである。

当時、カタルーニャは糞まみれの地下、おっと、失礼、地下組織にあったのですが、これ（マリアを「本物のカタルーニャ女性」にすること）が、祖国が消失しないようにするための私のやり方なのだと考えました。そして、パジェスに私のマリアを誇示することができる日が来るだろうとも思いました。そしたら、こう言いたい。見てくれ、これは俺のトロフィだ。カタルーニャを昔のようにするために、俺はちょっとした仕事をした。文盲のカスティーリャ移民を本物のカタルーニャ女性に変えたんだから。
（OQ. p.74）

スチュアート・キングは、ドゥックがマリアを「本物のカタルーニャの女性」（OQ. p.74）にしようとしたのは「フランコ体制の言語弾圧に報復する手段の一つだ」（King, 1998, p.64）と解釈しているが、ドゥックがパジェス、つまり、「カタルーニャ主義」によっても去勢されていることを忘れてはならない。ドゥックは、マリアをカタルーニャ化することによって、自分も昔のカタルーニャを取り戻すための仕事をすることができたと自負するが、その根底には常にパジェスに対する対抗意識がある。ドゥックにとって、マリアはフランコ体制に報復するための手段であるだけではなく、英雄パジェスと同等になるための手段でもあった。

このように、英雄ドゥックとそれに憧れるマリアという図式が出来上がっていく。だが、ドゥックは自分が実際には英雄ではないことを知っており、それが発覚することを極度に恐れていた。二人がカタルーニャの日（九月十一日）に集会を呼びかけるビラ配りをめぐって対立したとき、その恐れが現実のものとなる。九月十一日が近づくと、マリアは「本物のカタルーニャ女性」として集会に一緒に参加したいと申し出るのだが、ドゥックは「女が口をはさむことではない」（OQ. p.79）と言って、その申し出を一蹴する。それだけではなく、身重の妻と生まれてくる子供のために、自分も危険なビラ配りを拒否すると宣言したのである。ドゥックは、それまで従順だったマリアが夫である自分に逆らうはずがないと思っていたが、「本物のカタルーニャ女性」になったマリアにとって、それは完全な裏切りであった。マリアは、九月十一日の英雄カザノバについて語ったときに付け加えられた、次のドゥックの言葉を忘れていなかったのである。

カタルーニャでは女性も勇敢だったと私は彼女に言いました。そして、もし、（本物の）カタルーニャ女性になりたければ、たとえ飢えで死のうとも、バリケードを持ちこたえるように男たちを鼓舞しながら包囲に抵抗した彼女たちのようにならなければならない、と付け加えました。（OQ. p.46）

カザノバ像（撮影 2017 年 9 月 11 日）

問題は、ドゥック自身、自分が語ったことのどこまでが真実で、どこまでが虚構だったかを覚えていないのに、マリアは、ドゥックの言葉に勇気づけられて、カタルーニャ人としてのアイデンティティを確立していったということである。マリアは、ドゥックが語ったような、勇敢なカタルーニャ主義者になっていたので、家庭という小さな幸せを守るためにビラ配りを拒否するなど、考えられないことであった。マリアは、マラガイが詩で謳っているように「穏やかで御しやすい港の水に身を寄せる」ことなく、「いつも、いつも、はるか沖」にいることを望んだのである。その一件以来、マリアのドゥックに対する態度は一変し、夫を無視して、過激なカタルーニャ主義者であるパジェスとともに積極的に活動に参加するようになる。その行為はいたくドゥックを傷つけた。なぜなら、ドゥックが無意識のうちに望んでいたのはマリアが真のカタルーニャ主義者になることではなく、自分を男らしい男、つまり、「ファルス」を持つ男にさせる存在であり続けることだったからである。マリアがそれを拒否したとき、ドゥックは、三度、去勢される。

去勢されたドゥックは、妻が「子供」ではなく「大人の女性」であり、パジェスと同じ英雄的な気質を持っていることに気付く。ドゥックによれば、「マリアは鷲で、（自分は）祖国の些少な事柄に固執する梟であった」（OQ, p.177）。「ドゥック（Duc）」という姓は、カタルーニャ語で「梟《ふくろう》」と「公爵」を意味し、他の多くの登場人物と同様、名前に彼の性格付けがなされている。ドゥックは、表向きは熱心なカタルーニャ主義者を装っているが、陰で九月十一日のためのビラを焼き捨ててしまうような二面性を持っている。見えないところで活動するドゥックの姿は、闇夜で暗躍する「梟」のイメージを喚起する。「公爵」のほうは、ドゥックの「貴族趣味」を示唆している。冒頭の書きかけの原稿とカタルーニャ語の文献が物語るように、ドゥックは自分が教養人であることを誇っているが、しばしば事実と作り話を混同したり、詩のメタファーに気付かなかったりするのは、彼の教養がそれほど深いものではないことを示している。だから、「貴族」というよりは「貴族趣味」なのである。したがって、ドゥック（＝公爵）という名は、完全に皮肉である。

アキコ・ツチヤは、さらに、カタルーニャ語で「農民」を意味するパジェスという姓が彼の出自を暗示している（Tsuchiya, 1990, p. 157）と主張する。第二共和政の支持層が、労働者、農民、自分を取り巻く環境を批判的に見る知識人だったことを思い出していただきたい。つまり、パジェスという名前そのものに、すでに《カタルーニャ主義》に命を賭ける彼の生き様が暗示されているわけである。「農民」と「公爵」は、歴史的に対立する立場にある。だから、名前の中に、すでにパジェスとドゥックの対立が示唆されているのである。

マリアが反旗を翻すようになると、ドゥックは、自らの手で「本物のカタルーニャ人女性」にしたマリアに「アンダルシア」を見ようとする。それは、マリアを劣ったものとみなして、再び自分が優位に立とうとすることである。次の引用にそれが明らかである。

① マリアが怒ると、内面に潜んでいるカスティーリャ移民の顔が出てくるんです（OQ, p.100）

② （マリアは）とてもドラマティックな言い方でそれを言いました。アンダルシア人だけができるような言い方で（OQ, p.100）

③ （マリアは）トルティージャ（＝スパニッシュ・オムレツ）を作るのが得意でした。分厚くて、とろけるようなじゃがいもが入っているんです。アンダルシアの人が作るように（OQ, p.162）（引用のすべての傍線は筆者による。）

ドゥックのこの言葉は、根強いピグマリオニズムとレイシズムに基づいている。賢いマリアがそれに気付かないはずはなく、ついに、「あなたは私に考えて欲しくないのよ」（OQ, p.163）と叫ぶ。マリアにしても、コントロールしようとするだけで、自分を個人として決して認めないドゥックを見限るより他に生きる道はなかったのであろう。マリアは、一層、地下活動に力を入れるようになる。マリアもまた、ドゥックにカタルーニャ人であることを否定されて、アイデンティティの問題で苦しんでいたのではないだろうか。ドゥックと違って、パジェスやドゥックの友人たちは、マリアを同志として歓迎していた。マリアは、彼らと活動しているときには、自分がカタルーニャ人であると感じることができた。地下活動は、マリアにとってもアイデンティティを守るための手段だったのかもしれない。ところが、パジェスと話すマリアを見たドゥックの心の中に嫉妬が頭をもたげてくる。妻は自分より「真のカタルーニャ主義者」であるパジェスを愛しているように見えた。ここでも、ドゥックは「詩人」の想像力を発揮して、事実を確かめもせず、マリアとパジェスの関係が既成事実であるかのように思い込んで、妻を寝取られた夫の役目を演じるようになる。

そうこうするうちに、目の上のたんこぶのようだったパジェスが逮捕される。ドゥックはほっとするが、この事件は二人の関係を悪化させただけだった。マリアは、ドゥックがパジェスを密告したのではないかと疑い、ドゥックの弁明に耳を貸そうともしなかったからである。二人の関係はもはや修復不可能になっていた。パジェスは獄中死し、伝説の殉教者となるが、ドゥックはますます孤立し、ついに悲劇を迎える。

九月十一日も近いある日、ドゥックの一家三人は海水浴に出かける。しかし、マリアにはもう一つ目的があった。その機会を利用して、海水浴に来た人にビラを配ろうとひそかに目論んでいたのである。汽車の時間を見計らって、マリアは娘と共にビラを配るために駅に行く。その時、反対の方向から列車がやってくるのだが、ドゥックは一瞬、それを知らせることを躊躇《ちゅうちょ》する。小説では、母娘が亡くなったかどうかはあいまいにされているが、二人が踏み切りを横切ろうとしたとき、ドゥックの心に殺意が生じたのは事実である。彼はその殺意ゆえに残りの人生を贖わなければならない。

ウラシ・ドゥックの過去の回想はここで終わりである。事なかれ主義は、ある意味で、生き延びるための方便で、それを恥じなければならない状況のほうが異常である。しかし、ドゥックは誰に非難されたわけでもないのに、パジェスになれない自分を卑下したのである。そのようなドゥックの自己認識は根強いファルス中心主義[5]に裏打ちされている。

一九八〇年代になっても、ドゥックは、同じ過ちを繰り返している。パトリシア・ミラルペシュ家に週に一度、掃除に訪れるアンダルシア出身の若い女性マリ・クルスにマリアの面影を見て、関係を持つにいたる。圧巻なのはセックスの場面である。跪いて、屹立した男根を口に含むようにとマリ・クルスに命じるドゥックは、確かに「ファルス」をもつ男である。だが、ドゥックは、年齢の差からマリ・クルスが自分を愛するはずがないと決め込み、自らファルスを放棄して（注5参照）、マリ・クルスから離れていく（本書第四章で後述）。他方、ドゥックによって肉体的な喜びを知ったマリ・クルスはドゥックを愛するようになっていた。マリ・クルスが愛したのは、ヒーローだからでもなく、豊かな教養をもつ男性だからでもなく、ありのままのドゥックだったが、その思いはドゥックに届かなかった。ドゥックは、結局、自らの描いた「ファルス」をもつ男のイメージから脱却することができなかったのである。

パトリシア・ミラルペシュの下宿を出て老人ホームに入ったドゥックは、「ファルス」をもつことに固執

5 〈ファルス〉とはフロイトやラカンによって提唱された精神分析の基本概念の一つである。ジュディス・バトラーはそのような概念が男性優位の社会が形成された一因であると考えて転覆を試み、ラカンの思想を次のように説明している。「男にとって女は欲望の客体であり、〈ファルス〉である。女が〈ファルス〉で『ある』ということは、〈ファルス〉の力を反映し、〈ファルス〉の力を意味付け、〈ファルス〉を具象化し、〈ファルス〉が貫く場所を提供する」（バトラー、竹村和子訳、一九九九年、九二頁）。バトラーは、わざと抽象的でわかりにくく説明しているが、敷衍《ふえん》すれば、女は「〈ファルス〉を奮い立たせる者」ということだと筆者は解釈している。他方、男は「〈ファルス〉を持つ者」である。男は自らの持つ〈ファルス〉で、「〈ファルス〉である女」、あるいは「〈ファルス〉を奮い立たせる女」を貫き、優位に立つ。社会的あるいは文化的現象がこの概念で説明されるとき、フェミニズム理論では〈ファルス〉中心主義と呼ぶ。

するあまりに正気を失い、自分を「暗殺者」であると吹聴して回る。「臆病者」は去勢された男だが、「暗殺者」はその限りではないからである。しかし、周囲の人はドゥックを狂人とみなして、彼の言うことを信じる人は誰もいなかった。

ドゥックの例は、敗戦後のカタルーニャには、フランコ体制による抑圧だけではなく、カタルーニャ主義による抑圧もあったことを明らかにしている。「カタルーニャにヒーローはたくさんいるが人間には欠けている」(OQ, p.155)と語ったドゥックの言葉がそれを証明している。カタルーニャ主義は若者にヒーローになることを強要し、ドゥックのようにヒーローになれなかった若者を去勢した。言語を奪われることで威厳を失ったカタルーニャでは、以前にもまして、男は男になる、つまり「ファルス」をもつことを求められた。そのためには、「男は弱虫だったり、感情を持ったりすることは許されなかった」(OQ, p.141)のである。そのような社会で主体の位置に立つには、マリアのように、自分を強いと感じさせてくれる女の存在が不可欠であった。ドゥックは、カタルーニャ語とカタルーニャ文化を道具としてマリアを獲得し、「ファルス」を取り戻す。だが、自分の意志を持つ人間が永遠に人形のような存在でいることは不可能である。マリアが同等、あるいは、それ以上のカタルーニャ主義者になったとき、ドゥックは再び主体の位置から転落する。ドゥックの語りは、カタルーニャ主義の幻想を破壊するだけではなく、男という主体の位置の危うさを示唆している。また、表向き、カタルーニャ主義をきどるドゥックとは違って、マリアは、心の底からカタルーニャを愛し、地下活動に自らを捧げている。アンダルシア人であろうと、女性であろうと、カタルーニャを愛する者は誰でもカタルーニャ主義者になり得るのだという証明でもある。

カタリーナ・アルタフーリャ、もしくは日々、「オペラ」

『日常オペラ』に登場するカタリーナ・アルタフーリャ、通称アルタフーリャ夫人は、一九八二年に「七十歳、五年前にピレーリ社を退職した」（OQ, p.51）。定年後、彼女は家に閉じこもり、ガレリアに面した部屋に舞台を設えて、「オペラ」三昧の生活をしている。といっても、家に歌劇団を招くわけではない。アルタフーリャ夫人自身が、日々、話し相手として雇っているマリ・クルスを前に自作自演の「オペラ」を繰り広げるのである。

アルタフーリャ夫人の一日は、プロイセンの王太子ヴィルヘルム（一七九七〜一八八八）とエリザ・ラツィヴィルの悲恋を描いた『実らなかった愛』をマリ・クルスに読ませることから始まる。ヴィルヘルム一世は複雑な政治的事情でエリザ・ラツィヴィルと別れたが、どんな偉業を成し遂げようと、生涯、彼女への思慕を捨てることはなかったという。この物語にはかなりの脚色があるのではないかと思われるが、アルタフーリャ夫人は「状況が彼らから幸福を取り上げた」（OQ, p.63）と解釈して、その物語を、これから始める自作自演の「オペラ」のイントロダクションとして取り入れている。

自作自演の「オペラ」の主役はアルタフーリャ夫人と、内戦前に知り合った恋人のサウラ大佐（知り合った時は大尉）である。「オペラ」の第一幕は、彼との出会いのシーンと嵐のシーンから成っている。

内戦前のある夜、アルタフーリャ夫人は友人のカンピンス姉妹ともに、首尾よく三人だけでオペラを見に行くことに成功する。当時は、若い娘が保護者もなく、夜、出かけることはよく思われなかった時代である。三人は思わぬ冒険に気をよくして、オペラの後、さらなる冒険を求めてダンス・ホールに足を伸ばす。そこにやってきたのがサウラ大佐を含む三人の軍人のグループであった。「軍服姿の軍人ほど若い女性をうっとりさせるものはない」（OQ, p.82）。というわけで、女性たちは三人の軍人からのダンスの申し込みを快諾する。アルタフーリャ夫人の相手は、もちろん、サウラ大佐であった。

その後、まもなく内戦が勃発することを考慮するなら、サウラ大佐が軍人であるという設定は暗示的である。戦争になれば真っ先に参戦しなければならない軍人は、常に死と隣り合わせにいるからである。前奏曲といい、恋人が軍人であるという設定といい、最初からアルタフーリャ夫人の恋の行方には暗雲が立ち込めている。

メノルカ島出身のサウラ大佐は軍人には珍しい性格であったらしいことが、アルタフーリャ夫人の次の説明から明らかである。

サウラ大佐は、戦争に毅然と立ち向かうために作られた男であると同時に「機知」をもっていた。（…）ベル・エポック時代のパリに生きていたら、最高のサロンに出入りし、社交界の花形になっていただろうに。でも、かわいそうなあの人は、ここで、取るに足らない灰のように自分を見失っていた。ここでは「感情」を持つ男性は受け入れられないのだ。（OQ, p.81）

アルタフーリャ夫人は、最初に「サウラ大佐は戦争に毅然と立ち向かうために作られた男である」と述べて、颯爽とした軍人像を提示する。その後、「機知」、「社交界」、「感情」というフランス語を使うことによって、サウラ大佐がいかに洗練された人物であったかを強調している。だが、その後に続く「かわいそうなあの人」や「取るに足らない灰」という表現から、急にサウラ大佐の現実が見え隠れしてくる。彼は決して軍人らしい軍人ではなかった。豊かな「感情」を持っているがゆえに、冷徹な軍人に徹することができなかったのかもしれない。だが、アルタフーリャ夫人は、典型的な軍人ではないから、サウラ大佐に惹かれた。弱さを隠さないパトリックを愛したカティや、不能だったジュアン・ミラルペシュを受け入れたジュディのように。ここでも、ムンサラット・ロッチは「男らしさ」の神話を切り崩している。

では、およそ軍人らしくないサウラ大佐がなぜ軍人という職業を選んだのだろうか。それについて、斉藤孝は「スペインの軍隊は、兵士の数に対して将校の数が不当に多いので有名で、軍隊はいわば国内の貴族・地主階級の子弟の就職機関のようなものだった」（斉藤孝、一九六六年、二八頁）と述べている。おそらく、サウラ大佐はそのような子弟の一人で、自ら志願したのではなく慣習に従って軍人になったから軍人らしくなかったのだろう。だが、アルタフーリャ夫人の回想によれば、「彼の容姿は年月とともにぼやけてきたが、背が高く、ほっそりとしていて、物腰はすこぶる上品であり」（p.83）、「これまでの人生で見たこともないほど美男子」（OQ, p.85）というのだから、性格はともかく、外見は軍服のよく似合う、颯爽とした青年将校だったのだろう。

アルタフーリャ夫人とサウラ大佐の恋は、嵐の海に二人で対峙した時に決定的になる。カンピンス姉妹とアルタフーリャ夫人は、ダンス・ホールで知り合った軍人三人と、コスタ・ブラバ海岸に遠足に出かけるが、予期せぬ嵐に見舞われて、漁師の家に避難することを余儀なくされる。『嵐が丘』を思わせるような光景を目にしたとき、アルタフーリャ夫人は急に海が見たくなって嵐の中に飛び出す。そのとき、彼女はまさしく『嵐が丘』の主人公キャサリンになりきっていた。英語のキャサリンはカタルーニャ語では「カタリーナ」である。アルタフーリャ夫人という登場人物が「カタリーナ」と名付けられたのは、この場面のためだろう。絶壁に立ち、荒れ狂う海を眺めながら、キャサリンことカタリーナは崇高な気持ちになって死を願う。自然と一体となって嵐の海に飛び出そうかというとき、アルタフーリャ夫人を抱きとめた人物がいる。アルタフーリャ夫人の後を追ってきたサウラ大佐である。二人は抱き合ったまま崇高な経験を分かち合う。その時に、サウラ大佐は、次に挙げるジュアン・マラガイの詩を口ずさむ。

ああ、その泡のなんと美しく柔らかいことよ！
誰もいない海岸いっぱいに
霧の大きな花束のようにたちこめて
大粒の雨となって落ちてゆく。勇気を得た
怒れる海がまた押し寄せる
いつもこうなのだ……繰り返す度にますます美しくなる。（OQ, p.122、拙訳による。）

この詩は「嵐の前で」（Maragall, 1929, p.112）の一部である。小説の中に題名は記されていないが、知っている人なら、この題名が、やがて勃発する内戦を暗示していると気付くのではないだろうか。嵐の中で抱き合い、マラガイの詩を暗誦するサウラ大佐とそれをうっとりと聴くアルタフーリャ夫人の姿は、小説あるいはオペラの一コマとしては秀逸である。だが、現実的に考えると、ずぶぬれになって、今にも海に落ちそうな場所にいるときに、サウラ大佐に詩を暗誦するほどの余裕があったとは思えない。したがって、この場面には、アルタフーリャ夫人の脚色が色濃く感じられるのだが、この時に感じた「死」は、その後まもなく勃発する内戦による死と比較するための伏線となっている。内戦の時に見た実際の死は、崇高の概念とは程遠いものであった。次の言葉から現実の死がいかなるものであったかを察することができる。

人間がする戦争には別の死がある。ほとんどいつも、卑小で、無意味で、自分から望まない死。でも、

あの時、私が望んだのは違っていた……。生まれ変わって、別の人間になるような感覚。（OQ, p.124）

嵐の海では死が想像の中の出来事だったから「生まれ変わって、別に人間になるような感覚」を味わうことができたが、アルタフーリャ夫人は、内戦で実際の死に何度も直面し、現実の死が想像よりはるかにむごいものであることを知った。それがあまりにも残酷だったために、嵐の海の思い出を美化せずにはいられなかったのかもしれない。

さて、アルタフーリャ夫人による「オペラ」第二幕はシウタデーリャ公園におけるサウラ大佐との逢瀬でクライマックスを迎える。内戦最後の秋となった一九三八年の秋、バルセロナはすでに何度も爆撃を受けていたが、公園内には静けさが保たれていた。しかし、小鳥の声一つしない公園は墓地のようであった。豊かな教養を身につけているサウラ大佐は、世界が死の臭いで満ちているとき、生を高らかに詠ったジュアン・マラガイの次の詩をつぶやく。

それは重要ではない！　この世は、いずれにしても
これほど多様で、これほど広大で、これほどはかない。
万物が育つ、この地は、
我が祖国なり、主よ、
地上の祖国が、天上の祖国にもなり得たら……。
（OQ, p.165 には最初の四行、p.178 には二重傍線部の部分が再び引用されている）

この詩の題名は「魂の歌」で、マラガイの最晩年である一九〇九〜一九一〇年に詠まれた。マラガイの最高傑作の一つであるだけではなく、全カタルーニャ詩の最高傑作の一つと目され、もっとも有名な詩の一つでもある（Fuster, 1975, p.47）。詩の中で、マラガイは死と死後の世界を想像しながら神と対話するのだが、自分が生きている「この世＝カタルーニャ」がいかに美しいかを滔々と表現する。そこには「人生そのものが、すでに気高いものであり、存分に生きれば、人間は人生で救われる」（Fuster, 1975, p.39）というマラガイの基本的な姿勢が存分に表現されている。引用されているのは傍線を引いた部分のみであるが、筆者が最後の一行を付け加えたのは、そこにマラガイの真意が集約されていると考えるからである。地上の祖国が「天上の祖国」であってほしいと願うのは、カタルーニャが天国にひけをとらないほど素晴らしい地であるという主張ではないだろうか。根底に脈々と流れているのは、カタルーニャ賛歌である。サルバドー・アスプリウが内戦後に書いた「憶病で、古臭くて、野蛮な僕の故郷」（本章第1節参照）という表現と比較されたい。

マラガイとアスプリウの詩に現れるカタルーニャのイメージの違いは、二人が生きた時代を反映している。マラガイの詩にはカタルーニャ建国の夢があり、アスプリウの詩には夢破れた戦後がある。「アクサルシオ」や「魂の歌」のような、気迫に満ち溢れたマラガイの詩は読む人の気持ちを高揚させる。彼の詩が、どれほどカタルーニャ人を勇気づけたかしれない。だが、内戦の実情を知っている者にとって、それが砂上の楼閣のように思えたとしても不思議ではない。実際、疲弊したカタルーニャでは、もはや、マラガイの詩は現状と相容れないものになっていた。

一九三八年秋、美しかったバルセロナは爆撃によって廃墟と化し、アルタフーリャ夫人がその目で見たとおり、死の匂いが漂っている。運よく難を逃れた人たちもひどい貧困と飢餓に苦しみ、戦争に勝てば自由の時代が来るという希望だけに支えられて生きていた。だが、軍人であるサウラ大佐は共和政府側の敗戦が決定的であることを知っていた。だから、マラガイの詩で気持ちを高揚させようとしても、下線部まで詠誦して、その後を続けることができなくなるのである。

その後、サウラ大佐は意を決して、アルタフーリャ夫人に「もう二度と会えないだろう」（OQ, p.179）と告げる。内戦後には故郷のメノルカ島に帰って音楽に従事するという。それを聞いたアルタフーリャ夫人は、いよいよ大佐が前線に送られることになったのだと思うのだが、実際はそうではなかった。戦争に参加したことのないアルタフーリャ夫人はサウラ大佐の真意を汲み取ることができなかったのである。そこで、大佐は次のように語る。

> エブロ川（内戦の最終局面で、もっとも残酷な戦いが行われた地）の近くには、ひどい飢餓に苦しんでいるところがある。愚かしい、不条理な死を命じられた若者たちは戦う前に飢餓による衰弱で死ぬだろう。一週間を質の悪い乾パン一つと鰯の缶詰一缶で空腹を癒さなければならない。突然、立ち上がって、独り言を話す若者がいる。正義はない、正義はない、と言って。それが常軌を逸した言動に変わる……。不幸な若者たちは思想のために戦っているのではなく、食べるためにすでに戦っているのだ。両陣営で、兵隊たちは飢えと寒さに死ぬほど苦しんでいるのに、私たちは、ここにいて手をこまねいている。恐ろしいと思わないか、カタリーナ。（OQ, p.179）

この引用から戦争の現実が見えてくる。戦争と言っても、四六時中、戦闘しているわけではない。むしろ戦闘に備えて、軍隊をどのように持ちこたえるかが大きな課題となることのほうが多い。戦争が長引けば長引くほど、兵站の補給が難しくなり、悪条件の中で戦わざるを得なくなる。実際に戦闘を経験したオーウェルは「前線にいる兵士はたいてい、飢えや恐怖や寒さや、なかんずく疲労のために、戦争の政治的原因などというものについては考えない」（オーウェル、橋口稔訳、一九七〇年、二七二頁）と断言している。それを知っていたからサウラ大佐は進退を模索していたのである。しかし、共和国側の勝利を固く信じているアルタフーリャ夫人に大佐の気持ちは伝わらなかった。なおも食い下がって、一緒に連れていってくれと懇願すると、サウラ大佐は次のように言ってアルタフーリャ夫人を説得する。

カタリーナ、あなたは島で暮らすようにはできていません。生に満ち溢れていて、死が訪れる瞬間まで、すべてを味わい、知り尽くすように生まれついているのです。（OQ, p.180）

この言葉はいたくアルタフーリャ夫人を感動させる。自分を「女」としてではなく「一人の人間」として見ていると感じられたからである。アルタフーリャ夫人は、自分に存分に生きて欲しいと願って別れることを選んだ恋人の言葉を受け入れる。

この場面は自作自演のオペラのクライマックスである。ここで、『椿姫』の美しい旋律が流れて、アルタフーリャ夫人は別れの余韻を楽しみ、「オペラ」は終わる。この時のアルタフーリャ夫人はビオレッタになりきっている。

マリ・クルスは、仕事としてアルタフーリャ夫人の話を聞いていたので、熱心な聞き手とは言えなかったが、ドゥックへの愛に目覚めたとき、突然、夫人の恋の顛末に興味を抱く。なぜ、二人は結婚しなかったのか。その後のサウラ大佐はどうなったのか。その問いをアルタフーリャ夫人に突きつけると、夫人は一瞬ひるむが、マリ・クルスに一通の手紙を差し出す。それは、サウラ大佐と知り合ったときに一緒にいたカンピンス姉妹の妹ヌーリアからの手紙であった。その手紙に書かれている内容とアルタフーリャ夫人のサウラ大佐との恋物語には大きな開きがあった。「背が高く、ほっそりして」、「これまで見たこともないほど美男子」のサウラ大佐は、背は低く、貧弱な体型で、それを誰よりからかったのは当のアルタフーリャ夫人だったという。また、「戦争に毅然と立ち向かうために作られた」サウラ大佐は、実は臆病者で、前線に行くことを拒否したために故郷で石投げの刑に処され、不名誉な死を遂げたのであった。サウラ大佐は除隊すれば臆病者のそしりを免れ得ないことを知っていたのだろう。だから、アルタフーリャ夫人に「二度と会うことはない」と言わざるを得なかったのである。

アルタフーリャ夫人がサウラ大佐に恋をしたのは確かだろう。「からかう」という行為の裏にはなみなみならぬ興味が隠されているからである。アルタフーリャ夫人の語る恋物語のどこまでが脚色で、どこまでが真実なのかを知る術はないが、彼女がサウラ大佐を一生、慕い続けて、独身を通したのは事実である。状況によって引き裂かれた恋を忘れることができなかったのは、ヴィルヘルム一世ではなくアルタフーリャ夫人自身であった。内戦終結から四十年余りの間に何度も何度も反芻し、そのたびに少しずつ脚色された恋物語に登場するサウラ大佐は、もはや現実の大佐ではないし、二人が登場する場面も書き換えられている。時には『実らなかった恋』のエリザ・ラツィヴィルに、時には『嵐が丘』のキャサリンに、時には『椿姫』のビオレッタになりきることで、アルタフーリャ夫人は敗戦とともに終わった青春を何度も生き直している。それが、彼女にとって、唯一、失った時間を取り戻す方法だったからである。戦争によって恋人を失った女性は、多かれ少なかれ、その後の人生を狂わされることになる。

アルタフーリャ夫人の唯一の慰めは、サウラ大佐が内戦後の世界を見なかったことである。内戦後、戦争による暴力は終わったが、カタルーニャは、フランコによる言語統一政策によって、それに勝るとも劣らない精神的苦痛を味わうことになる。内戦後の世界について、アルタフーリャ夫人は以下のように語っている。

内戦後、人々が狂乱状態になり、思想のために人を殺すようになるだろうなんて、サウラ大佐には考えられなかった。その後、最悪である、静かな恐怖が訪れるだろうということもわかっていなかった。唯一の生き残りの可能性は、過去の夢を忘れ、ふりをし、演じて、自分の人生を自分が書いた作品に変えることだった……。従属させられて、自分の舞台で無言の喜劇を演じなければならなかった。そこでは、どんなドラマティックな役割も演じられた。一つを除いては。その一つとは、考え、集合的な人生に参加する存在のことだった。(OQ, p.164)

内戦後の様子は、最後に会ったときにサウラ大佐が予測することができなかった「未来」の事柄として「過去未来」を使って描き出されている。あまりの悲惨さに、事実を事実として述べる直説法の過去形で語ることができなかったのだろう。内戦後、アルタフーリャ夫人は、食べるためにタイピストとして働いたが、心の中では、「過去の夢を忘れ、ふりをし、演じて」いたのだと思われる。退職して、やっと自由を得たとき、アルタフーリャ夫人は、まず時計の針を逆戻りさせ、「自分の人生を自分が書いた作品」に変え、自作自演の「オペラ」を演じ続けた。その観客兼話し相手としてマリ・クルスを雇っていたのだが、真実が暴露されたとき、マリ・クルスに見捨てられる。その後、アルタフーリャ夫人は、一人で部屋に閉じこもって誰とも会おうとせず自分の世界に入り込んでしまう。孤独な死を迎えたのではないかと心配する隣人が管理人とともに部屋に入ってみると、ベッドに横たわってオペラの曲を歌い続けるアルタフーリャ夫人の姿があった。完全に狂っていたのである。

オペラ三昧の世界に生きたアルタフーリャ夫人と、最後に「暗殺者」となったドゥックの生き方は異なっているように見えるが、自分の理想通りに過去を書き換えて、最終的には狂気の世界に没入したという意味で、二人には共通点があると言えるだろう。

3.『妙なる調べ』におけるユートピアの構築

ムンサラット・ロッチの最後の長編となった『妙なる調べ』もまた示唆に富んだ作品である。主人公は内戦中に生まれた青年アスパルデーニャ（後に付けられる主人公のあだ名であるが、便宜上、最初からこの名称を用いる）であるが、その祖父であるマラジャラーダ氏の存在を無視して、この小説を語ることはできない。妻に先立たれたマラジャラーダ氏には娘が一人いたが、父娘は外国暮らしが長かったので、娘のほうはカタルーニャ語をまったく話せなかった。その一人娘が、一九三八年一月二十五日、内戦の真最中に父親のわからない男の赤ん坊を産んだ。内戦による混乱の時代であったが、困った事態であることには変わりがなかった。

マラジャラーダ氏は、若い頃、詩人になることを夢見ていたが、詩作には向かないと気付いてからは詩を読むほうに専念した。優れた記憶力の持ち主で、多くの詩を諳んじており、状況に応じて適切な詩を選び出すことが得意だった。アスパルデーニャが生まれるときにマラジャラーダ氏が読んでいたのは、『日常オペラ』で間借り人ドゥックと女主人パトリシアとの会話にも引用された、ジュアン・マラガイの「アクサルシオ」（本章第2節を参照されたい）である。狭い陸地にとどまることなく、広い海に出て無限の可能性を試すことを力強く説く詩に勇気付けられて、マラジャラーダ氏はこの困った事態に立ち向かっていく決心をする。

マラジャラーダ氏にとって、カタルーニャ・ブルジョワジーの精神とは、〈ムダルニズマ〉の偉大な詩人ジュアン・マラガイに代表される楽観主義である。[6]「楽観主義こそ、カタルーニャ・ブルジョワジーの真髄で、真のブルジョワは決して希望を失うことはなかった」（VM, p.25）。「アクサルシオ」は遠くにある理想郷へとカタルーニャ人を鼓舞する力強い詩だが、ジュアン・フステによれば、実際には、マラガイは海を恐れて船出することはなく、常に「浜辺から」詩を書いていた（Fuster, 1975, p.44）という。つまり、詩に描かれているのは、理想であって現実ではないわけである。したがって、マラジャラーダ氏がマラガイの楽観主義に依拠するのは、実体のない夢に依拠するようなものであった。

数ヵ月後、産後の肥立ちが悪かった娘は、アスパルデーニャの父親の名を秘めたまま、この世を去る。母親を失った孫アスパルデーニャのためにマラジャラーダ氏は「小さなパラダイスを築こう。聞こえる声がすべて、おまえにとって妙なる調べとなるように」（VM, p.15 傍線は筆者）と決心する。この小説のタイトルで、キーワードでもある「妙なる調べ」には、この場合、耳に心地よい言葉以外の意味はない。マラジャラーダ氏は、まず、メイドのドゥロースに家の鏡をすべて処分させ、孫を外に出すことを禁じ、日よけのブ

---

6 「マラガイの語彙では、《人生》、《生きている》は、常套句になるまで繰り返し使われた言葉である。その《人生》の意味や質がどんなものであろうとマラガイは気にしなかった。（…）彼には自分が生きている人生がすでに高貴に見えていた。すなわち、人間は、十分に生きれば、人生で救われ、立ち直ることができるのである。この信念は、彼の思想の楽観主義を強調する（…）。なぜなら、マラガイは、生きとし生けるもの、そして、人生を押し進める者はすべて《良い最期》を迎えるだろう、と書いているからである。」（Fuster, 1975, p.39 傍線は筆者）

ラインドを常におろしておくことを命じた。マラジャラーダ氏は、並外れて醜い赤ん坊のアスパルデーニャが自分の醜さを知って傷つくことを恐れたのである。六歳になるまでドゥロースがアスパルデーニャの母親代わりを務めた。彼女は、愛情たっぷりに、いつもカタルーニャ語で話しかけ、カタルーニャの民話や民謡や田舎の美しさについて語ったが、マラジャラーダ氏の命令で、負の部分、とりわけ内戦による惨状については話さなかった。雇人の身では、敗戦した民族の末裔であるという屈辱を孫に知らせてはならないという、主人の命令に逆らうことは許されなかった。

アスパルデーニャが六歳になると、マラジャラーダ氏は、聖母の痛みを表すメイドのドゥロースという名が悲惨だと言って、幸福を意味するラティシアに変える。主人の言うことは絶対だったのでドゥロース／ラティシアに依存はなかった。しかし、次に、アスパルデーニャをドゥロース／ラティシアから引き離して、しかるべき教師を雇うと聞いたときは、さすがにがっかりしたが、立場をわきまえて、ぐっと堪えるより他なかった。

孫の教育のために最初に雇われたのが、内戦前、将来を嘱望されていた詩人ビセンス・スレだった。カタルーニャ語の公式の使用が禁じられて以来、彼は将来への希望を失ってアルコールに逃避していたが、教師としては非常に優秀で、七歳のアスパルデーニャに、カタルーニャの起源を謳った叙事詩、ジャシン・バルダゲーの『カニゴー』やマラガイの「魂の歌」（本章第2節参照）を暗誦させることに成功する。マラジャラーダ氏はその功績を高く評価したが、それだけでは満足せず、中世の詩人アウジアス・マルク（十四世紀末～一四五九）を孫の教育に取り入れるように要請する。

「先生、あなたの授業は素晴らしい。でも、まだ、孫にアウジアス・マルクのことを話していないようですな」

「アウジアス・マルクは難しい詩人です。七歳足らずの子供にはなおさらでしょう」

「彼は、ご存知のように、女がわかっている詩人でした。吟遊詩人やイタリアの詩人と袂を分かち、女を天上から引きずり落として善悪をもつ人間に変えたのです。強いと同時に弱い人間。自ら罪を犯し、私たちに罪を犯させる人間。アウジアス・マルクは女が不正直で恥知らずな面をもっていることを隠しませんでした。というのも、女とて地上に住む者だからです」（VM, p.26）

アウジアス・マルクは「愛を、人間を取り巻くそのほかの現実と結びつけ、人間の全体像をとらえようとした」（M・ジンマーマン／M＝C・ジンマーマン、田澤耕訳、二〇〇六年、九四頁）詩人である。十五世紀初頭の愛の詩は、最後には必ず調和に行き着くという形式で、非現実的だったが、アウジアス・マルクは、愛に付き物の苦悩や破局や不和を赤裸々に詠んで、詩に愛の新しい境地を開いた。中世のカタルーニャ語文学の詩人として彼の右に出る者はいない。とは言え、七歳の子供の教育にふさわしいかどうかは別問題である。そういう意味では家庭教師の意見のほうが常識的なのだが、異議の申し立ては認められなかった。

『妙なる調べ』の冒頭には献辞としてアウジアス・マルクの詩の一部が掲げられている。この小説の題名、『妙なる調べ』は、次に挙げる彼の詩にちなんでいる。小説全体を解く鍵となる重要な詩である。

目に涙を浮かべ、恐ろしい顔で、
髪を振り乱し、吠えるような声で、
人生は私に遺産を与え、

その持ち主であれと望み
ぞっとするような、苦悩に満ちた声で叫ぶ、
死が幸せな人を呼ぶように
なぜなら、不幸な人には、
死の声は妙なる調べに聞こえるのだから（VM. p.7、拙訳による。傍線は筆者）

引用にはないが、詩の四十一行目に「アザミの中の一輪のユリ」という相手の女性への呼びかけがあり、この詩は『愛の歌』に分類されている。とは言え、「恐ろしい」、「吠えるような」、「ぞっとするような」、「苦悩に満ちた」、「死」など、ネガティブな表現が多く、全体に暗いムードが漂っている。最後の行の「妙なる調べ」という言葉に、明るさが感じられるのだが、実は、それは「死の声」である。アウジアス・マルクは、恐れられている「死」と美しい「妙なる調べ」を並べることによって、コントラストを際立たせ、恋の苦しみの深さを表現している。ひどい恋の病にかかった者の多くは、唯一の解決策として死を望む。死は、幸せな人にとって恐ろしいもの、忌むべきもの、ぞっとすべきものであるが、恋に苦しむ人にとっては、すべての不幸を取り除いて心の平安を与える救いである。だから、死の声が「妙なる調べ」に聞こえるのである。裏を返せば、恋の苦しみは死が「妙なる調べ」に響くほど苦しいものだということである。アウジアス・マルクは「恋」→「死」→「妙なる調べ」と連想させることによって、愛の中に含まれる残酷さを美しさを強調する。マラジャラーダ氏が幼い孫にアウジアス・マルクの詩を教授するように要求したのは彼にも恋ゆえに苦しんだ経験があったからである。それについては、のちに言及する。

次に雇われたのが、アルメニア出身のジャコブ・シモニアンで、天文学の専門家だったが、カタルーニャ

語は達者でなかった。マラジャラータ氏が、カタルーニャ語さえマスターすれば雇うという条件をつけると、ジャコブはまたたくまにカタルーニャ語をマスターして、アスパルデーニャの教師となる。マラジャラーダ氏がアルメニア人に興味を持ったのは、カタルーニャ同様、アルメニアも強国の間で歴史の波に翻弄されてきた民族だったからである。マラジャラーダ氏は、カタルーニャがスペイン継承戦争でバルセロナが陥落した一七一四年九月十一日を民族の日として祝っているように、「アルメニアも国民の日を敗北の日、つまり、四世紀にエレヴァンの戦いでペルシアに征服された日に祝っている」（VM, p.30）[7]ことを知っていた。ジャコブ・シモニアンを通して、アスパルデーニャは天文学だけではなくアルメニアの悲惨な歴史の一端を知ることになる。トルコ、ロシア、ペルシアなどの強国の間でアルメニア人がいかに独自の文化を守ろうとしてきたかについて、ジャコブ・シモニアンは以下のように語る。

一九一五年春、青年トルコ党は西部に住む何万人ものアルメニア人をメソポタミアにあるテルソル砂漠にある絶滅収容所へと追放した。トルコ人は約二百万人のアルメニア人を追放して絶滅させた。生き残った人も亡命しなければならなかった。

7　アルメニアの祝日については次の引用を参照されたい。「アルメニアのキリスト教徒の不満は、時として反乱の姿をとって、ペルシア領アルメニアの地に燃え上がっていた。その最大規模のものが、四五一年に起こったマミコニアン家の蜂起である。当主ヴァルダンは、六万六千の兵を率いて、二十二万のペルシア軍とアヴァライルの野で戦った。結果はペルシア軍の勝利に終わり、ヴァルダン・マミコニアン以下六人の将軍は戦死をとげた。（…）ヴァルダン・マミコニアンは聖者の列に加えられ、アヴァライルの戦のあった六月二日は、アルメニア人にとっての祝日として、現在にいたるも記念されている。」（藤野幸雄、一九九一年、四六～四七頁）

（…）母親たちは、テル‐ソルで死ぬ前に、棒で砂にアルメニア語のアルファベットの文字を描いた。小さな子供たちが忘れないようにと願って。

（…）というわけで、アルメニア人の家族は皆、逃げるときに、必ず、手書きの本を荷物に入れた。そのお陰で、僕は、星について君に教えたすべてのことを知ったんだ。彼らが僕たちの文化や言語やアルファベットが消滅しないように命をかけたからだ。（VM, pp.30-31）

藤野幸雄は、一九一五〜一六年のオスマン帝国によるアルメニア人大量虐殺は民族主義と人種偏見に基づく意図的な民族撲滅であり、二十世紀の政治の恐ろしさを示す最初の現象であったと説明する。この痛ましい事件について、家庭教師のジャコブ・シモニアンは、アスパルデーニャにたいして、その役割の担い手が女性であったことを強調する。迫害されながら子供たちにアルメニア語を教えたのはアルメニア人の母親たちだったからである。アルメニア人は「凄まじい弾圧のときこそ、かえって文化的遺産を残す」（藤野幸雄、一九九一年、六五頁）のが特徴であるという。規模は違うが、内戦後のカタルーニャでも同じようなことが行なわれた。共和政府側で戦った多くの人が「山」（モンジュイックの丘を指す）に連れ去られて消息を絶った。処刑されたのである。処刑されなかった人は、フランコ体制によって、スペイン人であるというアイデンティティを押し付けられて、自らの言葉を失った。しかし、そのような状況にも屈せずに、カタルーニャ人は地下活動を通じて自らの文化や言語を守った。マラジャラーダ氏は、カタルーニャとアルメニアの、そのような歴史の類似性は認めていたが、家庭教師のシモニアンがアスパルデーニャに内戦の現実について語ることだけは断固として禁じた。

その後、女性の教師が二人加わる。内戦前にシェークスピアの素晴らしい翻訳をしたマルセ・リウスと音楽専門のフランス人のジェルメーヌ夫人である。マルセ・リウスには、内戦の爪痕が顕著に見られた。首に大きな傷があり、夏もスカーフを巻いていた。職を失うことを恐れて、反骨精神をどこかに置き忘れてきたかのようにマラジャラーダ氏の言うことに従順だった。他方、ジェルメーヌ夫人は快活で、専門分野である音楽以外のことについても自分の意見をはっきりと述べた。祖父マラジャラーダ氏に対して、いささかの恐れも抱いていない彼女の態度は、アスパルデーニャの目に非常に快く映った。

報酬がいいという評判が流れて、多くの教師が入れ替わり立ち替わり訪れたが、様々な事情で、長続きする人は少なかった。その中で、最後までアスパルデーニャの教師として働いたのは最初の四人、つまり、詩人のビセンス・スレ、天文学のジャコブ・シモニアン、マルセ・リウス、ジェルメール夫人である。マラジャラーダ氏は教師たちが自分の意見を述べることを嫌い、絶対服従を雇用の条件として名前まで変えた。名前がアイデンティティの根幹をなすものであると考えるなら、他人の名前を勝手に変えるという行為は人間を物象化して、アイデンティティを剥奪することを意味する。圧倒的な支配者であるマラジャラーダ氏のやり方は、通りの名や名前の読み方をカスティーリャ語風にしたフランコ体制と同じではないだろうか。この小説でも、ムンサラット・ロッチは、フランコ体制のカタルーニャ版を提示することによって、カタルーニャを批判すると同時にフランコ体制を批判している。

マラジャラーダ氏が築いた「小さなパラダイス」で、アスパルデーニャは世間の冷たい風にあたることなく、六歳まではメイドのドゥロース／ラティシアの愛情を一身に受けて育ち、六歳以降には一流の教師陣によって最高の学問を身につける。彼にとって、聞くものすべてが「妙なる調べ」のように耳に心地よいものだったので、その結果、彼は「宇宙はパセッチ・ダ・グラシアのマンションのようであり、修正する必要はないと思うようになる。マンションの中には痛みはなく、不幸せな人はいず、日々は穏やかに過ぎていった」（VM, p.43）。しかし、おとぎ話ではないのだから、自分がどんな顔をしているのか、あるいは、通りで何が起こっているのかを知らずに人間が一生を過ごせるはずがない。このような不自然な教育に対して、勇敢にもジェルメール夫人は、次のように言って、マラジャラーダ氏に抗議する。


「この子は監禁状態です。新鮮な空気が必要だし、通りで何が起こっているか知らなければなりません」

（…）

「あなたは、なぜ、私があの子を外に出したくないか、よくご存じじゃありませんか」

「ええ、存じておりますとも。皆が彼を笑うでしょう。彼の顔は耐え難いですからね」

（…）

「それだけじゃありませんよ。あなたは、いつこの国においでになったのですか」

「ああ、何年も前です。ほとんど思い出せないほど」

「それでは、この国で起こったことをすべて見てきましたね」

「ええ、もちろん、見ましたとも！　聞きましたとも！　でも、こうして生きています！　誰もそれを止めることはできません！」

「孫には、何が起こっているのかを知る理由などありません。しばらくすれば、学校に入ることになるでしょう。でも、そこで孫に話されるのは嘘だらけで、偽善的で弱くなることを教えるだけです。敗者の、つまり、屈服させられた人々の精神をたたき込むに違いありません。今、孫は自分が何者か知っています」

「ええ、でも、あなたは限度というものを知りません。この監獄に彼をいつまでも監禁しておくつもりですか。あなたは神ではないし、不死でもありません。それとも、そうだとお考えですか」

（…）

「私は孫にできるだけ良い世界で生きて欲しいと願っているだけです。この家の中にはそれがある」

「（…）あなたは、彼のために嘘の世界、虚構の世界を築いて、彼に、何事も変わらないという思想を植え付けたのです」（VM, p.43）

この会話はマラジャラーダ氏が人工的に構築した空間の二面性を指摘している。そこは「妙なる調べ」だけを聞かせたという意味では「パラダイス」だが、外に出る自由がないという意味では「監獄」以外の何ものでもない。マラジャラーダ氏は、学校教育が歪められた歴史を教えることを懸念しながら、己も現実を歪めて孫に伝えていることに気づかなかった。詩人ジュアン・マラガイが「いつも、いつも遥か沖」を志向しても、決して船出することがなかったように、マラジャラータ氏もまた、二十年近くもの間、書斎に閉じこもって外に出ることなく、自分が築いた虚構の世界で過去のカタルーニャの幻影にしがみつきながら生きた。現実を受け入れる勇気がなかったのである。

だが、マラジャラーダ氏は不死でもなければ、無限の財源をもっていたわけでもない。二十数年後には財産はほとんど底をつき、アスパルデーニャが「小さなパラダイス」を飛び出す時がやってくる。彼は大学に入り、三人の学生と知り合う。彼らがアスパルデーニャの家を訪れる場面は、童話の世界と現実の世界が交錯するような不思議さに満ちている。三人の学生の一人であるビルジニア（ロッチ本人と思しき登場人物）が、二十年後に当時を回想して、アスパルデーニャの家は時代がかっていて、ほとんど「博物館」（OQ, p.78）のようであったと語っている。そこには写真でしか見ることのできないような一九三〇年代のカタルーニャが保たれていた。だが、ビルジニアにとってもっと驚きだったのは、マラジャラーダ氏その人で、まさに前世紀の遺物であった。ビルジニアは、マラジャラータ氏に興味を持って、その過去を調査している。それによれば、氏はカタルーニャ地方北部にあるアンプルダー[8]の名家の出身である。一家は大ブドウ園を捨てて、一九世紀末にコルク栓を造る工場を経営するようになる。つまり、氏は一八世紀末から一九世紀に

8　バルセロナの北方に位置する地方。彼がアンプルダー出身であるということには意味がある。「アンプルダーの人々はカタルーニャの中でも故郷に対して強い執着を持っていることで有名である。彼らは、高貴さを保っているという信念があるため訛りや方言の形態を維持している。トラムンタナ（ピレネー山脈から吹き降ろす強い北風）に吹きつけられるこの地方は（…）そこで生まれる人々の人となりや行動パターンに影響を与える。彼らは「ラウシャ（rauxa）」（カタルーニャ語で「無思慮」の意）に突き動かされて行動し、振舞う。「ラウシャ」とは、感情の爆発のようなもので、周知のセニィ（本書第一章参照）とは相反するものである。」（Capmany, 1990, pp.37-8）

遠くから見ると、とても魅力的なバグー

トラムンタナの吹く日は白波踊るラスカラ

トラムンタナが曲げた木のあるアンプリアス

かけて起こった典型的な産業ブルジョワジーの家系の出身だということである。そのような家系の特徴として、ビルジニアは次の二点を挙げている。

① 祖先はエゴイスティックなインテリで、もっともカタルーニャ的な理想、つまり、どんな状況になろうと、名門の家を維持するという理想を捨てることはなかった。家を売る前に、手足を失うほうを選んだだろう。彼らにとって、家は肉体を持つものであり、石の塀は彼らそのものだった。彼らの足音が寝室や廊下に響くとき、家は共鳴した。心臓と壁は同時に脈打った。彼らは怖がられており、あまり好かれなかった。愛と家を結びつけることは決してなかった。小さい頃から、金儲けのためには愛と家は常に切り離すべきものであることを教え込まれた。(…) 祖先は皆、所有財産、自由、秩序を敬うという三つの原則に忠実だった。(VM, p.53)

② マラジャラーダ氏の家系の男は涙腺が緩むことに慣れていた。〈ラナシェンサ〉の時代に捏造され、ウォルター・スコット(一七七一～一八三二、スコットランドの小説家)によって賛美された、《祖国》という新たな思想を敬う、もっとも低俗な詩にほろりとなった。(VM, p.54)

①は、カタルーニャ人にとって「家」がいかに重要であるかを示唆している。カタルーニャ人はよく「パウの家の出身である、あるいはペラの家の出身である」(Vicens Vives, 1954, p.29) という言い方する。この「～の家」を表すのが「can」という語であるが、「can」は前置詞「ca」(家を意味する casa の省略形) と人称冠詞「en」の縮約形で、「～の家で、～のところで」を意味する。カスティーリャ語には一語で「can」に匹敵する単語は存在しないので、「can」はカタルーニャ語独特の言葉であり、カタルーニャでは伝統的

に土地と人が密接な関係を持っていたということを示唆している。結婚は家と家の結びつきなので慎重にしなければならなかったが、マラジャラーダ氏は、その禁を冒して人妻と駆け落ちをする。外国暮らしが長かったのはそのためである。氏がアウジアス・マルクに惹かれるのは、そのような過去があったからだろう。

②は「祖国」という概念がいかにいい加減なものであるかを示唆している。カタルーニャが「祖国」であるとみなされるようになったのは、たかだか百年前のことに過ぎない。しかも、それは、ビルジニアの言葉を借りれば、「〈ラナシェンサ〉の時代に捏造された」ものである。だが、ナショナリズムの強力なイデオロギーはカタルーニャ・ブルジョワジーを魅了してやまなかった。

マラジャラーダ氏の姿を通して、ムンサラット・ロッチはカタルーニャとは何かを再考している。カタルーニャの敗戦を認めることができないために、自ら専制王国を築いたマラジャラーダ氏は、フランコと同じような独裁者になってしまったことに気付かず、過去の夢を追い続けた。つまり、独裁は、もう一つの独裁を生み出すということである。

この小説は、一見、カタルーニャを批判しているように見えるが、カスティーリャ対カタルーニャという対立の中で見落とされがちだった、カタルーニャの深淵を抉《えぐ》っている。そのような意味では、ムンサラット・ロッチのカタルーニャ理解の深まりを示すものであろう。したがって、批判とは裏腹に、より前面にカタルーニャが押し出されており、カタルーニャをより強く意識させる作品となっている。

第四章　抵抗・挫折・解放——ムンサラット・ロッチ世代のカタルーニャ

1.『さくらんぼの実るころ』、もしくは出立の欲望と帰還

『さくらんぼの実るころ』の舞台は一九七四年。まだフランコ独裁制は続いているのだが、資本主義の急速な発展とメディアの発達によって生活は大きく変化している。十二年間、外国で暮らして帰還した主人公ナタリアは、「亡命者」の目で変化の本質を見抜こうとする。

娘ムンデタからナタリアへ

『さらばラモーナ』は娘ムンデタが旅立ちを決意したところで終わるが、『さくらんぼの実るころ』では、実際に旅立った、娘ムンデタならぬナタリアが、一九七四年、十二年ぶりにバルセロナに帰還するところから始まる。ナタリアと娘ムンデタは名前と生年が異なるので、別々の登場人物として設定されているが、経歴が似通っているので、多くの研究者が同一人物だとみなしている。ムンサラット・ロッチの小説で何度も繰り返される「左翼のリーダー」と「ブルジョワの娘」との関係は小説の主要なテーマの一つであり、ロッ

チ自身の経験が下敷きになっているものと思われる。

「左翼のリーダー」はジョルディ・ステーラス（『さらばラモーナ』）→エミリオ（『さくらんぼの実るころ』）→ジョルディ・ステーラスとファラン（『すみれ色の時刻』）→ジュアン・リュイス（『妙なる調べ』）と変化し、「ブルジョワの娘」は娘ムンデタ（『さらばラモーナ』）→ナタリア・ミテルペッシュ（『さくらんぼの実るころ』）→ナタリア・ミラルペッシュとノルマとアグネス（『すみれ色の時刻』）→ビルジニア（『妙なる調べ』）と変化する。だが、名前が変化しようと、複数の人物に分散しようと、これらの登場人物の基本的な役割は常に同じである。

「左翼のリーダー」は、ロッチの言葉によれば、現実の男性ではなく「人生で遭遇してきた超自我」（本章二七〇頁の引用参照）である。他方、「ブルジョワの娘」はロッチ自身を象徴している。名前を変えたり、複数の人物に分散したりするのは、「一人の人間には千以上もの顔がある」（HV, p.10）だけではなく、同一人物であっても時の流れとともに変化し得るからであろう。また、名前をずらしていくことによって、象徴的な人物の普遍性を高める目的もあったのではないかと考えられる。

『さくらんぼの実るころ』

『さらばラモーナ』で娘ムンデタは、その古臭い名前から中世から延々と続いてきた女性の連鎖の列に連なる伝統的な女性の一人として想定されている。だが、学生運動のリーダーであるジョルディ・ステーラスに恋をしてから、共産党の理念にすっかり傾倒し、「解放された女」になることを望む。娘ムンデタの理想は、フランスの詩人ルイ・アラゴン

（一八九七〜一九八二）と彼の生涯の伴侶エルザのような関係である。アラゴンの詩「エルザの瞳」の一部が数回、地の文に引用されている。

君の瞳がそんなに深いから、飲もうとして身をかがめたとき、
僕は見た、すべての太陽がそこに反射するのを、
自棄になった人が皆、そこに身投げするのを。
君の瞳がそんなに深いから、そこで僕は記憶を失う。（RA, p.35, 40, 41 拙訳による）

大島博光によれば、一九四二年にアラゴンがこのような愛の詩を書くことができたのは、「愛は、ファシズムとたたかうレジスタンスの人たちにとって、弱さではなく、力となり勇気となった」（大島博光、一九七八年、二九九頁）からであった。娘ムンデタはこの詩を心の支えとして、愛の力によってファシズムとの闘いを乗り切ることを夢見るが、現実の世界では、二年続いたジョルディとの愛はもはや惰性となっており、闘いの力や勇気とはなり得なかった。現実は詩の世界のようにはいかなかったのである。

一九六八年、パリの「五月危機」の余波を受けてバルセロナ大学が封鎖されたとき、二人は破局を迎える。ジョルディは、この重大な局面で指導的な役割を果たすことができなかった。娘ムンデタと二人で闘うどころか、それを恥じて、逃げるように一人で身を隠してしまったのである。その夜、友人の家でジョルディを待ちながら一人でバルコニーに出た娘ムンデタはジョルディとの別離を意識し、眼下に広がっているバルセロナの街を見て、次のように思う。

(バルセロナは)残酷な愛人のような強さで彼女を惹きつける街だった。茫漠として雑然とした塊に、なぜ、こんな激しい魅力を感じるのかを理解するのは難しかった。バルセロナは、英雄の歴史の跡をかろうじて留めている、破壊された街だった。(R.A, p.93)

前に述べたように、カタルーニャ人の家に対する執着は並々ならぬもので、伝統的な価値観を具現する娘ムンデタが生まれた家のある土地、バルセロナへ強い愛着を持っているのは不思議ではない。しかし、なぜ「残酷な愛人」にたとえられるのか。残酷な愛人とは、追えば逃げ、逃げれば追いかけてくる、御しがたい愛人のことではないか。娘ムンデタの場合、すでにバルセロナにいるので「追えば逃げる」と言うよりは「逃げれば追いかけてくる」愛人と解釈できるだろう。「残酷な愛人」のバルセロナが追いかけてくるような気がするのは、彼女の中に「街を出たい」という欲望があるからである。バルセロナにいながら、バルセロナにいない自分を想像して、より強くバルセロナに惹かれているから、逃げようとする自分をバルセロナがおいかけてくるような気がするのである。その心情は「内なる亡命」者(第三章一四七頁)の心情と似通っている。彼らは、フランコ体制の抑圧によって故郷が故郷ではなくなったので、故郷カタルーニャにいながら、故郷を離れた自分を夢想して故郷をより強く恋うた。娘ムンデタの心情は、内戦後に育った世代にも「内なる亡命」者の感覚が引き継がれていることを示唆している。

このような出立の欲望がより明確に表現されているのが、『さくらんぼの実るころ』におけるナタリアのフラッシュ・バックの部分である。出立前、学生のアマチュア劇に出演した、二十四歳のナタリアは、劇団のメイク係をしていたエミリオと知り合う。エミリオは左派のグループに所属しており、刑務所に入れられた経験もあった。彼の影響でナタリアも左派の活動を始めるようになる。カタルーニャの実情に詳しく、豊富な知識と行動力を備えたエミリオは、彼女にとって英雄であった。エミリオと初めて関係を持った後、ナタリアは何度も英雄の悲劇的なシーンを夢に見ている。その夢の中で「彼女は英雄の恋人である。美男子で勇敢な英雄は歌に何度も出てくる悪人と戦っている」(TC, p.103)。娘ムンデタ同様、ナタリアも共産党のヒーローに憧れる女性であった。

ナタリアは共産主義の理念をよく理解し、それに賛同し、活動にも熱心だったが、実際に下層階級の人の生活に触れると、拒否反応を起こした。べたべたした汗の臭いや、椅子やテーブルの油汚れにはいつまでも慣れることができなかった。ある夜、二人は歓楽街に出かけた。そこで暮らす貧しい人にじかに接したナタリアは、エミリオに「こうした悲惨な生活はいつか終わると思う?」と尋ねる。すると、エミリオは言葉で答える代わりに、ジャン・バティスト・クレマン作詞、アントワーヌ・ルナール作曲のシャンソン『さくらんぼの実るころ』を口笛で吹いた。

さくらんぼの実るころ、
恋の苦しみを味わうのが怖いなら、
美しい娘を避けなさい。
恋の痛みを恐れない僕は、
一日も苦しまずに生きることはないだろう。
さくらんぼの実るころ
あなたもまた恋の苦しみを味わうだろう。(TC, p.120、拙訳による)

そして、次のように付け加える。

「ジャン・バティスト・クレマンは、人々が残忍な抑圧体制と戦ったパリ・コミューンの時にこの歌を書いた。彼は戦いの後に恐ろしい弾圧があることを知っていたのだ。七万人の労働者が殺され、生き残った者たちは、パリのサクレ・クール寺院の建設に強制的に従事させられた。だから、詩人はさくらんぼの実る頃、つまり、幸せな春の訪れを望んだ。彼は、さくらんぼの実る頃には恋の苦しみがあることを知らなかったわけじゃないのに、それを望んだ。僕もまた、僕たちのさくらんぼの実る頃の訪れを望んでいる」。そう言って、エミリオは決して忘れることができないような顔をして彼女を見た。(TC, pp.120-1)

エミリオは、この歌は単なる失恋の歌ではなく、裏に、労働者が打ち立てた政権が攻撃され崩壊したパリ・コミューン(一八七一年)の悲劇がこめられていると説明する。だが、「この歌がつくられたのは、一八六七~八年頃」(大島、一九七一年、一九一頁)とされている。「一八八五年、この歌を収めた詩集刊行に際して、クレマンがコミューン最後のバリケードの一つでめぐりあった勇敢な看護婦ルイズに、この詩を捧げた」(大島、一九七一年、一九四頁)結果、この詩は一八七一年の春の思い出として広く知られるようになったのである。そういう意味では、エミリオの説明は正しいとも言えるし、間違っているとも言える。

だが、エミリオがこの詩を口ずさんだ状況を考えると、むしろパリ・コミューンのほうが言い訳のように思われてならない。ナタリアの質問に答えることなく、このシャンソンを口笛で吹いたのは、本音をずばり告げることを避けて、シャンソンに自分の気持ちを託したからではないだろうか。エミリオは、いつまでも

「お嬢さん」から脱却できないナタリアに失望したのであろう。二人の間には越えることのできない階級差があった。エミリオはエミリオで、階級差を乗り越えようと、苦しんだのかもしれない。だが、「この悲劇はいつか終わると思う？」というナタリアの言葉を聞いたとき、それが徒労だったことに気付く。ナタリアはいつまでもナタリアであり続けるだろう。そう思ったとき「別れ」の二文字が頭をかすめる。「あなたもまた恋の苦しみを味わうだろう」ということはわかっていたが、苦渋の決断をせざるを得なかった。「さくらんぼの実るころ」に、陽気に浮かれて、みなが恋をする。だが、さくらんぼの季節は短い。恋も長続きせず、その後に残るのは恋の痛手だけである。「僕たちのさくらんぼの実る頃の訪れを望んでいる」という言葉にエミリオの真意が表されている。

二人の恋が終わるきっかけになったのが、アストゥリアスのストである。[1]二人はストを支援するデモに参加するが、警察の巧妙な作戦によって他の仲間とともに逮捕されてしまう。留置場で不安な一夜を過ごしたナタリアは体制の恐ろしさを実感する。公共の機関では常にカスティーリャ語が話されていて、「彼ら」が話すカスティーリャ語は、ナタリアを震撼させた。そして、また屈辱的でもあった。

① 女はスカートをはいていると、もっとべっぴんだよ。ズボンをはいているなんて、男女みたいじゃないか（TC, p. 113）

② ほっておけよ、ブスなんだから（TC, p.113）

③ 侯爵夫人様が、小便をしたいってさ！（TC, p.114）

1　全国的に大凶作となった一九六二年二月に「アストゥリアスの鉱山で空前の長期スト（二カ月に及ぶ）」が起こった。（楠貞義他、一九九九年、三八〇頁）

④　あいつらはもっと我慢できるさ、男だからな（TC, p.114）

権力の側にいる人々の傍若無人さがよく表れている言葉である。このような人を人とも思わないような言葉が留置場では日常茶飯事に話されているのである。警察の「虎の威を借る狐」の性格が実にあざやかに表現されている。

また、ナタリアのいる場所から「ドア（*¡Puerta!*）」（TC, p.113）というカスティーリャ語の言葉がよく聞こえた。そのたびに誰かが呼び出されるのだが、そこから出てきた人で無事だった人はいなかった。ドアの向こうで拷問が行われていることは明らかだった。暴力も国家権力の名の下に行われると、正義とみなされる。それに対して異議を申し立てようものなら、さらにひどい報復が待っている。独裁制の恐怖の一端を伝える場面である。その恐怖を増長させているのが、英語や仏語などの外国語と同様、イタリック体で書かれたカスティーリャ語である。ムンサラット・ロッチの小説では、カスティーリャ語は他者の言葉、あるいは権力の側の言葉として、母語とははっきり区別されている。そして、むろん、「ドア」はイタリック体で書かれている。

「ドア」という言葉の後に呼び出された者の中にエミリオがいた。彼は、ナタリアのいる監房を通り過ぎるとき、再び、シャンソン『さくらんぼの実るころ』を口笛で吹いた。状況から判断して、この時のシャンソンが二人の別れを暗示しているのは間違いないだろう。

ナタリアは一晩で釈放された。父のジュアン・ミラルペシュが裏から手を回したからである。しかし、ナタリアはそんな父に感謝しようとも、逮捕の釈明をしようとも思わなかった。彼女にとって日和見主義の父は臆病者でしかなかった。ナタリアは父が内戦前に理想に燃えて共和国側で戦ったことを知らなかったのである。父娘の仲は完全に破綻する。

ナタリアが妊娠に気付いたのは、エミリオから別れの手紙が届いた後のことである。当時のスペインでは理由の如何にかかわらず中絶は非合法だったので、経済的な余裕があればイギリスに行って堕胎するのが通例であったが、無職のナタリアにそれが不可能だったのは言うまでもない。闇で中絶したナタリアは生死の境をさまよう。この場面では、女性が自分の身体について決定することを許さないフランコ体制に対するムンサラット・ロッチの怒りが露わとなっている。望まぬ妊娠をしてナタリアのような経験をしたスペインの女性は少なくなかっただろう。瀕死のナタリアを発見したのは兄嫁のシルビアである。しかし、動転した彼女が夫に助けを求めたために、ナタリアの妊娠は家族中に知られることになる。窮地に立たされたナタリアはバルセロナを離れる決心をする。出立である。

しかし、なぜ、出立なのか。ナタリアは、エミリオと知り合う前に、すでにいつかは出立することを漠然と感じていたように思われる。絵の教師であったアルムニア・カレラスを通して内戦前のカタルーニャを知り、カタルーニャ語文学に触れて、「犠牲の世代」の影響を深く受けていたからだろう。それを端的に示すのが、一九五九年に甥が生まれたとき、詩人のマリウス・トラス（一九一〇～一九四二）にちなんで、甥にマリウスという名前をつけたことである。詩人は一流になるにはあまりにも短命だったが、次のような詩を残している。


沈む街を誰が忘れることができようか！　きっと、もっと遠くに、もっと自由な別の街があるだろう。

（TC, p.32、拙訳による。）

この詩と、前述したサルバドー・アスプリウの「神殿における讃歌の試作」は心情的に極めて似通っている。アスプリウが北の街を夢想するように、マリウス・トラスも「もっと遠くに（ある）、もっと自由な別の街」を求めている。しかし、彼もまた「沈む街」バルセロナを出立することができない。なぜなら、いかに悲惨な生活を強いられようと、いかに自分らしく生きることを拒否されようと、自分にとって祖国は一つしかないからである。マリウス・トラスの詩にも「内なる亡命」者に共通する心情が見られる。

ナタリアがこの詩人に共感を覚えたのは、内戦後、「内なる亡命」を生きた父ジュアン・ミラルペシュと、精神的な死を迎えた母親ジュディ・フレシェの影響を知らず知らずのうちに受けていたからであろう。彼女は確かに両親を憎んでいた。かつて共産党員だったという父は「臆病者で、政治を恐れ、金の心配しかしない」（TC, p.101）輩であり、母親は卒中に倒れる前から心をどこかに置き忘れたような人だった。そのような両親の下で育ったせいか、ナタリアには、エミリオと知り合う前から独立したいという願望があった。しかし、独立するだけなら、大都会であるバルセロナを出立する必要はない。それにもかかわらず、外国に出て行ったのは、彼女の心の奥底に「内なる亡命」者の心情が内在していたからだと考えられる。ナタリアは、「さくらんぼの実るころ」に恋をして体制と戦い、恋の苦しみを知って、「亡命」するかのように故郷を後にした。それは、当時のカタルーニャの状況と無縁ではない。親の代から亡命するか、祖国にとどまって「内なる亡命」を生きるのか、という選択を強いられてきたカタルーニャ人の苦悩がナタリアのような戦争を知らない世代にも受け継がれていたということを示唆する。

帰還

『さくらんぼの実るころ』で一九七四年三月、十二年の長きにわたってイタリアとイギリスで暮らしたナタリアはバルセロナに帰還する。特に帰還する理由があったわけではないが、この時を逃すと、一生、帰る機会を逸するのではないかという気がしたからであった。出発の数日前、故郷を思い出すことの少なかったナタリアの耳に、カタルーニャのアナーキスト、プッチ＝アンティク[2]が処刑されたという嫌なニュースが飛び込んでくる。そのニュースは忘れていた祖国の状況を思い出させた。帰還する直前に犠牲者が出たことに、ナタリアは暗澹とした気持ちになり、フランコ体制の圧政がまだ続いていることを痛感する。

帰国したナタリアを待っていたのは、騒々しいバルセロナであった。多くの建設途上の建物、急増した車の数、アスファルトの道路工事……。その音は、あたかもバルセロナが悲鳴をあげているかのようだった。車社会の浸透と、資本主義の発展が都市の景観を変えたのである。変わったのは外観だけではなかった。一九五八年に母ジュディが他界してから、かつての家には伯母パトリシアが住むようになっていたが、その家に帰ったナタリアは、ふとベランダに目を向けて、中庭にあったレモンの木がなくなっていることに気付く。伯母は、悪びれもせず、一階にある会社に中庭を売ってしまったのだと言った。

かつて、ガラスのはまったバルコニーから、直接、庭に向かう鉄製の螺旋階段を降りたものだったが、今はすべて一階の持ち物だった。庭があったところに、天窓のガラスを通して、淡いピンクのレンガの

2　『カタルーニャの歴史』には、プッチ＝アンティクの写真と当時の新聞の切抜きが掲載されている。その記事によれば、一九七四年三月二日、「今日の午前中、このバルセロナ広場で開催された軍法会議によってサルバドー・プッチ＝アンティクに科せられ、軍法最高会議によって承認された死刑が執行された……」（AA. VV., 1998, p.192）。この死刑執行の背景には、カレロ・ブランコ首相が暗殺されたことで危機的状況を迎えていたフランコ体制を立て直そうとする意図があったが、ヨーロッパの世論がそれに反発したため挫折する。

大きなテラスが見えた。水染みのある単調な色。テラスの周りにあるのは、クラシックな黒い先端を持つ鉄製の柵ではなく、あちこち漆喰の剥がれたモルタルの壁だった。（…）小さいとき、ナタリアはポケットに小石を入れて、家のバルコニーの下を通る近所の人に投げて遊んだ。二本のレモンの木は、そこにあったのだ。（TC, pp.23-24）

レモンの木はナタリアの子供時代を象徴するものである。そのレモンの木がなくなったということは、バルセロナの変化とともに、ナタリアの子供時代が失われてしまったことを意味する。かつて、ムダルニズマの建築の粋を凝らして造られた中庭の景観は、単調で味気ないものになっていた。

ランブラス通り

同じ場所に住み続けている人にとって、徐々に起こる変化は日常的な出来事に過ぎないが、長い間、故郷を離れていた人にとっては、わずかな変化でも大きな衝撃となりうる。なぜなら、心の中にある風景は、年月がたつにつれ、編集され、再生産されるからである。久しぶりに故郷を目にして、自分の心にある故郷と現実との乖離に愕然とする人は少なくない。例えば、『さくらんぼの実るころ』のナタリアの絵の教師、アルムニアは、内戦後に亡命を余儀なくされたけれども、幸運にもバルセロナに帰還する。だが、帰ってきて故郷の変貌を目の当たりにしたとき、愕然とする。そのとき、初めて自分の「根」が永遠に失われてしまったことを知る。帰還したナタリアも、アルムニアと同じような心境だったのではないだろうか。

ナタリアは、イギリス滞在中にたまたまやってきた兄のリュイスに「おま

想像よりはるかに広いアシャンプラ地区の中庭

中庭に面しているガレリア

えは故郷をなつかしく思うことなんかないだろう」と言われるほど外国暮らしになじんでいたが、ふとバルセロナを思い出すことがあった。次に挙げる引用がその時のナタリアの気持ちである。

幸せなときほど（故国が）恋しくなった、匂い、色、通り、小さな波になってランブラス通りを下る人の群れ、サンタ・マリア・デル・マル寺院の周りの陰、凍えるような朝、秋になって落ちるプラタナスの葉が懐かしかった。特に恋しかったのは色彩だった。セルジオ（イタリアにいたときの恋人）と散歩した色彩に乏しかった日々、バルセロナの色彩を思い出したものだった。風を知らせる日の赤やオレンジがかった細い雲、雨の日の灰色、一気に春を推し進める蜂蜜色のような日々が恋しかった。（TC, pp.96-97）

この雄弁かつ繊細な表現に満ちた引用を読むと、ナタリアの心の奥底には、あふれるほどバルセロナへの思いがつまっていたことがわかる。人前で決して望郷の念を見せることがなかったのは、国を出た経緯を忘れられなかったからだろう。

ムンサラット・ロッチは、自分の家の中庭にもレモンの木があったと述べている（Roig, 1991, p.34）。中庭はロッチにとって、特別な場所である。

というのも、両親に外で遊ぶことを禁じられて、子供時代のほとんどを中庭で過ごしたからである。四方を壁に囲まれた中庭はもっとも安全な空間だった。フランコ体制の抑圧の影響を受けることもなく、何をしても自由で、思う存分、カタルーニャ語を話すこともできた。だが、誰に見られているかわからない外の世界、つまり、通りでは中庭のようなわけにはいかなかった。敗戦後のカタルーニャでは、些細なことから当局ににらまれたり、密告されたりすることがよくあったので、両親が子供たちに通りで遊ぶことを禁じたのは、ごく当然の措置だっただろう。しかし、閉ざされた空間は、閉塞感を与えずにはいられない。おそらく、作家の心の中には絶えず外の世界への憧れがあったに違いない。

閉ざされた四角い空間の中で、季節感をもっとも雄弁に物語るのは、甘い香りを放つレモンの木であった。ロッチは、カタルーニャの詩人、ガブリエル・ファラテー（レウス、一九二二〜サン・クガット・ダル・バリエス、一九七二）の「覚書」という詩を読んで、「秋の香り」[3]を目にしたとき、すぐにレモンの木の香を思い浮かべたという。


私たちはそこ（学校）に入らなかった。

私たちは脱皮し、古い殻には興味を抱かなかった。

恐怖が漂っていた。

それは、あの秋の香り……。（Ferrater, 1979, p.16、拙訳による。）

3　レモンの木は年に数回開花する。日本では通常、春であるが、スペインではインディアン・サマーの年には秋に開花するレモンの木も珍しくないという。

この詩は内戦の記憶をつづった詩である。ファラテーが十四歳のときに勃発した内戦は心に消すことのできない恐怖を植え付けた。内戦勃発直後こそ十四歳の少年の日常生活はそれほど影響を受けずに過ぎていくが、ほどなく恐怖の時がやってくる。子供たちが兵学校に入るための訓練を引き受けていた軍曹が学校の近くで銃殺されたのである。少年たちは見て見ぬふりをしたが、その経験は「秋の香り」と一体となって、彼の脳裏に深く刻み込まれることになる。「覚書」にはその時の様子が独特の表現で描かれている。

ムンサラット・ロッチ自身は内戦後の生まれなのだが、ファラテーの詩のこの一節が強烈なインパクトとなって記憶に残り、秋の香り、つまり、レモンの香りに「戦後」を感じるようになったという（Roig, 1991, p.21）。他人の記憶が受け継がれるというのは不思議であるが、ロッチ自身も狭い中庭で恐怖と隣り合わせの少女時代を送ったがゆえに、彼の経験を自分のもののように取り込むことが可能だったのではないだろうか。

戦後の恐怖を感じさせるレモンの木はネガティブなもののように思われるが、『さくらんぼの実るころ』の中庭についてのくだりを読むと、そうではない面も見えてくる。レモンの木には作者の子供時代の思い出も詰まっている。ムンサラット・ロッチは、「よく言われることだが、子供の中には詩人がいて、作家というものは決して戻ってこないものだと知りながら自分に帰ろうとして子供時代を模索する」（Roig, 1991, p.37）と述べている。作家ではなくても、子供時代に特別な想いを抱く人は多い。二度と戻ってこないものであり、自分の記憶の中にだけ残るものだからこそ貴重なのである。ロッチは、「記憶の中の子供時代を再現するのは不可能に近いが、多くの作家は、記憶をうまく加工することによって、文学作品の中によみがえさせる」（Roig, 1991, p.46）と述べて、レモンの木を巧みに作品に取り入れている。その甘い香りは決して取り戻すことのない子供時代の象徴でもある。レモンの木のくだりには、作者の子供時代へのノスタルジーが結実しているように思われる。

しかし、ムンサラット・ロッチは作品の中で、記憶の場であるレモンの木をもはや存在しない物として登場させている。それがなくなったということは、永遠に子供時代が失われてしまったということであるが、それと同時に、レモンの木の香りから喚起される恐怖も消え去ったということを意味する。ロッチは、記憶の場でしか存在しないレモンの木の思い出を登場人物の口を通して語ることによって、彼女自身の子供時代へのノスタルジーに浸りつつ、やがて訪れる新しい時代の足音を聞いている。『さくらんぼの実るころ』が、実際には、フランコの死後に出版されていることに留意されたい。

帰還したナタリアは時を移さず、かつて絵の教師だったアルムニア・カレラスを訪ねた。アルムニアは、ナタリアが海外で写真の高い技術を身につけたことを知り、出版社を紹介する。それによって、運よくナタリアはその出版社の専属カメラマンの職を得る。話は前後するが、面接のために編集者のオフィスに入るとき、作家志望の若きジョルディ・ステーラスとすれ違う。『さくらんぼの実るころ』で、二人の仲がそれ以上、発展することはないが、彼が書いた小説についての編集者のコメントは興味深い。その小説はスペインの閉塞的な状況から逃れようとして故国を捨てる若者を描いているのだが、検閲のために出版禁止になったという。一九七〇年代は、多くの若者が未知の世界を求めて旅した時代で、カタルーニャだけが例外というわけではない。ナタリアがそう言って編集者に反論すると、彼は次のように語った。

私の世代の友達は、戦争が終わったとき十三歳から十五歳だった。いろんなやつがいるよ。すべてから逃避した者、自殺した者、金儲けをすることに逃避した者。金儲けだって、他の方法と同じように忘却の一つの形だからね。アルコールに逃避した者もいる……。君も知っているように、私もその一人だ。

私の世代は逃げなかった、つまり、出て行かなかったということだ。逃亡を伝説にはしなかったのだ。たぶん、変化があまりにも短期間で起こったからだろう、わかるね、私たちは待って、待って、待ち続けたんだ。五十歳で、お祖父さんになった人もいる！　何を待っていたの、とナタリアは尋ねた。何を待っていたかだって。（…）許しを請う必要のない時代が来るのを待っていたのさ。些細なことだと思うかい？　今どきの若者は、泰山鳴動して鼠一匹だよ。実際には、逃げていない。探しているだけだ。逃げることによって、ここでは得られないものを得ることができると無邪気に信じている。（TC, p.94）

編集者の言葉は内戦を経験した世代の現実を明らかにしている。特に、金儲けも忘却の一つの手段であるという言葉は、ナタリアの父ジュアン・ミラルペシュと同じ逃避の方法に言及しているのだが、ナタリアはそのことには気づかなかった。

父と言えば、出国のときの経緯からナタリアは父に再会することを恐れていたが、その一方で、仲直りしたいとも願っていた。だが、父はナタリアの前に姿をあらわそうとしないばかりか、父のことを尋ねると、皆が口をつぐむのである。不審に思ったナタリアは兄リュイスに詰め寄って真相を知る。ジュアン・ミラルペシュは、妻のジュディの死後、妻の衣服を身に着けるようになり、精神に異常をきたしていると診断されて精神病院に入れられていたのだ。

ナタリアが父を訪ねる最終章は、『さくらんぼの実るころ』の中でもっとも感動的な場面である。彼は、面会にきたナタリアを認めたばかりか、彼女が来ることを知っていたのである。

ナタリア、娘よ、老人は立ち上がり、彼女を抱きしめた。彼女がわかったのだ。お嬢ちゃんが、お嬢ちゃんがここにいる。いつものように、髪をくしゃくしゃにして。今日、看護婦が、面会人がくるといったとき、すぐにわかったんだよ、嬢ちゃんだと。戻ってきたんだと。今、君は目の前にいる。背が高く、老ミラルペシュのエネルギッシュな顔と、いつも遠くをみつめていたジュディの眼をもつ君が。

（TC, p.231）

この時のジュアン・ミラルペシュはとても精神に異常をきたしているようには見えない。愛情あふれる普通の父親である。若い頃、共産党の思想に共感し、実際に活動にも参加したという経歴をもつ父と、アストゥリアスのためのデモに参加して留置場に入れられた娘は、反発し合ってはいたが、実は似た者同士である。しかし、二人が心を割って話し合うことがなかったのは、内戦によって完膚なきまでに叩かれた父ジュアン・ミラルペシュが不用意に若い頃の理想を話すのを恐れていたからである。ナタリアは、そのような父を臆病者と決めつけ、活動のことを話そうとはしなかった。かくして、十二年前、二人はけんか別れをしてしまったが、今のナタリアはかつてのナタリアではない。大人になった今こそ、父と意味のある対話ができると思っていた。しかし、一緒に暮らそうと申し出ると、父ジュアン・ミラルペシュは態度を一変させて、子供のように話し始めた。

私は何も恥ずかしいことはしなかった、ナタリア、誓うよ。皆が恥ずかしいことをしていると言うけれど、私がしたのはアダムとイブの罪だけだ。今はもう治っている。そして、また言った。誓うよ。罰については、もう償ったんだ。ナタリアは繰り返した、父さんをここから出してあげる、と。しかし、ジュアン・ミラルペシュは彼女の言葉を聞こうとせず、人生は円のようなもので、皆、原点に帰るんだ、

と言った。（TC, p.231、下線は筆者）

キャサリン・デーヴィスは、ジュアンの性的倒錯は「失敗したホモセクシュアリティが原因であり、ジュディ亡き後のジュアンの男性性を支えるものだ」（Davies, 1994, p.48）と主張するが、ジュディとの間に三人の子供を設けた彼が、バイセクシュアルであるかもしれないが同性愛者だったとは考えにくい。それより、むしろ、妻ジュディ亡き後の彼の一連の行動を解く鍵は引用の傍線部、「人生は円のようなもので、皆、原点に帰る」という言葉にあるのではないだろうか。人生の最終局面を迎えたジュアン・ミラルペシュは原点に帰ろうとしていたのだと思われる。ジュアンの「原点」とは、言うまでもなく母なるジュディの子宮である。次に挙げるジュアンによる独白の引用がそれを裏付けている。

……僕は自分の性器を愛撫した、そうしたかったから。僕のもの、僕のものだ。僕とジュディのものだ、そして、ジュディが僕のものにキスした。（…）君はミツバチで、僕はカーネーション。君は僕を刺して、蜜を吸う。僕には何が残るだろう？　そして、君はゴッチ・ネグラ（グアルバにある渓谷で、子供の頃、一人になりたいときにジュアンがよく行った場所）で、僕はそこに沈む。君の渦巻きに飲み込まれて、僕はもう、そこにいない、僕は君の胎内にいる、君の中に。そこで眠りに落ちるだろう……。（TC, pp.223-4）

二人の関係を象徴的に表現した、この引用から、ジュディがジュアンの男性性を支えてきた存在であることがわかる。ジュディは「女」であるだけではなく、物心がついたときに母がいなかったジュアンにとって

「母」でもあった。

ジュディは老ジュアン・ミラルペシュが体現する家父長制によって不能になった彼を立ち直らせただけではなく、収容所でフランコ体制に徹底的に打ちのめされた彼を支えた。敗戦後、金儲けと眠りに逃避しながらも彼が辛うじて生きながらえることができたのはジュディがいればこそであった。しかし、そのジュディが不在では、母なる子宮に戻ることはもはや不可能である。ジュディを取り戻すには、写真を枕元に置くだけでは不十分で、ジュアン・ミラルペシュ自身がジュディにならなければならなかった。だから、彼女の衣服を身に着けて、ジュディになりきろうとしたのである。しかし、周囲にジュアンの気持ちを理解しようとする人はいなかった。それで精神病院に収容されてしまうのだが、ジュアン・ミラルペッシュとしては、なぜ回りがそんな自分を理解できないのか不思議だったに違いない。ジュディに関する部分を除けば、彼は昔のままだったからである。ナタリアをすぐに娘と認めたことがそれを証明している。

父と娘の和解を不可能にしていたのは、スペインの社会に根付いている抑圧の機構である。かつて、共産党員だったジュアン・ミラルペシュにも平等な社会の実現を目指して戦った「さくらんぼの実るころ」があったが、その時に受けた傷が癒えることはなく、ジュディの死によって致命的になった。同じように「さくらんぼの実るころ」、恋ゆえにではあったがより良い社会の訪れを夢見て戦った若いナタリアには、写真家としての明るい未来が約束されており、再び、希望に満ちた春である「さくらんぼの実るころ」がめぐってくるのではないかという期待を抱かせる。過去の困難な時代に言及することによって、この小説はやがて来る春の訪れへの期待の大きさを際立たせている。それが可能だったのは、フランコ体制終焉の直後に書かれたからであろう。『さくらんぼの実るころ』というタイトルは、春を心待ちにするカタルーニャ人の期待を示唆している。だが、その春には恋の苦しみが付き物であることも忘れてはならない。

シルビアとリュイス

『さくらんぼの実るころ』に登場するシルビア・クラレットとリュイス・ミラルペシュは典型的なカタルーニャ・ブルジョワジーのカップルである。夫のリュイスは建築士、妻のシルビアは専業主婦、一粒種のマリウスもいる。近代的で豪華な住居を構え、豊かで快適な生活を享受している。幸せを絵に描いたような家族である。

シルビアは母ムンデタとジュアン・クラレットの長女で、娘ムンデタの姉である。バレリーナとしての将来を嘱望されていたが、リュイスと出会って恋におちると、バレリーナになる夢をあっさりと捨てて、リュイスと結婚する。彼女はバントゥーラ＝クラレット家とミラルペシュ家をつなぐ存在としても重要である。シルビアは、母ムンデタが爆撃されたバルセロナをさまよったときに胎内にいた子供である。彼女の涙もろくて不安定な性格はそのせいだ、と祖母ムンデタは言う。母の恐怖が娘に伝わったというわけである。それを裏付けるかのように、シルビアが最初に覚えた言葉が「怖い」（TC, p.47）であり、手足を奇妙に痙攣させる癖は大人になっても治らなかった。内戦とは無関係に生きているように見えるシルビアだが、無意識とも言える領域にその影響が深く刻まれているのである。だが、本人がそれを意識することはまったくなかった。

結婚当初、シルビアは幸せの絶頂にいた。マリウスが生まれ、父ジュアン・クラレットの援助でオープンしたリュイスの設計事務所は順調そのものだった。だが、数年たったある日、シルビアは、自分が退屈な毎日を過ごしていることに気付く。かつての夢を思い出して、実際に体を動かしてみたり、頭の中でバレエを反芻してみたりするが、すべてむなしかった。失われた夢を取り戻すには、もう遅かった。

数年前に、夫のリュイスの設計で夫妻は新しい家を建てた。完璧主義のリュイスは、家が生活の匂いがするのを極端に嫌い、常にグラビアのページのごとくに保たれていなければ気がすまなかった。しかし、家とは生活する場ではないのか。生活の匂いのしない家はもはや家ではない。シルビアはそんな夫に反発することはないが、根本的な解決をするわけではなく、欠点を隠そうとするだけだった。彼女にとって、うわべの平和が保たれれば、それで十分だったのである。家に対する態度が二人の表面的な関係を象徴している。家は生活の場と言うよりはステータス・シンボルに過ぎず、二人は別々の世界に生きていた。

暇な時間をもてあましているシルビアは、美容院とスポーツクラブに頻繁に通い、そこで学生時代の友達と世間話に興じるのが日課である。週末には、その友達を呼んでホームパーティを開く。女性だけの気の置けないパーティでは、日ごろの鬱憤を晴らそうとして、酒を飲んだり、下着だけになって物まねゲームをしたりする。次の引用は、学生時代のシスター（教師）たちの物まねをする場面である。

①シスター・アスンシオン役「シルビア・クラレット、あなたは日毎に不潔になっていますね。明日、制服を洗ってなかったら、手にやけどをさせるとお母さんに話しなさい」
シルビア「お願いです、もう、そんなことはしませんから」
シスター・アスンシオン役「では、三つのアベ・マリアを聖母マリアに祈りなさい」（TC, p.197）
②シスター・アスンシオン役「キリスト教徒の言葉で話しなさい、悪い子、本当に悪い子ね」（TC, p.198）
③シスター・アスンシオン役「悪魔が来ますように、来てください。それは死に値する罪です。あなたは地獄に堕ちるでしょう」（TC, p.198）
④修道院長役「お黙り、お黙りなさい、この恥知らずが」（TC, p.198）

⑤シスター・サグラリオ役「男の姿で悪魔が現れたら、どうしましょう？」
シスター・ソコーロ役「私の子羊よ、気づかれないように、男たちを支配しなくてはなりません」
（TC, p.198）

この台詞がすべてカスティーリャ語で書かれているのは、当時の教育がカスティーリャ語で行われていたということの証しである。一九三八年生まれのシルビアはフランコ体制がもっとも力があった時期に教育を受けているので、その権力を笠に着た学校のシスターたちが権威主義的だったことは想像に難くない。それにしても右記のカスティーリャ語は尋常ではない。それが物まねでわかるというのだから、虐待をほのめかす言葉がシスターたちの口癖になっていたのであろう。

フランコ体制下では、男性の優位を認めるカトリック教会の教義に従って、法律によって女性が男性に服従することが規定されていた。この教義を徹底させるために一役買ったのが学校である。学校は、「やけどをさせる」、「地獄に堕ちる」、「悪い子」、「恥知らず」、「子羊」など、脅しの言葉を使うことによって女生徒たちの反抗心を奪い、自分が「罪深く、非力な者」であると思い込むようにしむけた。宗教という名を借りた虐待である。幼いころに受けた精神的な虐待は数十年を経ても消えることなく事あるごとに頭をもたげてくる。シルビアたちの物まねゲームはその一例と言えるだろう。リュイスとの関係でシルビアが従順なのも学校教育によって反抗心を失ってしまったからだと考えられる。だが、反抗しないからと言って不満を持っていないというわけではない。反抗しない分、不満は余計に内に募っていく。女性だけのパーティは、日ごろのうっ憤を晴らす絶好の機会であった。キャサリン・デーヴィスは、シルビアたちのパーティにレズビアンの傾向を見るが、筆者としては、「馴れ合い」とストレス解消以外の意味があるとは思えない。夫婦間の冷たい関係が彼女たちを女たちの気の置けないパーティに突き動かしているものと考えられる。

さて、一九三二年生まれのリュイス・ミラルペシュは、小さい時から何をやってもそつのない子供だった。イエズス会で学んでいるときも、成績優秀で、一時は聖職につくことを真剣に考えたほどである。だが、リュイスにとって努力はすべて等価交換すべきものであり、イエズス会で良い成績をとったのも、宗教に魅せられたからではなく、母親の関心を買うためだった。リュイスの性格をよく知る母のジュディは、「リュイスちゃんにとって人生は階段のようなもので、一番、高い階にいなければ気がすまないのよね」(TC, pp.48-49)と言って、聖職者になりたいという決心を一笑に付す。確かに、リュイスは、いとも簡単に神は存在しないということを納得し、「宗教とは、愚者や、女性や、弱者や、失敗者のためのもの」(TC, p.49)と考えていた。リュイスは勝者の理論でしか物事を見ようとしなかった。しかも、性差別主義者である。シルビアとはじめて会ったときも、リュイスは「君たち女性って、とても気取っていて、何の役にも立たないね」(TC, p.40)と言って、性差別的な面をむき出しにするのだが、シルビアは、リュイスの言葉に気を留めることなく、睫毛を伏せたハンサムな顔に一目惚れしてしまうのである。

ジュディは、あまりにもフランコ体制の世界になじんでいるリュイスを手放しで愛することができなかった。リュイスはリュイスで、母がペラより優秀な自分をなぜ愛さないのかわからなかった。リュイスは非常に合理的な性格だったので、不利なものは簡単に排除することができた。自分が望むように自分を愛さない母を憎むことさえ難しくはなかった。結婚するときに、シルビアにバレリーナになる夢を諦めさせたのは、母に復讐するためだった。若い頃、ピアニストになることを夢見ていたジュディにとって、女性が結婚のために芸術を断念することほど残念なことはないということをリュイスはよく知っていたのである。

小説の舞台となっている一九七四年、四十二才のリュイスは父と同様、建築士として活躍している。より多くの利潤を追求するため、見せかけだけ豪華で実は原価は安いスイス風の家を設計して富を掌中にし、家族のために建築技術の粋を尽くした新しい家も建てた。その近代的な家はリュイスの人柄を象徴している。バルセロナの建築と言えばガウディが有名だが、実は、リュイスはガウディの建築を前世紀の遺物としか評価していなかった。そこから脱却するのがバルセロナの建築を向上させる道であると信じていたが、それを他人に話すことはなかった。建築の入門も知らない、精神的に遅れた国の住民には何を言っても無駄だと結論づけていたからである。

リュイスがもっとも愛するのが車である。車の中では誰に命令されることなく自分が帝王になれる。常に複数の愛人がいるが、どの女にも車ほど夢中になることはなく、面倒な問題を起こしそうな女とはすぐに手を切った。時には車を飛ばしてペルピニャン（フランス領北カタルーニャの都市）までポルノ映画を見に行くこともある。車はリュイスを帝王にするだけではなく、行動の自由も与えてくれる。しかし、なぜか、一人で車を走らせるリュイスの姿には、無機質な機械文明の中であえいでいる現代人の孤独がひしひしと感じられる。

リュイスは何事も金に換算しなければすまない性格である。愛も信頼も友情も利益の裏付けなしでは成立しない。合理的かつ非情に富と権力を掌中にしたリュイスは、自他共に認める勝利者である。では、リュイスには、ナタリアに見られるような内戦の影響はないのだろうか。両親があれだけ内戦後に苦悩したのだから、影響がないはずはない。おそらく、リュイスは、両親を見ていたからこそ、そうなりたくないという思いを強めて、「負」の部分を、心の奥底にしまい込んでしまったのだろう。父ジュアン・ミラルペシュは、心の中で葛藤しながらも、フランコ体制に報復する唯一の手段として金儲けに徹した。拝金主義のリュイスは、自分が犠牲者であると意識することなく、父の報復手段を受け継いでいる。これはさらなる悲劇ではないか。

リュイスはまた、人より機械を愛する。それは、愛されたと感じた記憶がないからではないだろうか。両親は子供たちを愛さなかったわけではない。収容所から帰還した父は「内なる亡命」を生き、『すみれ色の時刻』で大切な友人カティを失った母ジュディは精神的な死を迎えたにもかかわらず、家族のために存在し続けた。だが、リュイスはそのような「愛」に満足することなく、さらなる愛を得ようと必死に努力するが、それが報われることはなかった。

誰よりも愛に飢えてしていたのはリュイスであった。母親は、子供の資質を見て、「独立した」と思うと突き放すことがある。だが、子供はいつも母親を求めている。母親が傍にいるのに、「母親に愛されなかった」と思うのは、とても不幸である。リュイスが知らず知らずのうちに精神的なものを否定して物質主義に走ったのは、人を愛するのが怖かったからかもしれない。

母ジュディは、「戦争の子」、ダウン症として生まれたペラ（次節で後述する）に手がかかる分、上の二人の子の面倒を見る余裕がなかった。特に、一番上の子で、何事にも優秀なリュイスには安心しきって、彼が抱えていた淋しさには気付かなかったのだろう。それは、リュイスの悲劇であるだけではなく、敗戦した側の悲劇であり、カタルーニャの悲劇でもある。

2. 『すみれ色の時刻』、もしくは《トランシシオン》期における葛藤と見直し

『さくらんぼの実るころ』から四年たって上梓された『すみれ色の時刻』の舞台は、一九七九年、独裁制が終わって民主主義へと移行する《トランシシオン》の時代である。

『すみれ色の時刻』

この小説では、前作でそこはかとなく見えていた希望が楽観主義に過ぎなかったことが明らかになる。抑圧されていたカタルーニャにとって、民主主義の到来は待ちに待った「春」であったが、政治的・社会的・イデオロギー的な変化があまりに大きかったため、体制側にいた人も反体制側にいた人も等しく混乱の渦に巻き込まれずにはいられなかった。中には精神的な危機に陥った人もいた。そのような意味で、一九七五年のフランコ体制崩壊は紛れもなく大きな政治変動だったのである。

ムンサラット・ロッチは『発禁カタルーニャ現代史』で《トランシシオン》期について次のように述べている。

> 長い間飢えに苦しんだ人々が急に満腹しようとすればひどい病気に罹りかねない。（…）他の国々が大人になるのに二世紀もの年月を要したのに、スペインは二十一世紀にさしかかろうというところで、たった十年で大人にならなくてはいけなかった。（ムンサラット・ロッチ、山道佳子・潤田順一・市川秋子・八嶋由香利訳、一九九〇年、一三四―八頁）

『すみれ色の時刻』には、特に、反フランコ体制の立場で活動してきたカタルーニャ人の精神的な危機が描かれており、それがタイトルに反映されている。ムンサラット・ロッチは、タイトルについて以下のように述べている。

『すみれ色の時刻』はT・S・エリオット[4]の詩から名づけました。（…）私は日暮れの時刻だけを指しているのです。（Roig & Simó, 1985, p.87）

一九二二年に刊行されたT・S・エリオットの『荒地』は、刊行された時期から、戦間期におけるヨーロッパの無意味さや壊れた世界のイメージを表現した詩であると言われるが、実際に読んでみると、過去の文学や伝説を下敷きにしたメタファーや象徴的な表現に満ちており、そう単純ではない。しかし、この詩の解釈を論ずるのは本稿の主旨ではないので、なぜ、ロッチが詩の中の「すみれ色の時刻」という言葉に着目したのかを考えてみたい。すみれ色の時刻とは、エリオットの詩では、夕暮れ時、つまり、一日が終わりを迎えようとする時刻である。夕暮れ時、人々は仕事から解放され、ほっとして家路へと向かう。だが、その

4　「すみれ色の時刻」についてはEliot, T. S., *The Waste Land,* edited by Michael North, New York, London: W. W. Norton & Company, 2001, pp.12-13を参照されたい。件の箇所は、At the violet hour, when the eyes and back/Turn upward from the desk, when the human engine waits/ Like a taxi throbbing waiting,/ I Tiresias, though blind, throbbing between two lives,/ Old man with wrinkled female breasts, can see/ At the violet hour, the evening hour that strives/ Homeward, and brings the sailor home from sea,/ The typist home at teatime clears her breakfast, lights/ Her stove, and lays out food in tins.

すみれ色の時刻、目と背中が／デスクから離れ／客を待ってエンジンをふかすタクシーのごとく／人間のエンジンがかかるのを待つとき／私ことティレシアスは、盲目ながら男と女の人生を行き来し／しなびた女の乳房を持つ老人だが／すみれ色の時刻、人々を家へと誘い／水夫を海から家へと向かわせる夕暮れの時刻に／タイピストが家に帰り、お茶の時間に朝食を片付け／ストーブに火を入れ、缶詰の食物を並べるのが見えるのじゃ。（拙訳による）

時刻に『荒地』で繰り広げられる光景は、機械的で無味乾燥な愛の営みである。

スペインの時代の流れを一日に例えると、長く続いた独裁制は一日の大半を占める仕事の時間、《トランシシオン》期は、仕事が終わって、ほっとして家路につく「すみれ色の時刻」に例えられるだろう。夕暮れ時、つまり、《トランシシオン》期に、『すみれ色の時刻』の登場人物は不毛の愛に悩んでいる。その原因となったのは、皮肉なことにフランコ体制の崩壊であった。待ちに待った「すみれ色の時刻」が突然、やってきたとき、心の準備のできていなかった人々が感じたのは安らぎではなく、混乱であった。混乱の中で自分を見失い、人々は不毛で味気ないものに身を任せざるを得なくなる。日没後もなお見られる「すみれ色の時刻」の残照の中で、ムンサラット・ロッチは過去の自分を振り返り、フランコ体制とカタルーニャの関係を再考する。

『すみれ色の時刻』で作者は、ナタリア、ノルマ、アグネスという三人の登場人物に分散して顔を覗かせている（Nichols, 1989, p.155）。『さくらんぼの実るころ』で帰国したナタリアは新進のカメラマンとして成功して、共産党の幹部であり、作家となったジョルディ・ステーラスの愛人となっている。新たに登場するジャーナリスト兼作家のノルマは、職業、年齢、出身、二人の子供の母である[5]という点で、もっともロッチ自身に近い存在である。二人は別々の人間であるが、その対話を読むと、まるで、二人が一人の人物で、自問自答しているように見える。アグネスはジョルディ・ステーラスの妻で、愛人のナタリアとは恋敵の関係にある。だが、第一章に交互に現れる二人の語りは奇妙に似通っている。作者は、立場も年齢も異なる三人の女性に分散することによって、写真家であれ、作家であれ、主婦であれ、女性として共通する部分を

5　ムンサラット・ロッチには一九七〇年生まれのロジェーと一九七五年生まれのジョルディという二人の息子がいる。（Simó, 2005, p.25）

持っていることを強調している。また、もう一つの共通点として、三人の主人公のパートナーが皆、共産党員であるということが挙げられる。一九七七年四月に共産党が合法化されると、それまで地下活動を続けてきた、それぞれのパートナーの男性たちの心に大きな「葛藤」が生じる。これまでの活動がほとんど意味をなさなくなったからである。その葛藤によって、主人公の三人の女性もこれまでの生き方の変更を余儀なくされて、「フェミニズムの再考」、「《母》の模索」、「神話破壊」、「《女のエクリチュール》の模索」をする。

葛藤

共産党の重鎮であるジョルディ・ステーラスとカメラマンのナタリアは、伝統に縛られない自由恋愛の実践者であり、お互いの自由を尊重し合う理想的なカップルとみなされていた。ジョルディは学生時代から共産党の指導者で、投獄された経験を持ち、人類愛のため、世界を変えるため、党のためにすべてを犠牲にしてきた。妻アグネスと二人の息子たちを捨ててナタリアと暮らすようになったのも、ナタリアとなら感情的な関係ではなく、同志としての関係を築けると思ったからであった。共産党は、理性を全面的に支持し、感情を匂わせるものはすべて批判した。特に、愛は絶対的なものであり、神であり、すべてであり、党員がロマンティックに女性を愛したら自殺しなければならなくなると考えられたので、恋愛は禁忌であった。だから、「世界を変えよう」というジョルディと共通の目的を持つナタリアとの愛は同志愛であり、理想的だとみなされたのである。

《トランシシオン》期になって、理想的だった二人の関係が揺らぐ。共産党の合法化がジョルディを打ちのめしたからである。次の引用はその時の様子を詳細に伝えている。

党が合法化された時に危機が起こった。政治がプロだけのものになったら、長年の戦いと献身は何の役に立つというのか。ハゲタカのように、良い役職を獲得した新しい闘士が現れた。ある集会で、ジョルディが、何が何でも共産主義の理念を保たなければならないと言ったとき、総書記は、単に同情を示しただけだった。周りにいた数十人の人が笑って、ジョルディの悪い癖だ、今はその時じゃない、その時じゃないのだと言った。（…）陳腐な時代、我々を協定や妥協に引き込む戦略の時代がやってきただけではなく、残酷で卑小になった指導者もいる。これが、あなたが夢見た世界なの、ジョルディ？　ストというストで労働組合員は火を消し去り、共産党員はプチブルの道徳を実践するような世界……。今、あなたはプロの政治家でもなければ作家でもない。アイデンティティをなくしてしまっている。（…）あなたは子供のようにわっと泣いた。私のそばでしゃくりあげ、私に身を委ねていたわね、ジョルディ。あの夜、どんなにあなたが愛しかったことか。（HV, pp.101–102）

上記の引用は、ジョルディ・ステーラスのような、マルクス主義に忠実だった者ほど共産党の合法化によって大きな衝撃を受けたことを示している。これまでの活動が水泡に帰したと知ったとき、彼は人生の目標を見失って、アイデンティティの危機に陥る。党の状態をよく知っているナタリアはジョルディを支えたいと思うのだが、独立した「個人」対「個人」であることを望む彼はそれを許さなかった。しかも、常に英雄でありたいと望むジョルディにとってナタリアの前で「わっと泣いた」のは、屈辱以外の何物でもなかった。一九六八年の学生運動で失敗した時に娘ムンデタから逃げたように、彼はナタリアからも逃げて、無条件で彼を崇める新しい愛人を得る。愛人との関係を持続させるには、ナタリアよりくみしやすい妻アグネスと暮らすほうが得策だと考えて、ジョルディは家に戻る決心をする。

さて、ノルマの夫ファランもまた共産党の合法化によって生き方の変更を迫られた一人である。理論派の彼は党内で派手な活動をしてきたわけではないが、友人のジャルミナルと共に投獄された経験を持つ。ファランとジャルミナルは正反対の性格なのだが、光と影のような存在なので、ジャルミナル抜きにファランを語ることはできない。

ファランとジャルミナルは保育園時代からの幼友達である。二人の性格は正反対で、ファランを「静」とすれば、ジャルミナルは「動」、あるいは、ファランを理論派とすれば、ジャルミナルは活動派であったが、お互いを認め合っていた。子供時代、家に閉じこもって勉強しているファランは、外で悪童たちを率いながら様々な遊びを発明するジャルミナルを羨ましく思ったし、ジャルミナルは、物事を論理的に説明できるファランの頭の良さを尊敬しており、ファランが臆病者だと悪口を言う子供がいようものなら、「彼は俺の友達だ」と言って、その子を殴った。ファランが決して臆病者ではないことを知っていたからである。

後に二人は共産党員になる。ジャルミナルは、幼い頃に獄死したアナーキストの父と、共産党員だった祖父（母方の）の影響を強く受けて育ったので、左派系の思想は自分の皮膚のように身についたものだった。それに反して、内戦後、地区で唯一、闇市で小金をためたファランの父親は、当然ジャルミナルの家族とは反対の立場にいて、ファランに「事件があっても見過ごしにしなさい。後で、必ず面倒なことになるから」（HV p.173）と言うのが口癖だった。ファランはそんな事なかれ主義の父親に心の中で反発していたが、口に出すことはできなかった。学生時代に逮捕されたとき、全員が監獄行きになるはずだったが、ファランだけは釈放された。父親が背後から手を回したからである。面目が丸つぶれになった彼は、父親に対して激しい怒りを覚えるが、面と向かって抗議することはできなかった。父の卑小な保守主義を軽蔑していたが、それが、自分にもあてはまることをファランは知っていたのである。

その後のアストゥリアスのスト（本章注1参照）では、ファランもジャルミナルもそろって逮捕される。二人は、まるで一人の人間であるかのように口を割らなかったので、四年の実刑判決を受ける。面会に来たファランの母親が涙ながらに息子の不運を嘆いたのに対して、ジャルミナルの母親は共産党の現状について詳しい報告をすることはあっても、涙を見せることはなかった。活動をしていれば、刑務所に入ることなど日常茶飯事だ、と言わんばかりに。ファランは、そんなジャルミナルの母親をどれほど羨んだかわからない。

出所後の二人の生き方はまるで違っていた。ファランが党の仕事と自分の仕事を両立させたのに対して、ジャルミナルは党大会で知り合ったドイツ人の女性を追いかけてベルリンに行き、そこでヒッピーのような生活を数年続ける。その後、カタルーニャに戻るが、良からぬグループと付き合うようになり、再逮捕されて四十年の実刑を食らう。その頃、ジャルミナルの母親は、癌に倒れて貧窮者救済のための家に収容されていた。もう息子には会えないことを知っていたが、涙一つこぼさなかった。彼女が亡くなったとき、ファランは生まれてはじめて父親に逆らって、彼女のために御棺と墓を買う。

ほぼ一生を刑務所で過ごすはずだったジャルミナルは、フランコの死による恩赦のお陰で再出所する。しかし、それは新たな苦難の始まりであった。ジャルミナルにとって、共産党員であるということは地下活動に身を捧げること以外の何ものでもなかったが、それはもはや時代遅れになっていた。ジャルミナルは、生きる目標を見失い、事故を起こして病院に収容される。その病院を抜け出し、再び無謀な運転をして命を落とす。

ファランは、亡くなったジャルミナルを、今でも地区のガキ大将で、英雄以外の人生を送ることをできなかった哀れな男だと同情する。フランコ体制下ではジャルミナルの派手な活動は伝説となったが、民主主義の時代には活動そのものがすでに存在しなくなっていた。今、必要なのは党内でしぶとく生き残るための政治力で、そのためには日和見主義に徹することも必要であった。だが、それこそジャルミナルに欠けていたものである。フランコ時代に、カタルーニャ主義を貫くために獄死した『日常オペラ』のパジェスは伝説の英雄となったが、民主主義の時代に、無鉄砲な運転で命を落としたジャルミナルは、現実を映画の主人公のように生きた、愚かな男としか評価されなかった。しかし、実際には、居場所を失ったのはジャルミナルだけではなかった。

理論派のファランは、「自分は倫理ゆえに共産党員なのだ」(HV, p.177) だと思っていた。民主主義の時代になっても党内で何とか地位を確保していたが、決して、現在、党を率いている連中を評価しているわけではない。むしろ、嫌悪感を覚えるのだが、面と向かって、それを口にすることができない。不都合なことがあると、くしゃみが出るのがファランの体質であるが、最近、党の集会でくしゃみが出ないことはない。だが、ファランは今でも共産党にしがみついている。

ジャルミナルが入院中にノルマに「船頭の話」を語ったことがある。その話は、まるでジャルミナルとファランを寓話で表したかのようであった。

二人の男が舟の中にいる。哲学者と船頭である。

哲学者　「君は哲学を知っているかね」

船頭　「いいや、知っているのは舟を漕ぐことだけでさあ」

哲学者　「君は人生を半分、失っている」

船頭　「(怒って) おまえさんは、泳げるのかい？」

哲学者　「いいや」

船頭　「(舟を転覆させて) おまえさんは人生そのものを失うだろうよ」(HV, p.191)

ここでは哲学者はファラン、船頭はジャルミナルであると考えられる。理論を頼りにしていた哲学者にとって舟の転覆は死を意味する。しかし、泳げるはずの船頭も陸が遠くて力尽きてしまえば命を落としかねない。実際には、舟のへりにしがみ付いたファランのほうが陸を目指したジャルミナルより命を永らえるが、救助船が現れなければ、彼の命も時間の問題である。そして、救助船は現れなかったのである。

ジャルミナルの葬儀に出席するように説得するノルマに、ファランは決して首を縦に振らなかった。なぜなら、ファランはジャルミナルであり、ジャルミナルはファランだったからである。二人は一人の人間の光と影のような存在なので、一方がなくなれば、もう一方も存在することができなくなることをファランは知っていた。そんなファランにとって、ジャルミナルの葬儀に参列するのは、自分の葬儀に参列するようなものだっただろう。ファランは、生き残りをかけて、過去の自分と決別するためにノルマと離婚し、別の女性と暮らし始める。期せずして、ジョルディ・ステーラスと同じ道を選んだわけである。

共産党がある講演会を主催したとき、それを聴いた女性が次のように漏らしている。

党は私に人間としての尊厳を教えてくれました。でも、自分自身のために生きる道は教えてくれませんでした。(HV, p.183)

共産党のイデオロギーは「人間の尊厳」、「人類愛」など、耳に心地よい標語を掲げて、あたかも自由で平等な世界が実現されるかのような幻想を植え付ける。ロマンティック・ラブ・イデオロギーが「至福」とか「情熱」とか「陶酔」という魅力的な言葉を駆使して若い女性の結婚願望を煽ったのと同じである。イデオロギーの陥穽は、現実を無視して、イデオロギーが推進する言葉に酔わせることにある。共産党内では、党員はイデオロギーに絶対的忠誠を誓わせられている。「絶対的な忠誠」を誓わせるという行為そのものが、すでに自由と平等を制限しているのだが、党員のほとんどはそれに気付くことがなかった。共産党の理念は理想的に見えるが、党内の「掟」を定めるのは党の幹部であり、それは、多かれ少なかれ、自分たちに都合のよい理念であった。それを理論で正当化していたにすぎない。その背後には権力への志向がある。イデオロギーは無菌ではなく、ある目的のために利用され得るものなのである。しかし、イデオロギーの抽象的で崇高とも思える心地よい言葉に、多くの人は、惹きつけられる。時には、それにのめり込んで、自分を見失ってしまうこともある。だが、イデオロギーのために必要以上に自分を犠牲にしなければならないとしたら、もはや、それは抑圧の装置でしかない。イデオロギーの先に空想される世界は、ある意味で、決してたどり着くことのできないユートピアのようなものである。「党は自分自身の生きる道を教えてくれなかった」という女性の言葉はそれを証明している。

フランコ体制下で、反体制運動として主導的役割を果たしてきた共産党は、一九七七年に四十一年ぶりに行なわれた総選挙でわずか二十議席にとどまった。一九七九年の総選挙ではわずかに議席数を伸ばすが、社会労働党が政権をとった一九八二年の総選挙では惨敗し、四議席に激減する。一九八六年には七議席に回復するが、「分裂した複数の共産党による選挙連合・統一左翼（ＩＵ）」と名称が変わってしまい、事実上、崩壊したことになる。

フランコ体制を震撼させた共産党が、フランコ体制終焉と共に勢力を弱めたのは皮肉と言えば皮肉であるが、ファランとジャルミナルが表と裏のような関係だったように、独裁制と共産主義もまた、表と裏のような関係にあったということではないだろうか。換言すれば、フランコ体制という打倒すべき目標があったからこそ、共産党は活発に活動して、存続することができたのである。また、対極にある二つのイデオロギーは性差別的であるという面では共通しており、共産党が掲げる「平等な社会の実現」の中に女性は含まれていなかった。

フェミニズム再考

カメラマンとして自立しているナタリアは「新しい女」であるだけではなく、結婚という枠にとらわれない「自由な女」でもあった。共産党内では、人類愛のために個人的な愛を犠牲にすることが美徳とされていたので、ナタリアのような「自由な女」は理想的だった。ナタリアもまた、ジョルディの活動を写真家として補佐することに誇りを感じていた。

男社会である共産党に女性はいなかったが、ナタリアだけは、写真家として、あるいはジョルディの愛人として、党内に出入りすることを許されていた。女の武器を使って、そのような特権を手に入れたのだという陰口もあったが、ナタリアが党内で一目置かれているのは確かだった。写真家として仕事をするだけではなく、党員の悩みを聞いたり、雑用を引き受けたりすることもあった。党員が家庭内の不満を漏らすとき、ナタリアは、次のように思った。

> 私は、不平ばかり言って、潤いがなく、狭量で、おしゃべりで、党の闘いを理解しないので夫に顧みられなくなった女性、そして、夫にがみがみ言って、毎日の食事や子育てのような、つまらないことを思い出させるような女性と自分は違うと思っている。(HV, p.133)

外国で暮らした十二年間で、ナタリアはスペインを支配する家父長制の概念から自由になり、カタルーニャでカメラマンとして成功するだけの技術と経験を身につけた。当時のスペイン人の女性としては破格である。ナタリアは「解放された女」で、精神的・経済的に自立しているだけではなく、共産党の理念を理解し、党員たちに「頼りにされる存在」になり得るだけの知識と教養を備えていた。それが特権意識となって、夫を陰で支えている女たちを見下していた。だが、ジョルディとの破局が決定的になったとき、ナタリアは過去の自分を振り返って愕然とする。党で特権的に見えた立場は、「党で活動する同志の多くの母親兼相談役になった」（HV, p.94-95）に過ぎなかった。期せずして、伝統的な女性と同じ役割を引き受けていたということになる。

ナタリアを悩ませたのはそれだけではなかった。これまで、どの男性にも我を忘れるほどのめりこむことなく自由恋愛を楽しんできたのに、ジョルディへの愛だけは断ちきることができなかった。二人の思い出をたどりながら、ナタリアは、知り合って間もない頃に二人でルイ・アラゴンの詩「幸福な愛はない」を読んだことを思い出す。次がその詩の一部である。

生きることを学ぶときだ、しかし、もう遅い
夜に私たちの心は声を合わせて泣く
寒さをしのごうとして後悔し、
つまらない歌のために不幸になり、
ギターの調べにすすり泣く。（HV, p.103, 171、拙訳による）

『さらばラモーナ』の娘ムンデタが折りに触れては心の中で暗誦した「エルザの瞳」とは違って、再び、引用されたルイ・アラゴンの詩はもはやエルザとの愛を謳ってはいない。詩が書かれた一九四三年はフランス軍が崩壊した時期であり、アラゴンは「共同の不幸のなかでは幸福はありえない」（大島博光、一九七九年、三〇一頁）と述べている。それをジョルディとナタリアにあてはめるなら、共産党の合法化は「共同の不幸」ということになるだろう。皮肉なことに、晴れて共産党の活動ができるようになり、地下活動をする必要がなくなったとき、共産党員は生きる目標を見失うのである。

さらに、思い出をたどって、ナタリアは、ジョルディの子を宿したときのことを思い出す。妊娠が判明したとき、ナタリアは次のように考えて、即座に中絶を決意する。

> 私たちの結合から息子は生まれない、私たちの関係はすでに深く精神的だから。息子は私たちの作品、私の写真、あなたの活動。もう、それは十分、私たちを満たしているわよね、ジョルディ。私たちは、こんなに理性的で、こんなに客観的ですもの。(HV, p.94)

中絶のためにロンドンに渡ったナタリアは、ついでに不妊手術を受けることを婦人科医に勧められる。ジョルディは、渡りに船とばかりに、その言葉に喜んだ。よって、ナタリアは中絶手術だけではなく不妊手術まで受けることになる。しかし、解放感は束の間で、「ついに男性になったように」(HV, p.94) 感じたナタリアは奇妙な喪失感を味わう。ジョルディとの破局が決定的になると、その喪失感は後悔に変わる。二人の関係が安定しているときは、作品や活動が息子になり得たが、破綻するやいなや、それは意味がなくなり、ナタリアに残ったのは不妊になった「男性のような」体だけだった。小説の中で、何度も「男性のような」という言葉が繰り返されているのは、ナタリアの喪失感と後悔を強調するためであろう。

そもそも、ムンサラット・ロッチは、『嘘でもいいから愛していると言って』で、作品と息子を同等視する意見に異を唱えている。作品は気に入らなければ闇から闇へと葬ることが可能である。しかし、生まれた子供を闇から闇へと葬れば犯罪である。作品と息子はアナロジーとしてはあり得るが、実際には同一ではない。したがって、ジョルディとナタリアが達した結論は机上の理論に過ぎなかったということである。

ナタリアが子供を持つことを否定した背景にフェミニズムの影響がある。ナタリアは、足しげくフェミニズムの会合に通っていた。レズビアン・フェミニズムには違和感があったが、女性の人権を擁護し、女性が自己肯定できるような世界の実現を目指すという、全フェミニズムに共通する目的には賛同していた。目的の実現のためには自分の身体について自己決定する権利が不可欠であり、中絶問題はどのフェミニズムでも中心的な課題である。それが高じて、子供を持つことを恥とするようなフェミニズムの一派まで現れた。次に挙げるノルマとナタリアの会話から、ナタリアがその一派に属していたことが明らかである。

ナタリア　「今日、子供を持つのは恥よね」
ノルマ　「子供から学ぶことは多いのに！　どうして、持とうとしないの？」
ナタリア　「それは、フェミニズムの新しい神話よ」(HV, p.41)

短い会話であるが、ここには、フェミニズム自体が再生産の権利をめぐって真二つに分かれているという、重要な論点が示唆されている。男性と同等の権利をもつことを提唱する「同等派」フェミニズム（Pineda,

1982, pp.257-71）は、女性の自己実現にとって子供は障害でしかないと考えるが、男女差を認めた上で女性の権利の向上をめざす「差異派」フェミニズムは、母性を肯定し、子供を持つことは自然なのだと認めている。どちらの言い分にも一理あり、どちらが絶対的に正しいとは言い切れないので、その選択は個人に委ねられることになる。

妊娠したときに子供を持つことを否定してイデオロギーに生きようとしたナタリアは、「同等派」である。女性の再生産の役割の見直しと中絶の合法化は女性の人権を擁護するものだが、母親になることを恥とみなすようであれば本末転倒もはなはだしい。すべての女性が出産を拒否して男性と同等になることを望んだら、どうなるかを考えてみればいい。結果は一目瞭然である。つまり、「同等派」フェミニズムとは、男性と同等になれる能力を持つ、ナタリアのようなエリート女性をターゲットにしているフェミニズムなのである。男性の世界に食い込みたいと願う女性は、自分が女性であることを否定して男性の真似をする。実際に、その世界で活躍するようになると、特権意識をもって、伝統的な役割に従事する同性を軽蔑しがちである。それについて、エレーヌ・シクスーは「現代のフェミニストは母性の中に潜む罠を告発する傾向にある。母親になることは資本主義的で、家族主義的で、ファルス中心主義的な再生産のシステムに対して、多かれ少なかれ共犯者になることだと考えるからである。だが、母性を告発したり、それに対して慎重になったりすることが、禁止や新しい形をとった抑圧になってはならない」（Bellver, 1987, pp.152-3）と述べている。ナタリアは、解放の思想に囚われるあまりに、自分を見失っていたと言えよう。

ナタリアがフェミニズムの陥穽に陥ったのは、根底に自分が女性であることを嫌悪する気持ちがあったからである。彼女は、主婦におさまっている女たちをもっとも軽蔑していた。黙々と家事をこなすだけだった母親のジュディ、うわべの豊かさに生きる兄嫁のシルビア、不満だらけの共産党員の妻たちの人生は、まったく無意味に思えた。特に、ピアニストになる夢を諦めて結婚した母は犠牲者の代表であり、もっとも軽蔑すべき存在であった。おそらく、生きながら死んでいるような母ジュディの生き様が、ナタリアの中に女性に対する嫌悪感を助長したのだろう。以下のノルマとの会話がそれを示している。

ナタリア「母は影でしかなかった」

ノルマ「わかるわ。でも、（…）お母様はピアニストで、ユダヤ人よね。あなたには、アシャンプラ地区のムンデタがどういうことかわかっていない」

ナタリア「私は犠牲者になる女性には我慢できないの。女性が苦しんでいる抑圧は部分的に女性にも責任があるのだから」

ノルマ「なんてこと！　誰かが同じことを言っていた。思い出したわ。アルムニア・カレラス（『さくらんぼの実るころ』に登場するナタリアの絵の教師）があるインタビューでそう言ったのよ。その理論によれば、黒人が奴隷になったのは彼らが望んだからだと言ってもおかしくないわね」

ナタリア「奴隷だった間は、そう望んでいたのでしょうよ」（HV, p.96）

ナタリアの意見は、特権意識に裏付けられた無謀な意見である。だが、ジョルディとの破局を迎えたとき、ナタリアは自分にも母やシルビアや共産党員の妻と同じ部分があることに気付く。別れに際して、ジョルディに「君は男性のような心をもっているから大丈夫」と言われたが、ナタリアは、そうではないことに気付く。ジョルディのために心の奥に潜む「少女」を殺して「強い女」を演じてきただけだったのである。ナタリアが同性を蔑視するのは女たちの中に弱い自分の姿を見るからであった。「強い女」は、ナタリアにとっても仮面でしかなかったのである。

《母》の模索

ナタリアは、《トランシシオン》という大きな転換期を迎えて過去を振り返らざるを得なくなったとき、伯母のパトリシアから手渡された、母の遺品の日記や手紙を読んで、そこに自分が知らなかった母の姿を発見する。ナタリアは、母の日記に激動の時代を乗り越えるためのヒントがあると直感して母の物語を書こうとする。だが、あまりに近い存在だったために自分で書くことができず、友人のノルマに依頼する。ノルマが書いた小説は小説全体のタイトルと同じ『すみれ色の時刻』と題されて、小説の第二章に収められている。そこには、内戦時の様子と敗戦後が描かれている。敗戦後にペラを授かったジュディは、産みの苦しみ、母の愛や悩み、母性の問題などを日記に赤裸々につづっている。

一九四三年七月、ジュディはリュイス、ナタリアに続いて第三子を出産する。三度目の妊娠はそれまでとは比べ物にならないほど辛く、ジュディはすべてに苛立った。特に、辛い妊娠をもたらした張本人の夫ジュアンに対しては猛烈な怒りを感じた。出産のシーンは壮絶である。以下は、その引用である。

赤ん坊は三日前に生まれた。男の子。痛みはこれまでにないほどひどかった。頭まで痛く、胎内で爆発が起こって、体がばらばらになったような痛み。下腹部だけではなく頭が破裂し、目は一方に、脳は別の方向に飛び出した。鉄柵につかまって、叫んだ……。もう駄目、もう駄目、どうすればいいの。空中に吹っ飛ぶ寸前に、産婆が言った。もう終わりましたよ。喜びがとても大きかったので、立ち上がって、踊りだせそうな気がした。(HV, p.114)

ペラと名づけられたその赤ん坊はひどく醜かった。ジュディは女たちが病室の外でペラについてひそひそ話をするのを聞いて、ひどく傷ついた。後に、ペラはダウン症であることが判明する。だが、周囲が冷たい目を向ければ向けるほど、ジュディはペラを愛した。次の言葉にはジュディのペラに対する愛が表れている。

① 赤ん坊はおとなしくて、決して泣かない。起こさないと乳も吸わない。リュイスやナタリアとは違うけど、私と同じように生まれてきたのだ（HV, p.115）

② 専門家は私に言った。「ダウン症児は乱暴ではなく、甘いものや音楽が好きです。（…）物まねが上手で、ご兄弟のピエロになるでしょう。七歳か八歳までしか生きません」「わかりました。その年齢で死ぬのですね」。でも、今、子供は元気なのだ。しかし、もっとも私を悲しませたのは、家族のピエロという言い方だった（HV, pp.115-116）

③ 皆が（ペラは）死んだほうがいいのに、と考えている。生きるのよ。生きて欲しい。パトリシアは「他の子たち（リュイスとナタリア）よりもペラが可愛いのね」と言う。皆は、それは無駄な愛だと思っている。でも、私は無駄な愛だからこそペラを愛する。誰も私から彼を取り上げることはできない。私の小さなペラは戦争の子なのだ（HV, p.116）。

この引用は、周囲にいる人間と母親では子供に対する愛情がまったく違うことを示唆している。母親にとって、どんな子であろうと、生まれた子はわが子である。だが、周囲はダウン症児のペラを厄介者のように扱う。子供を持ったことのない義姉のパトリシアは、ペラにうつつを抜かして上の二人の子供の面倒を見ないと言って、ジュディを叱責する。夫のジュアンでさえペラを見ては涙を流し、ジュディに「これまで以上に愛している」(HV, p.116) などと言う。そんなとき、ジュディは夫にやり場のない怒りを感じる。なぜなら、涙を流したり、必要以上に優しい言葉をかけたりするのは、ペラを厄介者と思っている証拠だからである。周囲の冷たい目を意識するたびに、ジュディはペラを守らなければという気持ちを強める。それが母の愛なのである。

キャサリン・デーヴィスは、「ジュディがペラに特別に愛情を注ぐのは、彼に、内戦後のカタルーニャの抑圧された社会を重ねているからだ」(Davies, 1994, p.59) と解釈している。ジュディ自身が「私の小さなペラは戦争の子なのだ」と日記に書いているので、ジュディがペラの姿に敗戦後のカタルーニャを見ているのは間違いないだろう。だが、ペラが「戦争の子」でなかったとしても、ジュディは上の二人の子以上にダウン症児のペラに愛情を注いだに違いない。なぜなら、母親にとって公平な愛とは、すべての子供に平等に愛を分け与えることではなく、もっとも愛を必要とするもっとも弱い者に必要なだけの愛を注ぐことだからである。ジュディは、上の二人の子供の資質を見て、「彼らはペラほど自分を必要としていない」と判断しただけで、二人を愛さなかったわけではない。共和国側の敗戦が決定的になって、カティに亡命しようと誘われたとき、ジュディは、幼子がいることを考えて、首を縦に振らなかった。つまり、友情よりリュイスとナタリアを選択したのである。だが、ペラが生まれてから事情が変わる。ペラは誰よりもジュディを必要としていた。完璧な《母》なら、公平に愛を注ぐことができただろう。だが、ジュディは、ペラに手をかけるだけではなく、ペラに対する周囲の敵意とも戦わなければならなかった。その分、リュイスとナタリアの世話がおろそかになるのは避けられなかったのかもしれない。

この、ノルマが書いた小説の中で娘ナタリアが母に対して抱いていたイメージを覆した、もう一つの事実は、母が単なる「犠牲者」ではなかったことである。元来、ナタリアは、ピアニストになることを諦めて父と結婚した母を「犠牲者」とみなして嫌悪していた。ナタリアの意見では、「犠牲者」になるのは、結局、自らが望んだ結果に過ぎなかった。だが、母の日記を読むと、母の世界には常に音楽が鳴り響いていたことがわかる。ジュディは、それを形にしたいという望みを持ち続けていたが、周囲の無理解とカタルーニャの抑圧的な状況がそれを阻んだ。敗戦がジュディの創造力を摘み取ったのである。ジュディの葬儀のときに書いたパトリシアの回想によれば、ペラを亡くした後のジュディは、「姿は私たちと一緒にいたが、存在するのをやめた人のようであった」(HV, p.131) という。この言葉は、「自由なフランス人」のジュディがフランコ体制下では「生きる」ことができなかったことをほのめかしている。

《トランシシオン》という激動の時代に振り回されて自分を見失いそうになっていたナタリアは、母を模索することによって、母の悲劇を理解し、母の中に自らを見出す。母を模索することは自らを模索することであった。ショシャナ・フェルマンによれば、女たちは、「自分を対象物として見るように訓練され『他者』の位置に自分を据えて、自らを疎外するようにと躾られる」(ショシャナ・フェルマン、下河辺美知子訳、一九九八年、二四頁)という。ナタリアが女であることを拒否して男のように生きようとしたのも、この結果である。だが、母を否定することは自分を否定することであった。《トランシシオン》期になって、ナタリアはやっとそのことに気付く。

さて、『すみれ色の時刻』には、もう一人《母》を代表する登場人物がいる。ナタリアの(元)愛人、ジョルディ・ステーラスの妻、アグネスである。二人の男の子の母であるアグネスは、ジュディとは異なる立場から《母》を語っている。次に挙げるのは上の子を身ごもったときのアグネスの様子である。

（アグネスは）鏡で自分を見た。怪物のように見えた。感謝すべきか拒否すべきかわからない体の変化。その変化が喜ばしいと思えるときと、他人の体、つまり、女性の体ではなく、アグネスの顔を自分のものにした怪物の体を見ているようで、それから逃れたいと思うときがあった。そして、すべては、誤りだと思った。誰がこんなふうに私を変えたのか。

（アグネスは）腹部を見た。夏の果物のように、膨らんで、張って、光沢があって、つるつるとした腹。サッカー・ボールのような腹。ちょうど真ん中に下腹部に向かう黒っぽい縦の線が走って腹を二分している。細いけれど、くっきりとした線。（…）

（アグネスは）自問する。あなたは怪物なの？　皆は言う。あなたは愛の極み、つまり、女らしさの頂点にいて、子守唄を聞きながら、やがてお母さんになるのよ。乳房は垂れ下がり、乳首の回りの黒い部分にはぶつぶつができている。その黒い部分はどんどん大きくなって、黒さが増し、垂れ下がっている。

（…）

偉大な奇跡、自然はなんと賢いのでしょう、と、人は言う。しかし、アグネスは自分をついばむ鳥の嘴を想像する。その鳥は、やがて、光沢のある羽をした、大きな黒いカラスになって、聞こえはしないけれどカアカアと泣いて、体の中で彼女に爪をたてる。特に、それが動くとき、つまり、アグネスが動きなさいとも言わないのに、体内で暴れるとき、それが何なのかわからなくなった。腐肉や、内臓や、体の中のものすべてを食い尽くして死臭を楽しむ、血のついた嘴をもつカラスなのか、血を吸う小さなドラキュラなのか。（HV, pp. 75-77）

妊娠による体の変化は、当の妊婦にとっても、想像をはるかに越えるほど急激で大きいものである。胎内にいる胎児は独立した生命体であり、母親の意志とは無関係に動く。これまで、妊婦はその動きを察知して母になる喜びを感じるものだと言われてきたが、アグネスの反応は、それまでの《母》の反応とはひどくかけ離れている。カタルーニャでは「母性は天性のものである」とされており、特に、完璧なカタルーニャ人の女性は「一九三〇年代、一九四〇年代、母になることを夢見て結婚し、結婚するときに、すでに生まれる息子を「感じ」、妊娠する前に息子のことを考えるのが当たり前だった」(Roig, 1980, p.74) という。現代でも、そのような神話は生きており、理想的な《母》とは、強く、優しく、子供のためにすべてを投げ出す人で、それができない《母》は鬼畜である。エイドリアン・リッチは、そのような《母》のイメージこそ、男性が作った神話に過ぎないと説く。[6] どれだけ多くの母親たちが、その神話に束縛されて、自分の感情を吐き出すことができずに苦しんだことだろう。ムンサラット・ロッチはアグネスに妊娠中の気持ちを赤裸々に語らせることによって、従来の母性の神話を破壊しているわけである。それにしても、腐肉をついばむ「カラス」あるいは「ドラキュラ」という例えはあまりに強烈である。アグネスが妊娠に対してそこまで否定的なイメージを持ったのは、《母》になることを望んでいなかったからであろう。その根底には《母》への嫌悪の情がある。

アグネスは、「父が家を出るとき、母が跪き、泣いて、出て行かないようにとすがった」(HV, p.34) ことを忘れることができなかった。《母》になるということは醜態を演じた母と同じ世界に属すということで

6　エイドリアン・リッチは、母性が父権制のもとに定義されるときに女性にとって抑圧の装置となり得ると主張する。なぜなら、父権制の下で、「『普通の』母親はそれ以上のアイデンティティを持たない人のことで、小さな子供たちと一日じゅう一緒にいて、子供たちのペースに合わせて生活することに満足でき、母親と子供だけでずっと家にいることを当然だと考えなければならず、その愛は、文字通り、献身的であるべきで……」(リッチ、高橋茅香子訳、一九九〇年、二七頁)

あった。「誰がこんなふうにしたのか」という言葉には、自分をそのような運命に導いた男性への憎悪がにじみ出ている。だが、出産を終えた後、アグネスは、ナタリアの母、ジュディと同様、解放感で「羽が生えたかのような」(HV. p.80)気持ちを味わう。「空っぽになって、身軽になった気がして、ぐるぐると動き回って、そこから出て行きたい」(HV. p.81)と思い、その心地よさを夫と共有しようとするのだが、ジョルディは党の集会で疲れきって眠りこけていた。そのとき、アグネスは二人の間にすでに溝ができていることを知り、将来の別離を予感する。彼女にとって、《母》になることは夫との距離を認識することでもあった。

それから数年たって、アグネスの予感は見事に的中する。ナタリアと知り合ったジョルディが、妻子を捨ててナタリアと暮らし始めたからである。だが、日曜日ごとに夫は妻子の住むマンションに戻ってきた。アグネスは、母のように醜態を演じるのが嫌だったので、不平を言わずに夫を笑顔で迎えたが、心の中には怒りが渦巻いており、発散できないだけに、その怒りは増幅していった。時には、怒りは母性をも凌駕する。いたずら盛りの二人の息子の兄弟喧嘩を聞きながら、アグネスは次のように思う。

トイレから絶対に出ず、溶けるか、小人になってしまいたい。トイレの水で家族が溺れ、家が洪水になってしまえばいいのに。マルク(下の息子)の泣き声はだんだん強くなり、アドリア(上の息子)の叫びも同様だ。彼女はただ泣きたかった。泣くのを絶対にやめたくなかった。トイレット・ペーパーを綱のように自分に縛りつけて、トイレから出られなくする鎖のように伸ばした。(…)(アグネスは)息子たちよりももっと叫んで、おそらく台所の粥で汚れているだろうマルクのうなり声と、ハムスターを追いかけているアドリアの叫びを押さえたかった。今夜、ハムスターを捕まえて、ピンで目をくりぬい

てやる、と独り言を言った。この考えは、ますます彼女を泣かせた。(HV, p.87)

上記の引用のアグネスの反応は《母》の反応ではないが、感情をもつ人間である限り、《母》でも、子育ての最中にこのような感情にとらわれることは一度や二度ではない(Rich, 1986, pp.24)だろう。だが、この後、ぱたりと叫び声が止んだときのアグネスの行動は迅速である。危険を感じて、急いでトイレから出ると、子供たちは何事もなかったかのようにハムスターと遊んでいたが、床には割れたグラスの破片が散らばり、壊れた洗濯機から出た水が子供たちのすぐ近くまで広がっていた。アグネスは、あのままトイレにいたら大怪我をさせてしまったかもしれないと思い、すまなさでいっぱいになる。次の引用は、アグネスが、夫との問題で、しばしば《母》の役目を放棄することを深く反省して書いた息子たちへの手紙である。

時々、あなた達をこの世に送り出したことに対して、罪人と同じような気持ちになります。あなた達は、母親の中に強さを求めるけど、母さんはとても疲れています。(…)時々、母親であることが恥ずかしくなります。決して、私は良い母親にはなれないでしょう。あなた達は私にとって重石であり、生まれてこなかったほうが良かったのではないかと思うことさえあるのです。それでも、あなた達のお陰で、私は生きていけます。(HV, pp.90-1)

アグネスのこの手紙は子育ての実態と母性の神話との乖離を示している。子育ては、ある意味で、壮絶な闘いである。その闘いの中で母親の自我と子供の自我が真っ向から対立するが、それに折り合いをつけることによって母子の関係が成熟する。母性は、本能として誰にでも備わっているものであるにせよ、子供を生んだだけではまだ赤ん坊のようなもので、子育ての苦労とともに、豊かに成長していくものなのである。アグネスの場合、女性としての部分が母性を押しのけることがないわけではないが、究極のところで母性が他の感情を凌駕している。アグネスの最後の言葉がそれを証明している。

だが、世間は弱い母親に対して苛酷である。《母》は自己犠牲の精神の代名詞であり、自分だけの世界を持つことは許されないし、《母》という役割を完璧にこなさない限り評価されない。ジュディはペラに対しては強い《母》であったが、リュイスとナタリアに対しては完璧とは言い難い《母》だった。アグネスも夫の問題で悩むときには、しばしば《母》であることを忘れた。とは言え、《母》も人間なのだから、いつでも、すべてを同じように愛するということのほうがあり得ないのではないだろうか。ムンサラット・ロッチは、二人の母を提示することによって《母》の強さと弱さを提示し、母性の神話を転覆している。

神話破壊

『すみれ色の時刻』の第一章と最終章には、「ナタリアは地中海のある島で『オデュッセイア』を読んでいる」という副題が付けられている。ナタリアは、旅が終わったら妻の元に戻るというジョルディに心の中で話しかけながら神話を読み、そこに現実を解く鍵があることに気づく。ナタリアの注意を引いたのは『オデュッセイア』の次の部分であり、作中に引用されている。

① 男神様、あなた方は無慈悲です。そして、何よりも嫉妬深いのですね。英雄たちと堂々とベッドを共にした女神を許さないのですから。夫にして愛しているとしても。(HV, p.24)

② ……なぜなら、フェニキア人の前で、眉の下あたりを涙がすーと流れたことが恥ずかしかったから

である。(HV, p.25)

③ ……彼らの一人が船の側舷の下で愛を交わすために体を重ねた。かわいそうに! どんなにきちんとした女であろうと、愛に悩まない女はいないのだ。(HV, p.28)

①は、オデュッセウスを故国に帰すようにというゼウスの命令を伝えに来たヘルメースに答えたカリュプソーの言葉である。女神であるカリュプソーでも、神の中の神ゼウスの言葉は絶対なので、従わざるを得ない。神話の時代にすでに男神と女神は同等ではなかったのである。②は、「男らしさ」を定義している。男が人前で涙を見せるのが恥であるという概念は、遠くこの時代に遡る。③は男女におけるセクシュアリティの非対称性を示唆している。男にとって性行為は日常茶飯事の出来事だが、女にとっては一生を左右されかねない出来事である。すべてを総合すると、この『オデュッセイア』にすでに家父長制の概念の萌芽を見ることができる。

ナタリアは、神話の世界を再検討して、愛人ジョルディをオデュッセウス、その妻アグネスをペネロペイア、自分をキルケまたはカリュプソーに例えている。長年、共産党を率いてきたジョルディ・ステーラスと、トロイア戦争で戦い、幾多の困難を乗り越えて帰還したオデュッセウスは、紛れもなく英雄である。アグネスは、学生時代にジョルディと結婚し、党の活動のため収入を得ることができない夫に代わって、大学を中退して家計を支えた。夫がナタリアと暮らすようになっても不平一つ言わずに笑顔でジョルディを待ち続けるアグネスは、貞節で賢いペネロペイアにふさわしい。ナタリアと暮らすために別居するとき、ジョルディはアグネスに次のように言った。

① おそらく、六年間、君と人生最良のときを過ごした。（…）でも、それは終わったんだ。（HV, p.37）
② 君は僕に依存しすぎる。（HV, p.37）
③ 君は自分の人生を生きなければならない。（HV, p.37, 38）

神話と大きく異なるのは、現代のオデュッセウスは運命に導かれたのではなく、自ら選択してアグネスのもとを去ったことである。アグネスはペネロペイアの役割を引き受け、いつかは元の幸せな生活が戻ってくるのではないかと夢見ながら、ジョルディを受け入れ続けている。

一方、オデュッセウスことジョルディは、キルケあるいはカリュプソーであるナタリアと楽しい時期を過ごすのだが、《トランシシオン》期になって対等な関係が崩れると、突然、ペネロペイアのもとに戻ることを宣言する。以下は、別れ話に際して、ジョルディがナタリアにたいして言った言葉である。

① 僕は妻の目を見るのが耐えられない。気が狂っているように見える、僕を視線で刺すように、じっと見つめて何も言わない。彼女の精神状態が心配だ。（…）君は、岩のように強いから大丈夫。（…）君は岩のようだ。岩のようだ。（HV, p.48）
② いつも君に感謝している。歴史を変えよう。（HV, p.55）
③ 僕は君にとって大して意味がないんじゃないかと思う。君は自分の人生を生きなければならない。（HV, p.62）
④ 君はすべてを捧げすぎる。（HV, p.66）

左記の引用は、アグネスと別居する時のジョルディの言葉と部分的に重なっている。「君は自分の人生を生きなければならない」ということは「別れよう」ということであるが、単刀直入に結論を突きつけずに、まず相手を持ち上げる。それから、もっとも言いたいことを言って、その後には、自分が不利になるのを巧妙に避けて、「君はすべてを捧げすぎる」と、非が相手にあることをほのめかす。話術に長けたジョルディらしい別れの言葉である。このとき、恋の勝利者であったはずのナタリアは奈落の底に突き落とされる。神話が示唆するように、美しく賢いだけでは男性を引き止めることはできないのである。忍耐強いペネロペイアが最後に笑う者になることが約束されている。

だが、最後に笑う者であるはずのアグネスの語りもまた苦渋に満ちている。ジョルディが来るたびに笑顔で迎えるアグネスは、一見、ペネロペイアの役割を完璧に演じているように見えるが、月日が経つにつれて怒りが鬱積していき、ついに、とぐろを巻いた蛇の形になる。もはや極限状態である。「蛇は彼女を待ち伏せて、彼女をものにする。蛇は黒くてどろどろした海の中にいて、夜毎、彼女を水浸しにする（HV, p.94）」。この朝になっても悪夢はまだ続き、下肢が痛み、ねばねばする砂が体中に入ってくる感覚から逃れられない。このアグネスの内面は、嫉妬の感情など微塵も見せず、多くの求婚者をはねつけて、機織りをしながらオデュッセウスを待ち続けた神話の賢いペネロペイアとは大違いである。キャサリン・ベルヴァーは、「フェミニズム的解釈では、ペネロペイアが機織りをするのは自分の無力さを償うための転覆行為で、作品を制作しながら、ひそかに、無言で、男の人生をコントロールしているが、アグネスは転覆行為として夢を紡ぐことさえせず、永遠に帰還することのないオデュッセウスを待ち続けているだけだ」（Bellver, 1987, p.114）と述べている。

だが、現代のペネロペイアはひそかに男をコントロールするのではなく、神話を破壊する。まず、彼女は同じマンションに住んでいるフランセスクという男性と関係を持つことによって貞操を捨てる。

アグネスの住んでいるマンションの中に、髭を蓄え、いつもパイプでタバコを吸っている男性が住んでいた。本名はフランセスクだが、アグネスの二人の子は彼を「キャプテン・ハドック」[7]と呼んで、父親のジョルディ以上に親しんでいた。ある夜、フランセスクが別れの挨拶にやってくる。他の町にもっといい仕事が見つかったので引っ越すのだと言う。アグネスにとって、フランセスクと二人きりで話すのは初めてのことだった。フランセスクは、憔悴しているアグネスを気遣って、次のような話をする。


問題は愛し合っていないことではなく、どうやって愛し合うかを知らないことだ。ひょっとしたら、すでに失ったものを失うのを諦めないことかもしれない……。僕は、エル・アアイウン（モロッコの都市）の出身で、軍人の息子なんだ。決して故国に戻ることはできないだろうということを知っている。もう僕の国ではないからだ。再び、生きる唯一の方法は、以前のようにはならないものがあるということを受け入れることだよ。（HV, pp.100-101）

別の喪失があることを知らされたアグネスは、キャプテン・ハドックに深く感謝する。その後、二人が結ばれたのは自然な成り行きだっただろう。翌日、アグネスは、とぐろを巻いていた蛇（本書二五七頁参照）が消滅していることに気付く。

次に、現代のペネロペイアは、オデュッセウスことジョルディの帰還を拒絶する。そのとき、アグネスは

7　「キャプテン・ハドック」とは、人気アニメ『タンタンの冒険旅行』に登場する、口髭と顎鬚を生やした海の男。大酒飲みで、いつも酒とパイプを持ち歩いている。

長年、心から追い出すことができなかった母親の醜態の呪縛から解放されて、「長い、途切れ途切れの泣き声を発しながら母親がしがみ付いていた玄関のドアをついに横切った」（HV, p.270）と感じる。女性に課せられた「待つ」という役割を振り切ることによって、アグネスは神話を破壊すると同時に、母親への嫌悪の情を克服して、自分を取り戻したのである。これこそ、真の解放と言えるのではないだろうか。

伝統的な役割に甘んじ、ナタリアにとって軽蔑の対象であったアグネスがこれを成し遂げたことに、より深い意味がこめられている。なぜなら、アグネスは、『さらばラモーナ』に登場する三人の「ムンデタ」同様、伝統的な価値観に従って、繰り返しの人生を送ってきた無数のカタルーニャの女性の一人に過ぎないからである。自分の力で神話を破壊して解放を勝ち得たアグネスと、解放の思想に振り回されて自分を見失ったナタリアとは好対照をなしている。

《女のエクリチュール》の模索

《女のエクリチュール》とは、一九七〇年代にジュリア・クリステヴァ、モニカ・ウィテッグ、エレーヌ・シクスーたちが提唱した概念である。彼女たちは性差を成立させている根本的な原因が過去の文学や哲学の中にあることを主張し、それとは異なる《女のエクリチュール》があることを主張した。ガスコン・ベラは、スペインの女性文学においては特にエレーヌ・シクスーの影響が顕著である（Gascon Vera, 1987, pp.59-77）という。実際に、繰り返しや、造語や、掛詞のように二重の意味をもつ語などを多用しているシクスーの論文は抽象的でわかりにくいが、シクスーの文体そのものが《女のエクリチュール》の典型であると考えられている。それを要約すれば、次のようになるだろう。

《女のエクリチュール》とは、女性性に属すると考えられている拡散性、転覆力、多様性をその特徴、機能とするが、実際には、生物学的な性に特定されるものではなく、父権社会の支配の特徴である二項対立を打ち壊す言語を、広く指すことが可能である。（傍線は筆者）（川口喬一、一九九八年、三六頁）

ムンサラット・ロッチ自身は「《女のエクリチュール》の議論は真実でもあり、虚偽でもあるので深入りしたくない」（Roig, 1991, p.76）と述べている。だが、第三作『すみれ色の時刻』の第二章「小説『すみれ色の時刻』」を読めば、実際には並々ならぬ関心を持っていたことが明らかである。なぜなら、そこには上記に挙げた《女のエクリチュール》の特徴がすべて見られるからである。

そもそも、『すみれ色の時刻』は、前作の『さくらんぼの実るころ』の反省から書かれた小説である。サン・ジョルディ賞を受賞した『さくらんぼの実るころ』は、間違いなく秀作であるが、ムンサラット・ロッチ自身は「ほとんど風俗小説」（HV, p.20）に過ぎないと述べて、満足していない。以下がその理由である。

（『さくらんぼの実るころ』は）「誰かがこう言った、誰かがこう考えた」というような事実に引きずられ、外側から見た歴史に引き寄せられて、二人ないし三人の登場人物を除いて、社会学を追放することができなかった……（HV, p.20）

したがって、『すみれ色の時刻』では、これまで語りえなかった女性をいかに語るかということが大きなテーマの一つとなっている。

『すみれ色の時刻』は、プロローグと四章からなり、それぞれ一人またはそれ以上の登場人物に焦点があてられている。プロローグ「一九七九年の春」ではノルマとナタリア、第一章「失われた時　ナタリアとアグネス」ではナタリアとアグネス、第二章「小説『すみれ色の時刻』」はジュディが中心で、それにパトリシアの回想が付け加えられている。第三章「散逸した時　彼らとノルマ」ではノルマを通して、女として、作家として、カタルーニャ人としての苦悩が描かれ、第四章「開かれた時」では、再びナタリア、ノルマ、アグネスが登場して物語は最初に戻る。

第二章の小説に、小説全体と同じタイトルが付けられているのは、二つの小説の舞台となっている時代に作者が共通点を見ているからであろう。第二章「小説『すみれ色の時刻』」には内戦前の自由なカタルーニャを謳歌した世代が、どのように内戦に対峙し、敗戦後の世界で生きたのかが、詳らかにされている。ジュディは、敗戦で親友のカティを失い、戦後、ダウン症の子ペラを授かるが、その子も失う。その後、卒中に倒れ、生ける屍となって六年、生き続ける。ジュディの葬儀に際して、義理の姉のパトリシアがジュディの思い出を書き綴っている。

他方、ムンサラット・ロッチの第三作『すみれ色の時刻』全体はフランコ体制終焉後の《トランシシオン》の時代を描いている。フランコ体制が終わって、共産党は合法化され、自由な時代が訪れる。夢が実現したかのように見えるが、実は、共産党員は、合法化によって、地下活動をする必要がなくなり、生きる目標を見失う。アイデンティティの危機である。それぞれが、生き方を変えることを余儀なくされる。その影響をもろに受けたのが、女たちである。

「敗戦後」と《トランシシオン》期は、一見、まるで正反対の様相を呈しているように見えるが、一つの時代の「終わり」という意味では共通する部分がある。どちらの時代でも、『すみれ色の時刻』、すなわち、時代の変わり目で、人々は安らぎを得るどころではなく、不毛な環境で、無意味に生きることを強いられているのである。作者は、この二つの「すみれ色の時刻」を対比することによって、自分が直面している〈トランシシオン〉期を解くカギを模索しているように思われる。

さて、小説の中の小説、第二章「小説『すみれ色の時刻』」が書かれたのは、ナタリアが資料（日記、手紙、覚書等）を基にジュディとカティの物語を書くことをノルマに依頼したことによる。ナタリアは、ジョルディとの破局を経験して、思い出から文学が創造できるのではないかということに思い至る。なぜなら、二人の思い出を反芻するたびに思い出の中のジョルディが再解釈され、再創造されることに気付いたからである。おそらく、「文学とは、ある細かい部分を基にして過去を創造すること」（HV, p.45）なのだろう。そのようにして作られる物語の「すべては、選ばれた断片を基にしてなされる。それらの断片が徐々に内面の物語、つまり思い出の物語になっていく。記憶の中にある思い出の順番は決して時間通りではないし、一貫しているわけでもない」（HV, p.140）。そのようにして書かれた小説は、おのずから、リアリズムの小説とは違うものになるだろう。だが、ノルマは、ブルジョワの女を批判的な目で見ており、それをテーマにして小説を書くことに、まったく興味をそそられなかった。

第一章には、対立するナタリアとノルマの対話がところどころに挿入されているが、それは、ムンサラット・ロッチ自身の葛藤を表していると言えよう。ノルマには、断片的な「思い出から文学を創造する」という方法を試してみたい気持ちはあったが、ブルジョワの女をテーマにして書くことには疑問を感じていた。だが、最終的にノルマ＝ロッチは『すみれ色の時刻』を書く決心をする。その理由は、ナタリアの次の言葉に賛同したからである。

消えてしまった、あるいは、あたって砕けてしまったすべての女たち。歴史、大文字の歴史、つまり

男の歴史が不確かにし、罰し、あるいは理想化したものをすべて言葉で救わなければならない。（HV. p.50）

ここで言う「歴史、大文字の歴史」とは公に記された歴史を指す。公の歴史は常に体制側にあり、その主体は男性である。稀に女性が描かれることがあっても、社会的な記憶として共有されている公の歴史を補完する役割しか与えられていない。だからこそ、ナタリアは、歴史に忘れ去られた者の視点から小説を書くべきだと主張したのである。そのようにして書かれた小説は、新たに歴史を構築し、公の歴史とは異なる立場から歴史を証言する可能性を秘めている。ドーリ・ローブによれば「証言とは語り手が証人としての立場を回復し、内なる『汝』、自分自身の中にいる証人や聞き手の可能性を再構築する過程である」（ローブ、栩木玲子訳、二〇〇〇年、一一三頁）という。そのとき、語りは、おそらく、リアリズムの小説とは無縁のものになるだろう。なぜなら、「語りえぬものを物語＝叙述（histoire）の仕方で語ることはあくまで不可能だ」（高橋哲哉、一九九五年、二八頁）からである。したがって、「出来事の時間的順序は無視され、錯綜し、逆転さえさせられ、とくに『一種の調和的発生があったかのような』説明的叙述は拒否される」（高橋哲哉、一九九五年、三十頁）。それは必然的に既存の言語とは異なる言語とならざるを得ない。

第二章「小説『すみれ色の時刻』」は、ローブや高橋の主張を実践したかのように、時間の流れに一貫性がなく、従来の小説という概念を破壊している。一九五八年の地の文（五回）と一九四二年九月二十日から一九四八年九月十五日までの断続的なジュディの日記が交互に配され、最後は、突然、一九六四年のジュディの葬儀におけるパトリシアの回想、一九三六年七月のカティとジュディを描いた地の文、一九三八年十月二十七日のカティのパトリック宛の手紙、一九三八年の地の文、と続いて、一九五〇年十一月一日のジュディの日記で締めくくられる。

複数のジャンルを有する、第二章「小説『すみれ色の時刻』」の一貫性のない構造について、一つの物語としては行き過ぎであると考える批評家（Asís Garrote, 1996, p.267）もいる。だが、ムンサラット・ロッチは、女性が生きてきた現実をより忠実に再現するために、意識的にジャンルの越境を試みたのだと考えられる。ノルマが書いたと設定されているのは地の文（一九五八年、一九三六年、一九三八年）だけである。創作部分である地の文を最小限度に抑え、日記、手紙、覚書などの資料をそのまま生かしているのは、小説に登場した人物の存在感を高めるためであろう。それを、さらに強調するのが、「ジュディの覚書とカティの手紙を操作することはできない。それは冒涜のように思えた」（HV, p.270）というノルマの言葉である。それについて、キャサリン・ベルヴァーは次のように述べている。

ムンサラット・ロッチは、伝統的な男性の作家による歴史的評価では受動的な他者である女性の位置を転覆するためにフィクションを使う。小説で男性の地位を周縁に置くだけではなく、日記、メモ、モノローグ、第三者による評価など、女性の多様なテクストを作品に取り入れて、女性の歴史的意味を増幅している。なぜなら、女性のテクストは、女性の歴史と同様、正典から無視され、水面下に沈められ、排除されてきたからである。それは認可された文学とは異なり、得がたく、断片的である。このような非公式で、非文学的なテクストは考古学的な発見となって、無視された文化に光を与える。つまり、ロッチが挿入するテクストはすべて、秘密のメモであれ、束の間の会話であれ、沈黙を守ることを強いられてきた人たちに声を与え、公式化されなかったテクストに形を与えるのである。（Bellver, 1991, p.221）

というわけで、完成稿である第二章「小説『すみれ色の時刻』」を読めば、最終的に、ノルマがナタリアの考えを受け入れて、「思い出から文学を創造」したことがわかる。しかし、そこに到達するまでには、作家として大きな苦悩があった。それが描かれているのが第三章「散逸した時　彼らとノルマ」である。第三章は「フィクションの創造とフィクションに関する陳述を同時に行う」（ウォー、結城英雄訳、一九八六年、一九頁）テクストであり、そのような書法は、メタフィクションと呼ばれている。ノルマの口を借りて、ムンサラット・ロッチ自身がメタフィクション書法を駆使して、①作家の個人的な経験が創作にどれほど役に立つのか、②ルポルタージュやインタヴューがどれほどの真実を伝えることができるのか、③作家としての仕事と個人の生活のどちらを優先すべきか、④なぜ書くのか、が語られている。

①作家の個人的な経験が創作にどれほど役に立つのか、を明らかにするために、書き手たるノルマは、プライベートな関係に言及している。数年前にファランと離婚したノルマには、現在、アルフレドという妻子のいる恋人がいる。いわゆる不倫の愛であるが、夫婦として過ごしたファランとの愛とはまったく異なるものだった。ファランとの愛が日常生活の中で徐々に輝きを失ってルーティン化していったのに対して、人目を忍んでホテルで愛し合うアルフレドとの関係はぞくぞくとするような喜びを与えた。しかし、妻の存在が気になり始めると、ノルマは嫉妬心を抑えることができなくなる。その経験から、物語の主人公であるジュディの友人、カティと妻子あるアイルランド人の義勇兵パトリックとの愛（『すみれ色の時刻』、本書第二章で詳述）を想像しようとするのだが、状況があまりにも違うことに気付いてジレンマに陥る。次の引用に、そのときのノルマの気持ちが表されている。

毎朝、（ノルマは）カティとパトリックの愛を創造するための努力をしなければならなかった。二人は、どんな人物だったのだろう。カティは、あまりえり好みをせずに慎みなくセックスを楽しんだ末に、初めて恋をした女性だ。危険を冒すことを望んだ女性。（…）ノルマは、見たこと、聞いたこと、考えたことをすべて書けたらと思った。そしたら、論理的なことも非論理的なことも一つの調和のとれた作品になるのに。しかし、彼女は、壮大な作品を創るための道具を与えられたのに、能力がなくてそれを思い通りにできない子供のようだった。子供は道具に強く惹かれて立ち止まったのに、見るだけで、道具の前で魔法をかけられたように立ち止まっていることしかできないのだ（HV, pp.248-249）

この言葉には作家の苦悩が素直に表現されている。ノルマは、小説を書くためには経験が必要だと考えて、常日頃、数奇な経験する機会を逃さないように努めてきたが、これまでのどの経験もカティとパトリックの愛にあてはまらなかった。つまり、経験の有無だけでは小説を書くことができないということである。作家にとってより大切なのは、むしろ、想像力、知識、そして、解釈する力であることに気付く。

ジュディとカティの物語がほぼ完成しようとしているとき、ノルマは、ナタリアに言われるままに、鏡に裸の自分を映してみたことがある。そこには無防備なノルマがいた。小さくて、傷つきやすく、反対者に異議を唱えることのできないノルマ、フェミニズムの集会で滔々と意見を発表するノルマとは、まったく違うノルマ……。鏡の中に弱い自分を発見したノルマは、突然、カティもまた弱さを秘めた人間であるということに気付く。そして、カティがパトリックの公正さを愛しながらも妻への嫉妬を克服できなかったことを確信する。他人を知るには、まず自分を知らなければならない。そこから想像力や解釈する力が湧いてくるのである。

②ルポルタージュやインタビューがどれほどの真実を伝えることができるのか、という問いのきっかけになったのは、ノルマが書くことになったナチス収容所のカタルーニャ人のルポルタージュであった。その仕事に着手するまで、ノルマは、ナチスの収容所について歴史が伝える大まかな知識しか持っていなかったが、まず、彼らが経験した、想像を絶する悲惨さに打ちのめされる。亡くなった「スペイン人のアカ」はカトリック教徒の墓地に葬られることはなく、採石場の周りに埋められた。フランコ体制終焉後、そこは墓地として認められるが、一人一人の遺体の確認はもはや不可能になっていた。したがって、番号が付されている墓には「体はなかった。遺体はなかった。遺体や骨壷を納める壁龕も個人的な墓碑もなかった。花も。彼らを失った人、彼らを愛し、今も彼らを覚えている人の中には恐らく彼らの名前は残っているに違いない。しかし、その人がいなくなると、無になる」（HV. p.261）のである。

ノルマは、運よく、ナチスの収容所の数少ない生存者たちにインタビューする機会を得るのだが、彼らは、その時の記憶を語ろうとすると、一様に言葉を失ってしまう。断片的な彼らの語りは、到底、一つの物語にはならなかった。そして、最後に決まってこう言うのである。「真実は決して知られることはない」（HV. p.262）と。この経験を通して〈出来事〉の表象不可能性に直面したノルマは、ルポルタージュの限界を知り、無菌のルポルタージュは存在しないのではないかという疑問を持つに至る。

③作家としての仕事と個人の生活のどちらを優先すべきか、という問いかけもまた、ナチスの収容所に追放されたカタルーニャ人のルポルタージュの仕事をしていたときに生じたものである。長い間、情報の提供をためらっていたナチス収容所の生存者の一人が、ある日ノルマに電話をかけてきた。病気でもう長くはないから情報を提供したいという。しかし、そのとき、ノルマはこの申し出に快く応じられない個人的な事情を抱えていた。愛人のアルフレドからの電話を待っていたのである。けんもほろろにナチスの収容所の生存

者からの電話を切ったノルマは次のように思う。

確かに他人の痛みには我慢がならない。しかし、必要がなければ、それから解放されているのも事実である。(HV, p.232)

実に、正直な感想である。しかし、この後、ノルマは、ほどなく帰らぬ人となってしまった彼に対して消すことのできない負い目を感じることになる。この一件は、「個人への愛と人類愛は、どうして相容れないのか」(HV, p.273) という疑問へとつながっていくが、それは、最終章で解決される。ノルマは、社会と個人を結びつけるのは言葉以外になく「集合的な愛と個人的な愛を一つにする戦い」(HV, p.269) を通じてなされるということに気付く。一見、相反するように見える二つの要素は、実は相互に深く関わっており、その媒介として言葉がある。ノルマは、言葉は、個人的なものを表現することによって公のものを変える可能性を秘めており、その役目を担うのが作家なのだと結論づける。

最後に、ノルマは、④なぜ書くのかという疑問にたどり着く。ノルマにとって、「書いてきた多くのことは、ナタリアとノルマに起こったことを理解しようとする執着以外の何物でもなかった」(HV, p.229)。書くことによって〈出来事〉の記憶が整理されて全容が見えてくる。それを分析し、必要であれば過去に遡ったりインタビューしたりすることによって〈出来事〉をより深く理解することが可能となる。そのようにして〈出来事〉の答が引き出されていく。換言すれば、書くことは〈出来事〉の答を探求することだと言えよう。以下はそれを裏付けるロッチの言葉である。

> グレアム・グリーンは、絵を描けない人、作曲できない人、書くことのできない人、あるいは自分の痛みや世界の痛みを表現できない人は非常に不幸だろうと言います。結果が良かろうと悪かろうと、自分を表現する可能性、つまり、説明できないことや謎を表現できる可能性は素晴らしいと思います。私はいつもそれをしたという事実に感謝の念を感じるのです。(Roig & Simó, 1985, p.62)

「書く過程」に触れることによって、書くことの苦しみを露わにしたメタフィクション的な第三章と、それを乗り越えることによって書かれたとされる第二章は、まさに、《女のエクリチュール》の拡散性、転覆力、多様性を具現していると言えるのではないだろうか。

ノルマを通した文学の探求によってムンサラット・ロッチはそれ以降の小説に独自の境地を切り開く。『すみれ色の時刻』は、そこに至るまでの自分との戦いの過程だとも言える。この変化に注目しているのがラモン・バックレーである。彼は、ムンサラット・ロッチの一九八〇年以前に書かれた小説、『さらばラモーナ』、『さくらんぼの実るころ』、『すみれ色の時刻』は「男性の言語」で書かれていると主張する。以下がその理由である。

> ムンサラット・ロッチの小説では、女性は《外側》、つまり、男性の観点から考えられる時にだけ理解され、女性の権利は、男性の言語である家父長制のコードを使ってのみ主張されている。なぜなら、権力闘争に巻き込まれている女性は、権力を獲得すると、男性と同じ言語を使うからである。ムンサラット・ロッチの小説は、この百年のカタルーニャの歴史における、男性による女性への支配を力強く告発する。さらに、彼女の小説は、女性の登場人物の生き生きとした肖像を通して、虐げられた女性の状況

をドラマチックに描いている。しかし、これらの登場人物は《内側》ではなく《外側》から見られている。(Buckley, 1993, p.130-1)

ラモン・バックレーの主張を裏付けるかのように、ムンサラット・ロッチ自身が、著書『女の時代?』(一九八〇)で、「私は男の心と女の体で書いてきた」(Roig, 1980, p.26)と告白している。そして、作家として認められたいという気持ちが強かったため、自分を発揮できる男の世界に惹きつけられて、長い間、男になりたいという誘惑を捨てることができなかったという。さらに、ムンサラット・ロッチは次のように続けている。

糞尿について話さなければならないとき、シルビアや三人のムンデタが思い浮かんだ。しかし、大事(大学の危機、刑務所、フランコ時代の恐怖)に至っては、一人の男性が女性たちにとって代わった。(…)それがジョルディ・ステーラスである。彼は、私が人生で遭遇してきた超自我で、多くの場合、現実の男性ではなく、私が抱える恐怖、心もとなさ、意見を述べるときの不安、人生ではしばしばしてきた失敗を反映する亡霊なのである。(Roig, 1980, p.25)

ジョルディ・ステーラスは共産党のヒーローとして象徴的な登場人物である。名前を変えたり、複数の登場人物に分散して、繰り返し登場する。『洗い物は多いのに石鹸は少ない』と『さらばラモーナ』では、娘ムンデタの恋人であり、『さくらんぼの実るころ』では、エミリオと名前を変えてナタリアの恋人であり、『すみれ色の時刻』では、アグネスの夫であり、ナタリアの愛人である。ジョルディのように、知的で、話術に長け、抽象的な大きな目標を掲げて人心掌握をするのが得意な男性は、おそらく、ムンサラット・ロッチの実人生にとっても大きな意味を持つ存在だったに違いない。自分の経験をそのまま小説に反映しているわけではないが、作家自身がプライベートな面で左派の活動家と二度、結婚しているのは事実である。[8] 彼らは、ムンサラット・ロッチが理想とする男性像の原型であり、彼らのようになりたいという気持ちから、ジョルディ・ステーラスという超自我が生まれたと言っても過言ではないだろう。だが、ロッチの中には、娘ムンデタ、ナタリア、ノルマ、アグネスの部分も同居しており、ジョルディ・ステーラスに翻弄される。小説の女性の登場人物がムンサラット・ロッチの女性性を表すとすれば、ジョルディ・ステーラスは男性性を表していると考えられる。最初の三作で両者の闘いは、名前を変え、時を越えて、何度も何度も執拗に繰り返される。それは、ムンサラット・ロッチ自身の内面における男性性と女性性の相克を表しているかのようである。

だが、両者の闘いは、『すみれ色の時刻』の最後のシーンで終止符を打つ。アグネスが、家庭に戻りたいというジョルディ・ステーラスに「ノー」と答えたとき、圧倒的な優位に立っていた夫と、長い間、服従を強いられてきた妻の立場は逆転する。それと同時に、ジョルディ・ステーラスは消滅し、それ以降の小説で主役を演じることはない。それは、ロッチの中で女性性が勝利したことを意味するのではないだろうか。そ

---

8 一九六六年の「ラ・カプチナーダ」事件の同年、ロッチは「学生同盟」の幹部の一人、アルベル・プッチドゥメナクと結婚し、一九七〇年に長男ロジェーを出産するが、子供を持つことに反対だった夫は妻子を捨てる。ほどなく、カタルーニャ統一社会党中央委員会の機関紙『労働』の編集長をしていたジョアキン・サンペラと知り合って再婚し、一九七三年から一九七五年まで郊外の家に住み、一九七五年には次男ジョルディをもうけるが、その頃より二人の関係は悪化して破局を迎えた。（Simó, Isabel-Clara, *Si em necessites, xiula ¿Qui era Montserrat Roig?*, Barcelona: edicions 62, 2005, p.25）

れを肯定するかのように、ムンサラット・ロッチは「男の心で武装するのを止めて、自分自身の心で自分をみつめたい」(Roig, 1980, p.26) という心境の変化を表明している。それ以降、ロッチの作風は一変し、共産党の闘士とブルジョワの若い娘というパターンは影を潜め、カスティーリャ対カタルーニャという図式の中では見落とされがちだったカタルーニャ主義や移民の問題が大きく浮上する。

ラモン・バックレーは、最初の三作が「男の言葉」で書かれていると主張するが、筆者の意見では『すみれ色の時刻』は過渡期の作品である。これまで擁護してきたカタルーニャ主義が、すでに疑問に付されているからである。

『すみれ色の時刻』第三章では、ナチス強制収容所のカタルーニャ人についてのルポルタージュの取材のため、ノルマが現地を訪れる。フランコ体制が崩壊して、強制収容所で亡くなった人たちの墓地の建設が許可されたからである。そのとき、ナチス強制収容所の生存者たちは、次のように語った。

① これは、私たちの旗だ。この共和国の旗のために多くの人が死んだ。でも、今、誰がそれを覚えているのか? この旗を誰が思い出すというのか? (HV, p.245)

② 一九三九年に国境を越えた時に持っていたのと同じ旗を持って、私たちはここに来たのだ。(HV, p.246)

自由な時代の訪れを信じて、多くの人が共和国側で戦った。彼らにとって、共和国のシンボルだった州旗は神聖なものだった。だが、四十年を経ると、その州旗は無用の長物でしかなかった。あれほど人々を駆り立てた共和国のイデオロギーは、時の流れの中に埋没してしまったのである。

ロッチ自身が体験したこの墓地の場面は、「お母さん、鮭のこと、わからないよう」という題名で、ムンサラット・ロッチ最後の短編小説集『若人の歌』に収録されている。その短編では、子孫を残すために流れに逆らって川を遡る鮭が、体制に逆らって共和国のために戦った国外追放者のメタファーとして使われている。鮭が目的地にたどり着いたときに待っているのが死であるように、イデオロギーを信じて体制に逆らった者を待っていたのも名前すら残されることのない死であった。ナチス収容所のカタルーニャ人についてのルポルタージュや「小説『すみれ色の時刻』」を描く過程を通して、ノルマという登場人物の口を借りて、ムンサラット・ロッチは、イデオロギーとは何なのかを問いかけている。正しいと思えるイデオロギーも、時代が変われば、色あせ、まったく無意味になることもあり得る。それに気づいたとき、ムンサラット・ロッチは、イデオロギーというフィルターを通して見るのではなく、自分の目で見ることを学んだのではないだろうか。

3.『日常オペラ』、もしくはカタルーニャの他者

『日常オペラ』では、アンダルシア移民であるマリ・クルスが主役である。ロッチのそれまでの作品にもアンダルシア出身の移民が登場しないわけではないが、常に周縁に位置し、他者として描かれている。例えば、『さくらんぼの実るころ』には、ミラルペシュ家のメイドで、アンダルシア出身のアンカルナがいる。アンカルナは、人生の半分以上をミラルペッシュ家に捧げている。ジュディが卒中に倒れた後には、ジュディの世話をしながら一家を切り盛りし、ジュディ亡き後はジュアン・ミラルペッシュに仕え、最終的に伯母のパトリシアのメイドとなる。アンカルナは、それまで一人で暮らしていたパトリシアにメイドは不

必要だとわかって、やっと自分の人生を歩き始める。すでに中年になっていたが。かねてからの求婚者との結婚を決意したのである。リュイスもシルビアも、ジュディのためにあれだけ滅私奉公したアンカルナの結婚式に出ようとはしなかった。ミラルペッシュ家からのたった一人の出席者として、ナタリアは、そのことを淋しく思う。そのナタリアも、パーティになると、カタルーニャとは全く違うアンダルシアの世界を見て違和感を覚えている。雇い主と雇い人は、どんなに親しく見えても家族にはなり得ないのである。

ムンサラット・ロッチは、作家ファン・マルセ（一九三三〜、バルセロナ生まれ）にインタビューして、バルセロナにおける移民の世界が自分にとって未知の世界であったと告白し、次のように述べている。

（ファン・マルセの作品を読むとき）周縁にいる人の世界とカタルーニャ文化の間には分裂、相違、深淵が存在することを私は理解した。二つの世界の間には何の関係もない。いつか、感情的な対決や馬鹿げた敵対視をすることなく、互いの無知の理由が分析されることを望んでいる（Roig, 1975, p.90）。

「未知の世界」を描くことは、大きな挑戦である。だが、ムンサラット・ロッチは、見事に、それを成し遂げている。『日常オペラ』の中でマリ・クルスの傍にカタルーニャ人であるドゥックとアルタフーリャ夫人を配することによって、アンダルシアとカタルーニャの両方を際立たせている。

「父」なる幻想

マリ・クルスはアンダルシアで私生児として生まれた。三歳の時に職を求める母親とともにバルセロナに移住し、十五歳で学校を卒業するまで少女時代の大半を修道院が経営する施設で過ごす。施設には親または親戚との面会日があったが、父親のいる子は少なかったので、施設にやってきた父親は、自分の娘だけではなく、「父親」のキスを待ち望む別の少女たちにもキスをするのが習慣となっていた。大勢の少女が「父親」のキスを並んで待った。もちろん、マリ・クルスも列に並んだ一人であった。「父」のキスは喉から手が出るほど欲しいものだった。あるとき、娘の面会に来た父親の一人がマリ・クルスにマロン・グラッセをくれた。その夢のような甘さに、マリ・クルスは、それまでにない幸せを感じる。それ以降、マロン・グラッセは「父」の優しさを象徴する菓子となる。

単調な施設の生活で忘れがたいのは庭師の事件である。庭師は、週に三度、庭の手入れのために、施設にやって来た。そのとき、お気に入りの少女を数人、道具小屋に呼んで、いかがわしい遊びをしていた。キャラメル一個と引き換えに、少女たちの体を触るのである。マリ・クルスも何度も体を触られた。遊びはエスカレートして、パンツを脱げば、特別なキャラメルをあげると言われたとき、マリ・クルスは躊躇しなかった。たばこの匂いのする庭師にはかすかに「父」の匂いがしたし、甘いキャラメルは「父」の優しさを連想させたからである。だが、ほどなく秘密は暴かれ、警察が出動する事態となる。庭師は逃げ、道具小屋で遊んだ少女たちは純潔を失ったとみなされて罰を受けた。特に、マリ・クルスは、修道女たちに「母親に似て、もっとも淫らだ」(OQ. p.94) と罵倒されたが、彼女に罪の意識はまったくなく、キャラメルがもらえなくなったことを悲しんだ。数週間後、庭師が例の道具小屋で首を吊って死んでいるのが発見された。

父親のいないマリ・クルスは母親と同じ姓を名乗っていたが[9]、卒業直前に、伯母たちは、それでは姉妹

9　スペイン人の姓は二つの姓(父親と母親の第一姓)から成り、女性は結婚しても姓は変わらない。したがって、兄弟は同じ姓だが、両親と子供の姓は、当然、異なる。マリ・クルスの場合は、父親の姓がわからず母親と同じ姓を名乗っていたので、伯母たちは、姉妹のようだと懸念したのである。母親が結婚すれば、子供のマリ・クルスは父親の第一姓と母親の第一姓を自分の姓とすることが可能になる。

のようでおかしいと言って、マリ・クルスの母を結婚させる。マリ・クルスは念願の父を得たわけだが、義父は「父」というよりは母の夫であった。しばらく彼らと共に暮らすが、「両親」との生活に違和感を覚えたマリ・クルスは、単身、パリに渡る。

パリでは、男根のレプリカを集めている、風変わりな詩人の家でメイドとして働く。詩人に関係を迫られたが、マリ・クルスは求めに応じず、将来の恋人のために純潔を保つことを決心する。ユダヤ人である詩人の妻はマリ・クルスを毛嫌いした。夫がマリ・クルスを追い回していることを知っていたからである。だが、理由はそれだけではない。詩人の妻は、フランコに独裁を許したスペイン人は皆、ファシストの手先だと考えていた[10]。というのも、詩人の妻の父はアウシュヴィッツで灰になり、母は死んで石鹸になったからである。マリ・クルスは詩人の妻に「ファシストの豚」とよく罵倒されたが、フランコが死んだとき、わずか十二歳で、独裁者についての記憶がほとんどなかったので、なぜ罵倒されなければならないのか、わからなかった。それより、羨ましかったのは、灰になったにせよ、詩人の妻に父親がいたことである。父親を知らないマリ・クルスにとって、父親のいる人ほど羨ましいものはない。やがて、マリ・クルスは一日をフランスパン一個で過ごさなければならない環境に見切りをつけて、バルセロナに帰る決心をする。

バルセロナに向かう列車の中で、マリ・クルスは腹の突き出たオランダ人と隣り合わせる。そのオランダ人は、何かと理由をつけては彼女の体に触れてくる。ついに堪忍袋の緒が切れて、マリ・クルスは、オラン

10 スペインは第二次世界大戦には参戦していないが、内戦のときにドイツとイタリアの支援を受けており、第二次世界大戦で主役になる空爆の実験場を提供している。フランコ体制下では、政治的な理由による投獄や処刑が体制の終焉間際まで続き、国際的に物議をかもした。ファシズムとはムッソリーニの政治運動の呼称だったが、広義にはドイツのナチズムやスペインのフランコ独裁など同様の運動をさす。

ダ人をなぐってしまうのだが、オランダ人のくれたマロン・グラッセに懐柔される。マロン・グラッセは「父」の思い出の菓子だからである。ほどなく、列車はバルセロナに到着し、マリ・クルスは首尾よくオランダ人と別れる。

以上のことから、マリ・クルスにとって「父」とは甘いものをくれる人、自分を幸せにする人であることがわかる。庭師やオランダ人の例が示すように、男の側はマリ・クルスを性的欲望の対象としてしか見ていないのだが、本人は、それを知っていて、時には、ぞくぞくするような性的興奮を感じている。おそらく、マリ・クルスにとって、「父」とは「恋人」に近い存在なのだろう。だから、義父に「父」を感じることができなかったのである。

現在、マリ・クルスはアパートに一人暮らしで、アルタフーリャ夫人の話し相手として雇われる一方、週一度、パトリシア・ミラルペシュ家の家政婦をして生計を立てている。パトリシアの家の下宿人であるウラシ・ドゥック（本書第三章第2節を参照）は、週に一度訪れるマリ・クルスに、妻だったマリアの面影を見て強く惹かれる。再び、アンダルシアの女性を「本物のカタルーニャ女性」に仕立てたいという思いが頭をもたげるが、マリ・クルスは、カタルーニャ語を正しく話すことにも、カタルーニャの文化や歴史を学ぶことにも興味を示さなかった。

マリ・クルスが親子ほども歳の違うウラシ・ドゥックの誘いに応じたのは、ドゥックに「父」の面影を見て、自分だけの「父」になってくれることを望んだからである。そのためにはドゥックと「交渉」しなければならなかった。マリ・クルスは、子供の頃から男たちの性的な視線にさらされてきたので、自分の体が「交渉」の道具になり得ることを知っていた。「交渉」を有利に進めるためには大人にならなければならなかった。そう思って、ゆきずりの男性と初体験をすませるが、それは何の感動ももたらさなかった。

準備万端、計画通りにウラシ・ドゥックと「交渉」したマリ・クルスは性の喜びを知る。それは、アルタフーリャ夫人に教わったカタルーニャ語の「琴線（voraviu）」という言葉で表現するにふさわしいものであった。ドゥックは無意識のうちにマリ・クルスの琴線を震わせたのである。「交渉」後、マリ・クルスが、ドゥックに感じた思いは「父」に対する思いではない。その後、始終、ドゥックのことを考え、ドゥックに会いたいという気持ちを抑えることができなくなるのだから、平たく言えば、「恋」である。だが、マリ・クルスの言う「琴線」とは、精神的な喜びと肉体的な喜びが一体となった、「恋」以上に全きものであった。マリ・クルスがドゥックに処女ではなかったことを打ち明けると、突然、ドゥックは部屋を出て行く。ここで二人の根本的な考え方の相違が明らかになる。マリ・クルスは、父親不在の環境で育ち、家父長制社会の性的・社会的タブーから自由だったので、ドゥックがなぜ飛び出したのかわからなかった。自分が処女でなかったことがドゥックにそれほどの衝撃を与えたとは、想像もつかなかっただろう。マリ・クルスは、アルタフーリャ夫人とサウラ大佐のように、お互いに対等な個人として愛し合うことを望んでいた。アルタフーリャ夫人の話を何度も何度も聞いているうちに、そのような理想が形成されていったのかもしれない。

他方、家父長制社会に縛られて生きてきたドゥックにとって、女はまっさら、つまり、処女でなければならなかった。ドゥックは、『ピグマリオン』のように、まっさらの女性を自分の好みに作り上げていくことにしか喜びを感じない男であった。その根底には根強いファルス中心主義がある。しかも、ドゥックはマリ・クルスの中に妻だったマリアの面影を見ていた。だから、何度もマリ・クルスを「マリア」と呼ぶのである。かつて、マリアを「本物のカタルーニャ女性」にしたとき、ドゥックは、コンプレックスから解放されて、「ファルス」を持つ者となった。その時の感動が忘れられなかったのだろう。ドゥックにとって、マリ・クルスは、再び、「ファルス」を持つための手段でしかなかった。だから、マリ・クルスが処女じゃないと知って、望みが叶えられないと知るや否や、マリ・クルスを突き放すのである。ドゥックの考える「愛」と、マリ・クルスが望んでいた愛とは対極にあると言っても過言ではない。

マリ・クルスは、ドゥックに、対等な個人として自分を愛することを望んだ。そのためにはマリ・クルスは、「マリア」の代替物ではなく、マリ・クルス自身でなければならなかった。だから、「マリア」と呼ばれるたびに「私をマリアと呼ばないで」（たとえば、OQ, p.116, 125, 202など）と言って反発し、自分が何者であるかを主張したのである。

それでも、マリ・クルスは生まれて初めて知った恋をこのまま終わらせたくはなかったので、再び、ドゥックと「交渉」する。初めのうち「交渉」は成功するかのように見えた。ドゥックに初めて「マリ・クルス」と本名を呼ばれたとき、マリ・クルスは心の奥底にある「海からの風とプラタナスの匂いを感じ汽車に乗って（…）海を見に行こう」（OQ, p.45）と提案する。だが、「汽車」という言葉はドゥックにとって禁句である（本書第三章第2節、一七八頁参照）。マリ・クルスの提案にドゥックは態度を一変させる。そして、ついに二人の破局が決定的になる。

ついに、彼（＝ドゥック）は私（＝マリ・クルス）に言った。君と私は違うんだ。別れなければ。こんな関係は意味がない。君は若く、私は年寄りだ。私の人生はもう終わっている。彼の言葉に私は大きな怒りを感じた。彼の人生が終わっている、ですって、私の琴線を震わせた時に、私に天国を見せてくれたのは彼なのに。だから、私は言った。あんたと一緒に汽車に乗りたいの。聞こえた？ それとも、怖いの？ ドゥック氏は逆上し、私の首に手をかけて絞めようとした。そんなことを俺に言うな、マリア。ちょっと間をおいて言った。二度とそんなことを言うな、俺は……、おまえを愛している。彼がぐいと力をこめたので、私はほとんど息ができなくなった。彼は、気違いのように叫んだ。二人とも、今日は、ここにいよう。どこにも行くな。私はマリアじゃない、と、彼を叩きながら私は言った。彼が手を緩めたので、その隙に、彼をドアのほうに押した。出て行ってよ。私はマリアじゃない。私には男がいるの……。私は、ドゥック氏が愛することができないこと、サウラ大佐がアルタフーリャ夫人を愛したように、彼が私を愛していないことに気付いた。（OQ, p.200）

マリ・クルスが知らず知らずのうちにドゥックの傷痕に触れて逆上させたため、真実が露呈する。マリ・クルスは、やっと、ドゥックが自分の中にマリアの面影を見ていただけだったことに気付く。ドゥックは、ほんの少女のマリ・クルスが、なぜ、自分の言いなりにならなかったのかわからなかったので、力ずくで従わせようとする。辛くもその手から逃れたマリ・クルスは、二人の間に越えられない溝があることを知る。マリ・クルスは、ドゥックが自分だけの「父」となることを心から望んでいても、そのために自分がマリアになることはできなかった。そして、「父」なる幻想を打ち砕かれるのである。

他者の言語の取り込み

本書第三章で扱ったように、マリ・クルスはアルタフーリャ夫人に観客兼話し相手として雇われている。しかし、仕事とはいえ、夫人の自作自演の「オペラ」を何度も何度も聞かされることに閉口しており、マリ・クルスは仕事中に別のことを考えるのが常だった。通常、対話をする二人は、あるテーマを共有して一つの世界を形成していくものだが、アルタフーリャ夫人とマリ・クルスの場合は違っていた。二人は対話者であって、対話者ではなかった。キャサリン・クラメリは、アルタフーリャ夫人が払う法外とも言える給金の故に聞き手のふりをしているマリ・クルスを「不本意な聞き手」(Crameri, 2000, p.166) と呼んでいる。彼女がそうならざるを得ない背景には、カタルーニャ人と移民との間に横たわる厳然とした階級差がある。

「不本意な聞き手」だったマリ・クルスは、ドゥックと関係を持った後に、「積極的な聞き手」に変わる。ドゥックへの思いこそ、アルタフーリャ夫人から教わった「琴線 (voraviu)」という言葉で表現するにふさわしいと思ったとき、マリ・クルスは、アルタフーリャ夫人とサウラ大佐の恋の結末に、にわかに興味を持つ。アルタフーリャ夫人は、サウラ大佐と結ばれなかったのはお互いの自由を尊重したからだと言うが、マリ・クルスはその説明に納得しなかった。もっと詳しい説明を求めると、アルタフーリャ夫人は一通の手紙をマリ・クルスに差し出した。その手紙でわかったのは、サウラ大佐がアルタフーリャ夫人の思い出とはかけ離れた人物だったということである。事実を知ったマリ・クルスは、アルタフーリャ夫人のアパートを飛び出してドゥックの胸に飛び込もうとするが、前述のように、手ひどい拒絶にあって、二人の間には越えることのできない溝があることを知る。

ウラシ・ドゥックと別れたマリ・クルスは麻薬に逃避するようになる。『日常オペラ』の最後に登場する、「サウラ大佐」を探してバルセロナの街を徘徊する少女とはマリ・クルスのことである。なぜ、ウラシ・ドゥックではなく「サウラ大佐」を探しているのか。

生まれてはじめて「琴線 (voraviu)」を震わせた男性との思い出を守るためには、マリ・クルスもまた、アルタフーリャ夫人同様、過去を書き換えなければならなかった。だが、移民であるマリ・クルスは語るべき言葉を持っていなかった。マリ・クルスは、周りにいる大人と違って、「世界をあるがままに見ており、世界を書き換えなくてもすべて調和がとれている」(OQ, p.126) と思っていたし、まだ若く、ことさら語りたいと思う過去もなかったので、言葉を持つ必要はなかったのである。未婚の母として辛い人生を送ったマリ・クルスの母親は思い出を持つことさえ拒んだ。辛いだけの過去は語るべき価値はなく、新しい環境で生きていくには言葉を放棄することが必要だったという。その姿勢は娘にも受け継がれて、マリ・クルスも思い出に固執することはなかった。むしろ、アルタフーリャ夫人やウラシ・ドゥックがなぜ、それほど過去について語るのか理解できなかったほどである。だが、ドゥックとの恋を理想的に書き換えたいと思ったとき、マリ・クルスは、生まれて初めて、言葉を持っている彼らを羨ましいと思う。マリ・クルスは、結局、自分の言葉で過去を書き換えることができず、アルタフーリャ夫人の理想の恋人像を自分の経験として取り込んでしまう。その結果、ドゥックが「サウラ大佐」にすり替えられたのである。現実のサウラ大佐がどんな人物だったにせよ、マリ・クルスにとって、アルタフーリャ夫人が練り上げたサウラ大佐は唯一の理想的な恋人像であった。フランコ体制によってカタルーニャはカタルーニャ語を奪われたが、そのカタルーニャで移民は語る言葉を持たず、「不本意な聞き手」に甘んじて、他者の幻想を取り込まなければならない。そこには錯綜した二重、三重の抑圧がある。

4.『妙なる調べ』、もしくはカタルーニャ再考から新たな未来へ

『妙なる調べ』はムンサラット・ロッチ最後の長編である。作品が上梓されて数年後にムンサラット・ロッチが他界してしまうので、小説としては、この作品が集大成として位置づけられるだろう。ここでは、純粋なカタルーニャ主義から生まれたアスパルデーニャを通して、カタルーニャ主義とは何だったのか、フランコ体制下での共産党の活動は何を意味したのか、などが再考される。

失楽園

本書第三章では、マラジャラーダ氏が孫のアスパルデーニャのためにカタルーニャ文化をあますことなく伝えられる環境、つまり、「小さなパラダイス」を創ったことについて述べた。一九三八年の内戦中に生を受けたアスパルデーニャは、パセッチ・ダ・グラシアにあるアパートから一歩も出ることなく理想的な教育を受け、世の中の負の部分を知ることなく、「妙なる調べ」だけを聞いて、カタルーニャ文化がいかに豊かであるかを学び、知識人となるにふさわしい教養を身につけていく。

ローサ・モンテーロは、アスパルデーニャが小さなパラダイスで過ごした時期を描いている小説の第一章には、「強大で象徴的な魔法の世界を描いた童話の雰囲気がある」（Montero, 1988, p.8）と述べている。

「本当の童話は、決して、甘美な物語ではない。（…）人生のすべての魅力と残酷さが入り混じった実世界なのである。優しい妖精や魔法にかけられた王子が出てくる一方、子供を容赦なく虐待する継母や、善良な祖母を生きたまま呑み込む狼もいる。『妙なる調べ』の第一章には、美しいものと怖いものを代表する、つまり、素晴らしいものと恐ろしいものを象徴する要素がある」（Montero, 1988, p.9）。

『妙なる調べ』

美しいもの、素晴らしいものとして、カタルーニャの民話、カタルーニャの田舎の風景、〈ラナシェンサ〉や〈ムダルニズマ〉の詩の引用があり、恐ろしいものとして、逆らう者を容赦なく排除する、絶対的な権力者のマラジャラーダ氏がいる。「小さなパラダイス」の中に閉じ込められている孫のアスパルデーニャが、魔法にかけられて醜くなった王子であるとすれば、メイドのドゥロースやアスパルデーニャの教師たちは、さしずめ彼を補佐する妖精といったところであろう。彼らはマラジャラーダ氏の絶大なる力の前では無力だったが、アスパルデーニャに「小さなパラダイス」の外で生きるための最低限の知識を授けることは可能だった。

　童話は「むかしむかし、あるところに……」で始まることが多いが、『妙なる調べ』の第一章は地域と時代が限定されている。「小さなパラダイス」には内戦前の豊かなカタルーニャ文化が保たれていたが、すぐ隣には、カタルーニャ文化について語ることはおろか、カタルーニャ語を話すことさえままならない現実の世界が見え隠れしている。この二つの世界の対比は、「小さなパラダイス」の非現実性をより高めるために大きな効果をあげている。マラジャラーダ氏の「小さなパラダイス」構築は、歴史に逆らう大胆かつロマンティックな試みである。だが、アスパルデーニャの物語が実際には御伽噺ではなく、「めでたし、めでたし」で終わらないところに、『妙なる調べ』の真骨頂がある。マラジャラーダ氏は、神でも不死でもなく、その富も無尽蔵ではなかったので、アスパルデーニャが成人する頃には財産は底を突いて、「小さなパラダイス」の維持が困難になっていた。そこで、二十三歳になったアスパルデーニャは自らの意志で大学に行くことを決心する。

　アスパルデーニャは大学に入り、同級生であるムンデタ・クラレット（『さらばラモーナ』では主役、『さくらんぼの実るころ』では端役で登場する娘ムンデタ）、ジュアン・リュイス、ビルジニアと知り合うが、左派の政治グループに属していた三人は、アスパルデーニャを仲間として認めていたわけではない。パンフレットの文句を考えたり、カタルーニャ語の文章を直したりするときにだけアスパルデーニャを利用し、本

パセッチ・ダ・グラシア通り

当に重要な活動については口をとざした。「あんこうのような顔、蚊の羽のような手、ソブラサダ（＝スペインのソーセージの一種）の唇」（VM, p.63, 73など）と表現される、アスパルデーニャの並外れて醜い容貌は耐え難かったし、性格も人間離れしているように見えた。アスパルデーニャは、仲間のそのような扱いを気にする風はなく、いつも三人と一緒にいることを望んだ。三人は、そのようなアスパルデーニャを、陰で、「フォックス・テリア」（VM, p.90, 94）と呼んでいた。もっともアスパルデーニャを愚弄したのは娘ムンデタである。芸達者なアスパルデーニャに、動物の鳴き声や動作を真似するように言いつけたり、カタルーニャに古くから伝わる民謡「アラゴンの貴婦人」を歌うように命じたりすると、アスパルデーニャは、快く娘ムンデタの要望に応えるのである。

もっとも屈辱的なのは、アスパルデーニャが三人をパセッチ・ダ・グラシアにある自宅のパーティに招いたときの場面である。そこには、重厚な家具のある広い食堂、銀の食器、高級なワイン、食べきれないほどの御馳走があった。内戦前、カタルーニャ・ブルジョワジーがいかに豊かな生活を送っていたかを偲ばせる場面である。だが、若い三人にとって、豪華なマンションは「博物館」（VM, p.78）でしかなく、メイドのドゥロース／ラティシアの心づくしの料理は大仰に映っただけだった。三人は「博物館」に飽きると、アスパルデーニャを誘って外に出る。その後の娘ムンデタの態度は、ひどく残酷である。

動物の鳴き声のうまいアスパルデーニャを四つん這いにしてまたがり、「はい、お馬ちゃん、はいロバ、はいはい」(VM, p.107)[11]と掛け声をかけたのである。その時、一部始終をバルコニーから見ている人物がいた。祖父マラジャラーダ氏である。アスパルデーニャとマラジャラーダ氏は、一瞬、しっかりと目を合わせるが、マラジャラーダ氏は何も言わずに引っ込む。

キャサリン・デーヴィスは、同級生や政治グループによって不当に扱われるアスパルデーニャは「隠され、制限され、脅かされたカタルーニャ文化を象徴している」(Davies, 1994, p.79)と主張する。確かに、アスパルデーニャがマンションに閉じ込められていた期間と、カタルーニャ文化が地下に潜っていた期間は、ほぼ一致する。アスパルデーニャが大学に入ったのは一九六一年で、その前後にムンサラット修道院によって、完全にカタルーニャ語で書かれた、文化・政治総合雑誌『セラ・ドル』が発行され、カタルーニャ語で出版を行う「六十二年出版社」が設立されている。だが、アスパルデーニャがカタルーニャ文化のアナロジーであるとすれば、「小さなパラダイス」で育ったアスパルデーニャが並外れて醜かったように、地下で細々と生き延びたカタルーニャ文化もまた、歪んで醜かったということであろう。地下活動で主流だったのは詩であり、散文や戯曲は外国で出版する以外に方法はなかったのだから、文学として正常な発達を妨げられていたのは確かである。戦後二十年余りを経ると、フランコ体制下で教育を受けた世代には、カタルーニャ文化は、もはや、なじみのないものになっていた。戦前のカタルーニャ文化を具現するアスパルデーニャが大学で嘲笑の的だったように、カタルーニャ文化もまた「異物」のようなものだったのかもしれない。アスパル

11　『さくらんぼの実るころ』にも老ジュアン・ミラルペシュが女中に馬乗りになって「ロバ、私のロバ娘」と呼んでいる場面がある(本書第三章第1節、一四九頁を参照されたい)。「ロバ」という呼びかけは、老ジュアンが女中を動物とみなしていることを示唆するものと考えられるので、娘ムンデタの言葉もまた、アスパルデーニャを動物のようにみなしているのではないだろうか。

デーニャの家を訪れた大学生の反応がそれを物語っている。

また、ピエロのように扱われるアスパルデーニャは、『すみれ色の時刻』に登場するダウン症のペラを思い出させる。キャサリン・デーヴィスによれば、「戦争の子」ペラもまた、敗戦後のカタルーニャを象徴する存在である。敗戦後に生まれたペラは隠されることはなかったが、障害をもって生まれて、夭折しなければならなかった。フランコ体制による徹底的な弾圧のために地下に埋もれたカタルーニャ文化も、あわや夭折するかと思われたが、不死鳥のごとくよみがえり、徐々に花を咲かせつつあった。カタルーニャ文化の復活を支えたのが、「犠牲の世代」や、ムンサラット・ロッチを始めとする内戦後に生まれた世代であった。それを忘れてはならないだろう。

さて、「小さなパラダイス」を出たアスパルデーニャに聞こえてくるのは、「妙なる調べ」どころではなく、嘲笑と侮蔑の言葉だけだった。主人公は自由と引き換えに楽園を失ったのである。だが、どれほど嘲られようと、アスパルデーニャにとって、「先生」ではない三人の仲間との交流は得がたいものだった。仲間たちは、あてがわれたものではなく、自ら望んで手に入れたものだったからである。アスパルデーニャは、虚構の世界ではなく生きた世界を知る。

ヒーローか、アンチヒーローか

アスパルデーニャと、共産党の活動に従事する三人の仲間は、様々な意味で、異なる者である。アスパルデーニャがおとぎ話の主人公のように内戦前の世界を生きていたのに対して、彼らは現実を生きていた。次のビルジニアの語りから、一九六〇年代の学生の姿が浮かび上がってくる。

①　修道会の学校を出た女子学生たちが心配していたのはたった一つ、どのように処女を捨てるかということだった。セクシュアリティについてフランスの本を読んでいたが、セックスについて何も知らなかった。（VM, p.89）

②　私たちは階級闘争のためにリルケを引用し、アウジアス・マルクの詩で革命的なゼネストに興を添え、バルダゲーの『カニゴー』でファシズムを倒そうとした。（VM, p.92）

③　私たち女子学生はシモーヌ・ド・ボーヴォワールを読み、男子学生はジャン・ポール・サルトルを読んだ。（VM, p.100）

④　当時、私たちにとって、感情を露わにするのは無作法なことであった。感情は政治的なことより、内密にしなければならないものだった。（VM, p.100）

⑤　彼女たち（＝ムンデタとビルジニア）は新しい女で、自分の祖母や母を埋葬した。（…）ジュアン・リュイスがムンデタとデートしたとき、ビルジニアは、いいわよ、私は感傷的な女ではないから、と彼に言った。セックスは、一杯の水を飲むようなもの。私は新しい女なのだから。（VM, p.112）

①、②、③から浮かび上がってくるのは、現実を見ずに、理論を尊重する若者の姿である。彼らは、当時、禁止されていたボーヴォワールやサルトルの本を読みあさり、理論でフランコ体制に対抗しようとした。本から得た知識は学生を扇動するためのパンフレットやスローガン作りには、おおいに役立ったが、それ以上のものにはならなかった。なぜなら、机上の理論は理論の域を出ないからである。本当に解決したいと思うなら実際に貧しい人に接して実情を知り、対策を立てなければならないが、彼らには、そのような意識はまるでなかった。

④は、理論の偏重が招いた結果である。グループ内では感情を認めないことによって、個人的なものを排除し、平等を維持しようとした。特に、恋愛感情はタブーであったが、恋愛感情が伴わなければ性関係を結ぶのは自由であった。しかし、人間には適度に理性と感情が備わっているものではないだろうか。感情のない人間は、もはや人間ではない。したがって、この論理がいかに人工的で、非人間的なものであるかは火を見るより明らかである。しかも、性の非対称性がいまだ顕著だった時代においては、この論理は男性有利にしか機能しなかった。

⑤は、女子学生もまた④を支持したということを示している。だが、ムンサラット・ロッチの小説を読めば、女子学生が「自由恋愛」について、相当の葛藤を抱えていたことがわかる。例えば、『さらばラモーナ』の娘ムンデタは、恋人との安定した関係を望んでいたにもかかわらず、恋人にそれを告げることができなかった。『さくらんぼの実るころ』のナタリアは、解放の理論に酔って、不用意に性関係を結んで妊娠してしまい、生死の境をさまよう。そして、今、ビルジニアが、恋人のジュアン・リュイスが娘ムンデタと関係を持ったことを知って深く傷ついている。「セックスは一杯の水を飲むようなもの」という言葉が何度も繰り返されている（VM, p.109, 110, 112, 113）のは、実際にはそう思っていないからこそ、何度も繰り返して自分に言い聞かせなければならなかったからだろう。一九六〇年代後半のバルセロナの女子大生は、葛藤を隠して、セックスの解放が女性の解放であると思い込もうとした。それほど、「新しい女」という言葉は魅力的だったのである。「自由恋愛」は、実際には、大部分の女子学生にとって抑圧の装置でしかなかったのだが……。

他方、仲間はずれにされていたアスパルデーニャは解放の書物とは無縁であったが、毎週土曜日、バルセロナの南に位置する貧民窟に赴いて、女性たちに読み書きを教えた。そこに住む住人の大半は一九六二年の

モンジュイックの城（今では軍事博物館になっている）

洪水（Sánchez, 2001, pp.323-4）で家を失った人たちで、山（この場合はモンジュイックの丘）の上に立つ城に雑魚寝のような状態で暮らしていた。アスパルデーニャは女性たちと喜怒哀楽を共にし、そこの一員になりきっていた。この活動について、ジュアン・リュイスは「腹を満たしている者だけが善人となる贅沢を自らに許すことができるのだ」（VM, p.126）と言ってせせら笑った。アスパルデーニャの後をつけていったビルジニアは、べたべたした油、汚れた防水布、樹液の出た材木の臭いなど、貧乏人の臭いを嗅いで、「彼らのようではなく、彼らを知らないバルセロナに属しており、夜に帰る家があるという不健康な喜び」（VM, p.127）を感じた。だが、この時のアスパルデーニャはなんと生き生きとして見えたことか。ビルジニアは、アスパルデーニャが「フォックス・テリア」ではなく、「狼」のようだったと後に記している。

　アスパルデーニャの活動は、女性たちに読み書きを教えるだけにとどまらなかった。劣悪な環境で市の救済を待ちわびている人たちのことを知ってほしいと願って、ジャーナリストと写真家を伴って山に登るが、入口で守衛の拒絶に合う。

　「ここには特別許可がある者を除いて誰も入ってはならない」と守衛の一人が言った。

「僕達は、ルポルタージュをしたいだけです、そして……」とアスパルデーニャは答えた。ジャーナリストは、アスパルデーニャに「止めろ」と言うような仕草をした。

電車の停留所に行く途中にアスパルデーニャは言った。

「彼らのことを市に知ってほしいのです」

「おまえさんは、どういう世界から来たんだい？　検閲があるのを知らないのかい？　新聞社に電話をかけてきたとき、すでに何も書くことはできないだろうとわかっていたよ。俺の机の引き出しは、似たようなテーマを扱ったルポルタージュでいっぱいだが、これまで出版された例はない」

「でも、なぜ、このことを話してはいけないんですか」

「洪水のとき、結構な救済キャンペーンがあって、誰も屋根のない家に住むことはないだろうと言われた。皆、一所懸命だった。でも、それから、時がたって、すべてが忘れ去られた。誰も、彼らがここに住んでいることを知りたいとは思わない。彼らを城にとどめて、待つように言った。彼らはその言葉を信じて、その生活に慣れてしまったんだ。ひっかき回すのは止めにしな」（VM. pp.100-101）

この会話には、フランコ体制の本音と建前がよく表されている。フランコ体制は、厳しい検閲を通して負の部分を排除し、国の方針に逆らう者を容赦なく抹殺して、スペインが平和で豊かで自由な国であるという幻想を植え付けようとした。マラジャラーダ氏もまた、孫に「妙なる調べ」だけを聞かせるために、「小さなパラダイス」を美しいもので満たし、自分に逆らって真実を明かそうとする教師たちは容赦なく首にした。ファシストであるフランコと、カタルーニャ主義者のマラジャラーダ氏に類似する点があるのは、興味深い。アスパルデーニャは貧民窟に通ううちに、そこに住むアウジェニアという娘に恋をする。初めて会ったのは、薄幸なこの少女が実の父親に強姦されたばかりのときだった。娘に会った瞬間、アスパルデーニャは、アウジェニアが長い間、自分を待っていたことを知る。アウジェニアは、アルメニアにあるガルニ神殿（アルメニアに現存する唯一のヘレニズム様式のキリスト教寺院）のモザイクに使われている黒と同じ色の目をしていた。おそらく、アルメニア人の家庭教師のシモニアン（本書第三章、一九五頁）からアルメニアについて学んでいたので、アルメニアについてのイメージがアスパルデーニャの頭の中にあったのだろう。だが、アウジェニアもまた「あなたと知り合う前に、もうあなたを待っていた。あなたが来るとわかっていたの。朝になると、『今日は来る』と自分に言い聞かせた。夜になると、『きっと明日よ』とまた言うの」（VM. p.120）と話している。人生には、ボルヘスの「タデオ・イシドロ・クルスの生涯」（ボルヘス、土岐恒二訳、一九九六年、七七〜八三頁）の主人公タデオのように、一瞬で自分が何者かを悟る瞬間があるという。おそらく、二人は出会った瞬間にお互いを悟ったのだろう。それほど運命的な出会いであった。

アスパルデーニャは、消え入りそうなアウジェニアのために、自分でスープを作って、彼女を勇気づける。この場面は、アスパルデーニャが家父長制社会における「男性」の概念とは対極にある男性であることを示唆している。『日常オペラ』に登場するドゥックのように、まっさらの女性を自分の好みに合わせて変えようとするのではなく、あるがままのアウジェニアを受け入れているからである。様々な意味で、アスパルデーニャは当時のカタルーニャには稀有な男性であった。

その後、アウジェニアは、アスパルデーニャのクラスに参加して読み書きを学ぶようになり、二人の交流は徐々に深まっていく。ある日、アウジェニアはアスパルデーニャの手をとって、一緒に山を下り、森の奥深くへと導いた。そこで二人は結ばれるのだが、その愛の場面は究極とも言えるもので、次に挙げるサルバット＝パパセイットの詩、「愛の達人」の影響が顕著に見られる。

口づけされるままでいておくれ、
そして、口づけが恋しくなったら
また口づけしておくれ、人生は短いのだから。
（HV, p.199, 234、拙訳による。）

ムンサラット・ロッチは、『すみれ色の時刻』でこの詩を二度も引用しているが、そのときは、ノルマの口を借りて、このような美しい愛の場面は詩の中にしか存在しないと言って批判している。それから七年後に出版された『妙なる調べ』には、この詩は引用されていないが詩のイメージが繰り返されている。アスパルデーニャとアウジェニアの愛の交歓の場面で、「二人は何度も目を見つめ合い、数えきれないほど口づけをした。一度たりとも口づけを惜しむことはなかった。一度、口づけをすると、すぐに、また口づけが恋しくなった」（VM p.120）という。まさに詩の世界である。ムンサラット・ロッチは、ついに、現実の世界にも詩のような愛が存在することを認めたのである。だが、愛の絶頂は束の間である。別れるときに二人が、愛ゆえに死ぬことができたら、と願ったのは、それを知っていたからであろう。

二人の危惧はすぐに現実のものとなる。アウジェニアの父親が二人を引き裂いたのである。アスパルデーニャが次に「山」に行ったとき、アウジェニアは姿を消し、バケツに目のない人形が残されていた。『すみれ色の時刻』でも脳卒中に倒れたジュディが目のない人形をもっていたことを考慮するなら、その人形は「自分はもはや死んでいる」というメッセージに他ならない。[12] アスパルデーニャは、アウジェニアとはもう二度と会えないことを知ったとき、「妙なる調べ」を聞く。この場合の「妙なる調べ」とはまさに死の誘惑である。死が「妙なる調べ」に聞こえるほど、恋の痛みは深く、アウジェニアとの別れは辛いものであった。

自分の気持ちに素直なアスパルデーニャがアウジェニアと愛の絶頂を極めたのに対して、彼を馬鹿にする三人の同窓生のような、感情を否定して理性に走る共産党員は、愛し合っていてもそれを認めようとせず、大切なものを失っていた。愛に不安は付き物である。なぜなら、愛するということは、自分の中に他者が侵入するのを許すことだからである。だが、それを乗り越えなければ、その向こうにある愛の甘美な果実を得ることはできない。共産党員が傷つくことを恐れて、表面的な関係に甘んじている時に、共産党員から見れば、醜く、不器用で、アンチヒーローでしかないアスパルデーニャが、束の間ではあったが、愛の果実を手にしたのである。小説を読み進むにしたがって、両者の対比がよりクローズ・アップされて、アスパルデーニャのほうが、ジョルディ・ステーラスに象徴される共産党のヒーロー以上にヒーローのように見えてくる。彼が「フォックス・テリア」ではなく「狼」のように見えたというビルジニアの言葉は実感なのである。

共産党の無責任さがむき出しになる事件がもう一つ起きる。例の三人（娘ムンデタ、ジュアン・ルイス、ビルジニア）は、大学に入って三年目のメーデーに、丘に登って労働者のデモに合流することを決意する。

12　『すみれ色の時刻』の第二章「小説『すみれ色の時刻』」に、パトリシアが「（ジュディの）髪を梳かしている間、（ジュディは）スカートの上に、目のくりぬかれている、あの身の毛のよだつような人形をもっていた」（HV, p.129）という記述がある。また、本章の二五二頁の引用に「目をくりぬいてやる」という表現がある。これは「殺してやる」という意味ではないだろうか。ロッチの小説では「目がない」ということは、「死」を象徴する表現であるように思われる。

政治グループの幹部によれば、その日の早朝四時、丘の上には何百、何千という労働者がいて、大きなデモが催される予定であった。三人は、半分はお祭り気分だったが、娘ムンデタだけにはこの冒険に期するものがあった。なぜなら、彼女がジョルディ・ステーラス抜きに何かを決定したのは、これがはじめてだったからである。

当初は、三人で登る予定だったが、例のパーティの後、突然、ジュアン・リュイスがアスパルデーニャを誘った。他の二人も、退屈なときにアスパルデーニャに物真似をさせることができると気付いて、ジュアン・リュイスの決定を受け入れた。かくして、四人は頂上を目指して意気揚々と登り始めるのだが、この冒険は惨めな結果に終わる。頂上に着いた四人を待っていたのは、何百、何千という労働者ではなく警官だった。アスパルデーニャがそこで「顔のない」警官にひどい暴行を受けている間、他の三人は、なす術もなく、白黒映画のようなその光景を、息を殺して見つめるだけだった。こうして、丘に登った四人は丘の反対側にある「井戸（＝監獄）」に落ちるのである。

この事件は四人に大きな変化をもたらす。小説の中で主人公は最初から「アスパルデーニャ」と呼ばれているので、本書でもこれまで「アスパルデーニャ」と書いてきた（本書第三章第3節参照）が、実は、これは彼の本名ではない。この事件後に彼自身が自分につけたあだ名である。アスパルデーニャは、監獄の鉄格子の間から、「今後、自分をアスパルデーニャと呼んでくれ」と宣言する。「アスパルデーニャ」とはカタルーニャ語で縄底の布靴を意味し、靴よりも軽い履物とみなされている。体の一番低いところにある履物は、比喩的に、最下層の者を指すが、その靴より軽い履物である「アスパルデーニャ」は、さらに貶められる存在である。それをあだ名にしたということは、自分が最下層よりも下にいる者であると表明したことになる。

それ以降、誰もアスパルデーニャの本名を思い出すことができなくなる。政治グループが何を目指しているのか、ほとんどわかっていないアスパルデーニャがもっともひどい扱いを受けたのに、それを見過ごしにしてしまったという良心の呵責から、他の三人はこの事件を忘れようとしたからである。やがて、三人は、「社会階級を撤廃する」という夢や理論の世界に、無邪気に酔うことはできなくなり、一緒に行動することをやめる。娘ムンデタは、卒業するやいなや愛してもいない男と結婚し、ジュアン・リュイスは弁護士になり、ビルジニアは文筆家になる。小説の最後の方で、『妙なる調べ』はビルジニアが二十年前の学生時代を回想して書いた小説であることが判明する。彼女が文筆家になったのは、あの事件以来、外に出ることができなくなったからであった。

では、なぜ共産党員ではないアスパルデーニャが暴行されなければならなかったのか。彼は貧困層とじかに接し、そこから救い出そうと奔走した。これは危険な行動であった。左派の学生の活動は学生を扇動することが主な目的なので、パンフレット作りやデモには参加しても、社会階級の撤廃のために具体的に手を尽くすわけではなかった。したがって、逮捕するだけで十分に震え上がらせることが可能だった。実際に、逮捕された三人は、その後グループへの忠誠心を失っている。だが、アスパルデーニャを突き動かしているのは理論でも名声でも流行でもなく、世の不正をなくしたいという強い正義感であった。これこそ、フランコ体制がもっとも恐れるものであった。

祖父マラジャラーダ氏は監獄に送られたアスパルデーニャに対して無力であった。何の対策を講じず、書斎にこもり、アスパルデーニャの出所を待つことなくその生涯を閉じる。出所後、祖父の棺を前にしたアスパルデーニャは衝撃的な事実を知る。メイドのドゥロース／ラティシアによれば、祖父は亡くなる前の数日間、娘、すなわち、アスパルデーニャの母親の写真をかたときも手放さなかったという。その写真には、祖父の筆跡で「お前を愛した。お前は私を幸せにしてくれた」（VM, p.146）と書かれていた。それを見たとき、アスパルデーニャに電光のような閃きが走る。アスパルデーニャの父親はマラジャラーダ氏だったのである。氏がアスパルデーニャを隠し、閉じ込めたのは、近親相姦から生まれた怪物のようなアスパルデーニャを世間の目にさらすことを恐れたからであった。この結末は意味深長である。抑圧的な体制下で純粋なカタルーニャを保とうとすれば、限りなく近親相姦的な関係にならざるを得ないのだろうか。その疑問に対する答は定かではないが、絶対的な権力を誇った、カタルーニャ・ブルジョワジーを代表する最後の人物、マラジャラーダ氏はここで消滅し、そのような関係に終止符が打たれる。そして、新しい時代の足音が聞こえてくる。

ゴンサロ・ナバッハスは、数々の受難をしのぶアスパルデーニャは聖書のヨブを体現している（Navajas, 1994, pp.216-7）と解釈している。『妙なる調べ』の各章の題辞にヨブ記が引用されているので、ムンサラット・ロッチがヨブを意識して書いたのは間違いないだろう。ヨブとは、神が「地上に彼ほどのものはいまい。無垢な正しい人で、神を畏れ、悪を避けて生きている」（聖書、新共同訳より）と絶大の信頼を寄せている人物である。しかし、サタンの中傷で、その人となりが試されることになる。そのためにヨブが嘗めた辛酸は、筆舌に尽くし難い。幾度もくじけそうになるが、最終的にヨブは苦難に打ち勝って、神の信頼を取り戻す。「小さなパラダイス」を出たアスパルデーニャもまた、ヨブと同様、自分より若い世代に道化のように扱われ、恋人とは引き裂かれ、危険人物として暴行を加えられる。とどめは、自分が近親相姦の結果で生まれたという事実を知ったことであろう。しかし、彼は無垢な心を失うことなく、ヨブのように、それに耐える。

あの事件後、アスパルデーニャは失踪するが、二十年後に、この小説を書いたビルジニアによれば、アスパルデーニャはその後詩人になって、時々彼女に新しい詩集を送ってくるという。ビルジニアは、近い将来アスパルデーニャがやってきて、家から自分を連れ出してくれるだろうと信じている。小説の最終章で、ビルジニアは「その時、二人は星を見て、ほろりとするだろう」（VM, p.153）と結んでいる。これは、まさしくメルヘンである。この結末は、近い将来、アスパルデーニャの苦難が終わって、幸せを手にするのではないかという明るい未来を予感させる。それは、またカタルーニャの苦難が終わることをも意味するだろう。

未来に向けて

『妙なる調べ』は、ビルジニアが二十年後に、学生時代の経験を小説にしたという設定であるが主要なテーマの一つとして、政治グループに属していた学生とアスパルデーニャの比較がある。政治グループの真の目的を理解していたかどうかわからないアスパルデーニャが、熱心に階級差を撤廃するための活動をしていたのに対して、「平等な社会の実現を目指す」グループに属していた、その他の学生は理論に酔っていたに過ぎなかった。彼らは解放の思想を説く書を読みあさり、他人より物知りであることを自負していたが、その知識は空理空論でしかなく、現実的な活動とはまったく結びつかなかった。

ビルジニアによれば、フランコの言語統一政策によってカタルーニャ語を奪われたカタルーニャ人にとって、当時、「フランコ体制打倒」というスローガンは非常に魅力的であり、左派の活動をすることはファッションのようなものだったという。多くの新入生が左派の活動に飛びついた。その中には女子学生も含まれていた。彼女たちにとって、理論に長けているリーダーは絶対的な存在で、まさにヒーローだった。左派の理論に賛同したというよりは、『さらばラモーナ』の娘ムンデタのように、リーダーに恋したために活動に参加することになった女子学生も少なくなかっただろう。だが、理性を偏重するグループ内の規律は厳しく、いわゆる「恋愛」はタブーで、「自由恋愛」が推奨された。それは男性に都合のいい理論で、修道院付属の学校で教育を受けた女子学生の多くに多大な犠牲を強いるものだったが、女子学生たちは、それが「新しい女」になる条件であると解釈し、本心を隠して演技をし続けた。

他方、アスパルデーニャは怪物のような醜さゆえに嘲笑の的であったが、理論に惑わされることなく、自分の心に正直に生きた。社会階級撤廃のための活動でも、愛においても、ポーズを見せるだけではなく自分をぶつけていったのである。そのために、他のメンバー以上に辛酸を嘗めることになったが、アスパルデーニャのひたむきな姿は真の英雄とは誰かということを教えている。

アスパルデーニャがカタルーニャであり、ヨブのメタファーであるとするなら、この明るい結末は、カタルーニャの受難が終わって、明るい未来が訪れることをムンサラット・ロッチ自身が予測していたということを意味するのではないだろうか。ムンサラット・ロッチは、アスパルデーニャを通して、理論に酔うのではなく、自分の目で見て判断し、それを実行に移すのが真の勇気であるということを主張している。それこそ、若い頃から、フェミニストとして、カタルーニャ主義者として、左派の活動家として戦ってきたムンサラット・ロッチが最後に達した結論だと言えよう。

おわりに

私とムンサラット・ロッチとの出会いは、かれこれ二十年前に遡る。スペイン人の友人にカスティーリャ語版の『さくらんぼの実るころ』をもらったのがきっかけだった。当時、私は大学院生で、博士論文ではスペインの女性作家数人の作品から〈女のエクリチュール〉を論じようと考えていた。その観点から見ると『さくらんぼの実るころ』は「普通」の作品だったが、裏表紙にあったロッチの顔写真に惹かれて別の作品も読んでみたくなった。次に、別のスペイン人の友人からお土産にもらったのが、『すみれ色の時刻』だった。この作品は特異な構造で、一冊の小説の中に日記、覚書、短編小説など様々なジャンルの作品が混入され、時間の流れにも脈絡がないので、研究者の中にはその一貫性のなさを批判する声もあるが、私は『すみれ色の時刻』にいたく感動した。女性たちの生の声が伝わってくるだけではなく、あらゆる面で〈女のエクリチュール〉の典型のように思われたからである。私はすっかりムンサラット・ロッチの作品に夢中になった。

二〇〇二年暮、指導教官だった牛島信明先生が他界され、両親をいっぺんに亡くしたような気持ちになった。その後に行われた博士論文の進捗状況を報告する面談では、数人の作家を扱うということが問題になり、予定していた作家の中から一人を選ぶことになった。私はほとんど躊躇《ちゅうちょ》せずムンサラット・ロッチを選んだ。二〇〇二年春のバルセロナへの旅行で、資料はたくさん集まっていたし、『すみれ色の時刻』について紀要論文を書いたばかりだったからである。

牛島先生亡き後、何かと面倒を見てくださったのが、修士論文の審査のときに副査だった荒このみ先生である。ムンサラット・ロッチについての二本目の紀要「論文」（実は、研究ノート）を提出したところ、先生は「カタルーニャという視点が面白い」とおっしゃってくださった。「論文」では『さらばラモーナ』についてて書いたのだが、どうしてもまとめきれず、自分ではカタルーニャのどこが面白いのか全く理解できなかった。今思うと、テーマが大き過ぎて紀要論文には収まらなかったのだろう。あの「論文」からカタルーニャという観点を引き出された荒先生の慧眼には、感謝してもし尽せない。


カタルーニャ語と悪戦苦闘しながら、私のロッチ研究が始まる。研究が進むにつれて、ムンサラット・ロッチの作品はカタルーニャ文学の宝庫であることがわかった。〈女のエクリチュール〉という観点では興味を引かれなかった一つ一つの引用には、それぞれ意味があり、そこには、ロッチの作品を理解する重大な鍵が隠されていた。だが、それをどのように論として組み立てればいいのか……。

二〇〇六年、資料収集とロッチの小説に所縁の地を訪ねるための旅で、ジローナ市歴史博物館に立ち寄った。そこに展示されていたのはスペイン内戦時の写真ばかりだった。日本も第二次世界大戦を経験しているが、第二次世界大戦よりも六年も前に終結した内戦が、現在でもカタルーニャ人の日常の中に当たり前のように入り込んでいるのを見て、彼らにとって内戦の記憶は、日本にとっての第二次世界大戦の記憶よりもはるかに身近なのだと思った。その時、天啓のように、ムンサラット・ロッチ文学のキーワードも「内戦」なのだと閃いた。

スペイン内戦がいかに複雑で壮大なテーマであるかは熟知していた。歴史学の立場からスペイン内戦を論じようとするなら、資料を集めるだけで何年もかかるだろう。そのような大それたテーマに挑んでいいのかと疑問に思ったが、恐る恐るロッチの作品から「内戦」を探り出していくと、意外なことに絡まり合っていた糸がするりとほどけていった。おそらく、それは文学の魔法のせいであろう。ムンサラット・ロッチは小説の中で、様々な立場にある複数の登場人物に自分の経験として内戦を語らせている。その語りから、読者は想像力を駆使して内戦の具体的なイメージを構築することができる。そのイメージの中ではカタルーニャ人の語りが生の声のように響くのである。このようなアプローチは、客観的な史料に頼る歴史学のそれとは全く異なる。本書が扱う「内戦」は、あくまで文学的な解釈によるものであるということを、ここにお断り申し上げたい。

また言語の問題は、カスティーリャ語とカタルーニャ語の対立に限定されるわけではない。カタルーニャ語とバレンシア語の関係も複雑である。序章で述べたように、カタルーニャ人は、バレンシア語はカタルーニャ語の方言の一つであると主張するが、歴史を振り返ると、一五世紀にはバレンシアのほうが「人口も多く、経済的にも繁栄していて、この時代カタルーニャ語文学の黄金世紀を支えたのもバレンシアの作家たちだった」(川上茂信、二〇一五年、一七八頁)。バレンシア語言語アカデミーが、バレンシア語はカタルーニャ語の異称だと述べる一方で、バレンシア語の独立性を主張するグループも存在する。この問題は、「言語」とは何か、「方言」とは何かという問題に収斂していくので、本書ではこれ以上深入りはしない。

本書は、十二年前に提出した博士論文を加筆修正したものである。なぜ、今なのか。それは、二〇一七年のカタルーニャの独立問題を通じて、日本人がカタルーニャに対して持っているイメージと、自分のそれにあまりに開きがあることに気付いたからである。

2017 年 9 月 11 日カタルーニャの日（ディアーダ）

当時、日本のメディアは独立運動の原因として経済問題を強調した。バルセロナ生まれの作家エドゥワルド・メンドサ（一九四三〜）は、「近年の財政危機のなかで独立派の運動は、人びと、とりわけ危機の痛手を受けてスペインの政治的施策に幻滅した若者たちの不満を吸収するための理想的手段となった」（メンドサ、立石博高訳、二〇一八年、九二頁）と独自の見解を述べている。そして、今、「カタルーニャで起こっていることは、広範に拡がっている病気の一つの症候にすぎない。治療は（…）からだに良いもの、つまり新鮮な空気と健康的な食物」（メンドサ、立石博高訳、二〇一八年、九〜十頁）を供給すればよいのだと断言する。換言すれば、独立運動は経済的な問題から目をそむけせるための手段だったということであろう。それは政治の常套手段でもある。

だが、ムンサラット・ロッチの小説を読んでいると、独立問題の根底には、やはり歴史的・文化的理由があると判断せざるを得ない。カタルーニャ語が消滅するかもしれないという、強い危機感が、ロッチの創作活動の原動力の一つであった。今、そこにあるものがなくなっていくという喪失感……。

話はまったく変わるが、東日本大震災のとき、私は、生まれて初めて自分の故郷がなくなるのではないかと恐れた。今まで、そこにあるのが当たり前だった故郷、あったときには何の感興ももたらさなかった故郷、ちっぽけな私の故郷……。だが、自分が生まれた所がなくなる、そう思うだけで崩れ落ちそうになるような喪失感だった。

二〇一八年、博士論文の見直しを始めたとき、ムンサラット・ロッチの小説が以前にもまして心に響くとに気付いた。まったく異なる原因によってではあるが、故郷を喪失するかもしれないという危機感を味わったせいかもしれない。私の喪失感は一時的なものだったが、ムンサラット・ロッチは日常的にその危機感と向き合いながら生きていたのだと思うと、その苦悩のほどが慮《おもんぱか》られる。

ムンサラット・ロッチは、最後の長編『妙なる調べ』で登場人物のビルジニアを介し、二十年前の学生時代の左派の活動は「ファッション」のようなものだった（本書第四章二九八頁）と回想している。今回の独立運動も、二十年後には、「病気の症候」として片付けられてしまうのだろうか。それはそれで好ましいことに違いない。痛みの伴わない別離（＝分離）はないからである。それとも、近い将来、「カタルーニャ」という国が誕生するのだろうか。未来は予測不可能であるが、夢は夢のままでとっておくのもいいのかもしれない。

最後になるが、二〇〇二年、バルセロナに資料収集に出かけるという私にたくさんのアドバイスをくださり、その後もカタルーニャ語やカタルーニャ文化についてご指導くださった田澤耕先生、二〇〇二年にカタルーニャ語の手ほどきをしてくれたミレイア・カンパバダル嬢、バルセロナに行くたびに資料収集に便宜を計らってくださっただけではなく、大学院修了後は友人としてお付き合いさせていただいているエンマ・マルティネイ先生、博士論文の出版を快く引き受けてくださった花伝社社長・平田勝様、編集を担当してくださった山口侑紀様、そして、いつも陰になり日向になり私を支えてくださる荒このみ先生に、心から感謝の意を表したい。

参考文献

第一次資料

〈ムンサラット・ロッチの作品〉

・Roig, Montserrat,

a) ”A salvo de la guerra y de olas” en *El canto de la juventud*, Traducción de Joaquim Sempere, Barcelona: Muchnik Editores, 1990

b) “Before the Civil War”, Ymelda Navajo (ed.), *Doce relatosde mujeres*. Madrid: Alianza, segunda edición en [El libro de Bolsillo]: 1982, pp.193-202

c) *Digues que m'estimes encara que sigui mentida*, Barcelona: Edicions 62, Primera edició dins <<El Balancí>>[*Dime que me quieres aunque sea mentira*, Barcelona: Península, 1992]（初版一九九一年）

d) *El cant de la joventut*, Barcelona: Edicions 62, primera edició en aquesta col.lecció, 1993 (*El canto de la juventud*, traducción de Joaquim Sempere, Barcelona: Muchnik, primera edición en esta colección, 2001)（初版一九八九年）

e) *Els catalans als camps nazis*, Barcelona: Edicions 62, 1993（初版一九七七年）

f) *Els temps de les cireres*, Barcelona: Edicions62, 2001, 18 ^{a} ed. revisat per l' autora el 1990 [*Tiempo de cerezas*, trans. Enrique Sordo, Barcelona: Plaza & Janes, 1996 (4ª ed.)]（初版一九七六年）

g) “La ciutat de Barcelona: una mirada femenina Col-loqui” en *Memorial Montserrat Roig*, Barcelona: Institut Català de Bibliografia, 1993

h) “De finestres, Balcons i Galeries” en *Barceldones*, Barcelona: Edicions de l’Eixample, 1989

i) “La recuperación de la palabra” en *Mujeres de España las silenciadas* de Antonina Rodrigo, Barcelona: PLAZA & JANES, 1979

j) *La veu melodiosa*, Barcelona: Edicions 62, 1 ª <<El Cangur>> ed. dins El Cangur, 1994 [*La voz melodiosa*, trans. José Agustín Goytisolo y Julia Goytisolo Carandell, Barcelona: Círculo de Lectores, 1987]（初版一九八七年）

k) *L’hora violeta*, Barcelona: Edicions 62, 2001 (11ª ed.) [*La hora violeta*, trans. Enrique Sordo, Madrid: Castalia, 2000]（初版一九八〇年）

l) *L’òpera quotidiana*, Barcelona: Planeta, 1982 (1 ª ed.) [*La ópera cotidiana*, trans. Enrique Sordo, Barcelona: Destino, 1989 (1 ª ed.)]（初版一九八二年）

m) *Los hechiceros de la palabra*, Barcelona: Martínez Roca, 1975

n) *Molta roba i poc sabó... i tan neta que la volen*, Barcelona: Selecta, 1971

o) *Personatges*, Barcelona: Pòrtic, 1979

p) セスク画、モンセラー・ローチ文、山道佳子・潤田順一・市川秋子・八嶋由香利訳、『発禁カタルーニャ現代史』、現代企画室、一九九〇年（この書は現代企画室の企画で執筆されたので、日本語版が最初に出版され、その後、カタルーニャ語版の *L’autèntica història de Catalunya*, Barcelona: Edicions 62, 1990 が出版された）

q) *Ramona, adéu*, Barcelona: Edicions 62, 1997 dins << Cangur Plus >> [*Ramona, adiós*, trans. Enrique Sordo,

Barcelona: Plaza & Janes, (2ª ed.)（初版一九七二年）
r) *¿Tiempo de mujer?*, Barcelona: Plaza & Janes, 1980
・Roig, Montserrat, Marta Pessarrodona: “Montserrat Roig and Marta Pessarrodona: A Dialogue Between Writers” en *Catalan Writing* 6 , 1991
・Roig, Montserrat, Isabel-Clara Simó, *Diàlegs a Barcelona,* Conversa transcrita per X Febrés, Barcelona: Ajuntament de Barcelona i Editorial Lair, 1985

〈その他のカタルーニャ語の文学作品〉

・D'ors, Eugeni, *La ben plantada Gualba, la de mil veus*, Barcelona: Edicions 62, segona edició, 1983
・Espriu, Salvador, *El caminant i el mur*, Barcelona: Ossa menor, 1954
・Ferrater, Gabriel, *Les dones i els dies*, Barcelona: Edicions 62, 1979
・Folch i Torres, Josep Maria., *Joan Endal*, Barcelona: Edicions 62, Primera edició, 1981
・Guimerà, Àngel,
a) *Mar i cel*, Barcelona: Selecta-Catalònia, 4 ª edició, 1991
b) *Terra baixa*, Barcelona: Barcanova, 1990
・Maragall, Joan, *Obres completes de Joan Maragall Vol. 1, POESIES*, Barcelona: Edició dels fills de Joan Maragall, 1929
・Marc, Ausiàs, *Poesia*, Barcelona: Edicions 62, (1 ª ed., dins MOLC: maig 1979)
・Oller, Narcís, *Pilar Prim*, Barcelona: Selecta, 1912, Dotzena edició (2.ª de Bca. Selecta), 1983
・Riba, Carles, *elegies de bierville*, Primera edició: Buenos Aires, 1942, Sisena edició, Barcelona: Edicions 62, 1968
・Salvat-Papasseit, Joan,

a) *El poema de la rosa als llavis*, Barcelona: Ariel, 1978
b) *La gesta dels estels*, Barcelona: Ariel, 1997
・Torres, Màrius, *La ciutat llunyana*, de edició realitzada sota la direcció de Joan Vila Grau i Francesc Espluga, que ha estat estampada a "Folograf, R. G. M. – Institut d'art Gràfic", Barcelona, 1969
・Verdaguer, Jacint, *Canigó/En defensa propia*, Barcelona: Edicions 62, 1985
・澤田直訳編、『カタルーニャ現代詩15人集』、思潮社、一九九一年
・田澤耕編訳、a.『バルセロナ・ストーリーズ』、水声社、一九九二年
・田澤耕訳注、b.『カタルーニャ語読本』、大学書林、一九九三年

〈その他の文学作品〉

・Aragon, Luis,
a) *La Diane Française*, collection poésie 45, Paris: Seghers, 1946（ルイ・アラゴン、大島博光ほか訳、『アラゴン選集　第2巻』、飯塚書店、一九七九年）
b) *Les yeux d'Elsa*, Paris: Seghers, 1942（ルイ・アラゴン、大島博光ほか訳、『アラゴン選集　第1巻』、飯塚書店、一九七八年）
・Calderón de la barca, Pedro, *El médico de su honra*, edición de D. W. Cruickshank, Madrid: Castalia, 1989
・Eliot, T. S., *The Waste Land*, edited by Michael North, New York, London: W. W. Norton & Company, 2001
・Flaubert, Gustave, *Madame Bovary*, Paris: Brodard et Taupin, 4e, 1978（フローベール、生島遼一訳、『ボヴァリー夫人』、新潮文庫、一九六五年発行、一九七八年第十九刷）
・Joyce, James, *A Portrait of the Artist as a Young Man*, London: Penguin popular classics, 1996（ジェイムズ・ジョイス、

丸谷才一訳、『若い芸術家の肖像』、新潮文庫、一九九四年）
・Martín Gaite, Carmen, *Desde la ventana*, Madrid: Espasa Calpe, 1987
・Montero, Rosa,
a) "Prólogo" de *La voz melodiosa*, Barcelona: Círculo de lectores, 1988
b) *Te trataré como a una reina*, Barcelona: Seix Barral, 1983
・Nabokov, Vladimir, *Lolita*, 50th anniversary edition, New York: Random House, 1997（ウラジーミル・ナボコフ、大久保康雄訳、『ロリータ』、新潮文庫、一九八〇年）
・Orwell, George, *Homage to Catalonia and Looking Back on the Spanish War*, London: Penguin Books, 1975 (first published by Martin Secker & Warburg 1938)（ジョージ・オーウェル、橋口稔訳、『カタロニア賛歌』、筑摩叢書、一九七〇年）
・Pratolini, Vasco, *Cronache di poveri amanti*, Milano: Arnoldo Mondadori, 1960 (XIV ristapa Oscar narrative luglio)
・Unamuno, Miguel de, "En torno al casticismo" en *Obras completas*, Tomo III, Ensayo I, Madrid: Afrodisio Aguado, 1958
・ホメーロス、高津春繁訳、「オデュッセイア」、呉茂一・高津春繁訳者代表、『ホメーロス』、筑摩世界文学大系2、一九八四年初版第八刷
・ホルヘ・ルイス・ボルヘス、土岐恒二訳、「タデオ・イシドロ・クルスの生涯」、『不死の人』、白水社

第二次資料

〈ムンサラット・ロッチ研究〉

・AA.VV., *Memorial Montserrat Roig: cicle de conferències del 9 al 23 de novembre 1992*, Barcelona: Institut català de la dona, 1993

・Aymerich, Pilar, Marta Pessarrodona, *Montserrat Roig: Un retrat*, Barcelona: Institut Català de la Dona, 2001

・Ballesteros, Isolina, "The Feminism (Anti-feminism) According to Montserrat Roig" en *Catalan Review* VII 2, 1993, pp.117-126

・Bellver, Catherine G.,

a) "Montserrat Roig: A Feminine Perspective and a Journalistic Slant" in *Feminine Concern in Contemporary Fiction by Women*, R. C. Manteiga (ed.) Potomac: Scripta Humanistica, 1988, pp.152-68

b) "Montserrat Roig and the Creation of a Gynocentric Reality" in *Women Writers of Contemporary Spain. Exiles in the Homeland*, Newark: University of Delaware Press: London; Cranbury, NJ: Associated University Presses, 1991

c) "Montserrat Roig and the Penelope Syndrome" en *Anales de la Literatura española contemporánea* 12, 1987

・Buckley, Ramon, "Montserrat Roig: Dialectics of Castration", en *Catalan Review* VII2, 1993

・Cadenas, C.B., "Historia de tres mujeres" en *Nueva Estafeta*, May 1980

・Castellet, Josép Maria, "Montserrat Roig en la memòria i des de la memòria" en *A Montserrat Roig en homenatge/ Hommage to Montserrat Roig*, Barcelona: Generalitat de Catalunya, 1992

・Ciplijauskaité, Biruté, “Barcelona en la obra de cuatro autoras de la postguerra” en *Ideas’92*, 1992, pp.83-93
・Crameri, Kathryn, *Language, the Novelist and National Identity in Post-Franco Catalonia*, Legenda: University of Oxford, 2000
・Davies, Catherine, Contemporary Feminist Fiction in Spain, Oxford: Berg, 1994
・Dupláa, Cristina,
a) “La genealogía como testimonio en el pensamiento” en *DUODA Revista d’Estudis Feministes núm 10,* 1996
b) *La voz testimonial en Montserrat Roig*, Barcelona: Icalia, 1996
c) “Los lugares de la memoria en la Barcelona de Montserrat Roig” en *Revista Hispànica modern*a LIV Junio 2001, Núm.1, New York: Columbia University, 2001
・Glenn, Kathleen M., “Storytelling and playacting in Montserrat Roig’s *L’ópera quotidiana*“（en *Catalan Review* VII 2, 1993
・Hart, Stephen M., *White Ink*, London, Madrid: Tamesis, 1993
・Hurtley, Jacqueline A., ”Introducción” en *La hora violeta*, trans. Enrique Sordo, Madrid: Castalia, 2000
・King, Stewart, “Orquestando la identidad: estrategias poscoloniales en *L’òpera quotidiana* de Montserrat Roig” en *Actas del primer simposi sobre Catalunya a Australia*, Barcelona: PPU, 1998
・Llorca Antolín, Fina, “El difícil arte de la memoria: *L’hora violeta*, de Montserrat Roig” en *Feminismo y misoginia en la literatura española* Coord. Cristina Segura Graíño, Madrid: Narcea, 2001
・Martín, Marina, “Entre el síndrome de Penélope y la revolución: combio y liberación en *La hora violeta* de Montserrat Roig”, *Cuadernos de ALDEEU* 10, Michigan: ALDEEU, 1994
・Martín-Maestro, Abraham, “La novela española en 1982 y 1983” en *Anales de la Literatura española contemporánea* Vol.

IX, , Philadelphia: Society of Spanish and Spanish-American Studies, 1984, pp.149-174

- Meroño, Pere, *El goig de viure Biografia de Montserrat Roig*, Barcelona: Publicacions de l'Abadia de Montserrat, 2005
- Montero, Rosa, "La pasión de escribir" en *A Montserrat Roig en homenatge/ Hommage to Montserrat Roig*, Barcelona: Generalitat de Catalunya, 1992
- Navajas, Gonzalo, "El pasado utópico en *La veu melodiosa* de Montserrat Roig" en *Revista Hispánica Moderna* XLVII, Philadelphia: Penn Press Journals, 1994
- Nichols, Geraldine C., *Escribir Espacio propio: Laforet, Matute, Moix, Tusquets, Riera y Roig por sí mismas*, Minnesota: Minneapolis, 1989
- Picornell Belenguer, Mercé*, Discursos testimonials en la literature catalana recent* (Montserrat Roig i Teresa Pàmieas), Barcelona: Publicacions de l'Abadia de Montserrat, 2002
- Riera, Ignasi, "Les moltes memòries de Montserrat Roig" en *A Montserrat Roig en homenatge/ Hommage to Montserrat Roig*, Barcelona: Generalitat de Catalunya, 1992
- Ross Gerling, David, "Montserrat Roig i Fransitorra, *La hora violeta*, Trans. Enrique Sordo. Barcelona: Argos Vergara, 1980,.268pp" en *Anales de la Literatura española contemporánea* Vol. VIII, Michigan: ALDEEU, 1983, pp.243-245
- Salvat i Ferré, Ricard, "Montserrat Roig i el teatre", *A Montserrat Roig en homenatge/ Hommage to Montserrat Roig*, Barcelona: Generalitat de Catalunya, 1992
- Stewart, Melissa A., "Constructing Catalan Identities: Remembering and Forgetting in Montserrat Roig's *La veu melodiosa*" en *Catalan Review* VII2, NACS, 1993
- Simó, Isabel-Clara, *Si em necessites, xiula ¿Qui era Montserrat Roig?,* Barcelona: Edicions 62, 2005
- Tsuchiya, Akiko, "Montserrat Roig's *La ópera cotidiana* as historiographic metafiction" en *Anales de la Literatura*

española contemporánea, Vol. XV, Michigan: ALDEEU, 1990, pp.145-159

・Verderi, Alejandro, Montserrat Roig: ulls enlaire! Mirades de dona vers la <<Rosa de Foc>> en *Catalan Review*, NACS, 1993

・Zatlin, Phyllis, "The civil war in the Spanish novel: female perspectives" en *España contemporánea*, Madrid- vol.II, Núm. 4, (1989, primavera)

・保崎典子、

a.「ムンセラ・ロッチ『すみれ色の時刻』におけるメタフィクションの様相について」、『大学院博士後期課程論叢　言語・地域文化研究　第9号』、東京外国語大学大学院、二〇〇三年三月

b.「ムンセラ・ロッチの『さらばラモーナ』におけるバルセロナの女の系譜」、『大学院博士後期課程論叢　言語・地域文化研究』第十号、東京外国語大学大学院、二〇〇四年

c.「ムンサラット・ロッチの小説の言語――『さらばラモーナ』において」、京都セルバンテス懇話会編、『イスパニア図書　第七号』、行路社、二〇〇四年

〈文学研究〉

・Alborg, Concha, "Metaficción y feminismo en Rosa Montero" en *Revista de Estudios Hispánicos* 13.7, 1988, pp.67-76

・AA.VV. *Història de la literatura catalana* amb textos, Nova edició revisada i ampliada 3er BUP, , Barcelona: Edicions 62, 1984 (sesina edició)

・Asís Garrote, María Dolores de, *Última hora de la novela en España*, Biblioteca Eudema, Madrid, 1996

・Bargmann, Emillie, "Reshaping the canon: intertextuality en Spanish novels female development" en *Anales de la Literatura española contemporánea* Vol. XII, Michigan: ALDEEU, 1987

・Bou, Enric, *Nou diccionari 62 de la literatura catalana*, Barcelona: Edicions 62, 2000
・Cabré, Jauma, Joan F. Mira, Josep Palamero, *Història de la literatura catalana amb textos*, Barcelona: Rosa Sensat/ Edicions 62, 1984
・Ciplijauskaité, Biruté: *La novela femenina contemporánea (1970-1985) Hacia una tipología de la narración en primera persona*, Barcelona: Anthropos, 1988
・Fuster, Joan, *Literatura catalana contemporánea*, Madrid: Editora Nacional, c1975
・García López, José, *Historia de la literatura española*, Barcelona: Vicence-Vives, Séptima reimpresión, 1996
・Huchon, Linda., *A theory of Parody*, 1985（辻麻子訳、『パロディの理論』、未来社、一九九三年）
・Ordoñez, Elizabeth J., "Inscribing difference: l'ecriture feminine and new narrative by women", en *Anales de la Literatura española contemporánea* Vol. XII, Michigan: ALDEEU, 1987, pp.45-58
・Usandizaga, Aránzazu, *Amor y Literatura la búsqueda literaria de la identidad femenina*, Barcelona: PPU, 1993
・Waugh, Patricia: *Metafiction. The theory and practice of self-conscious fiction*, London: Methuen, 1984（パトリシア・ウォー、結城英雄訳、『メタフィクション――自意識のフィクションの理論と実際』、泰流社、一九八六年）
・Zatlin, Phyllis, "Women novelists in democratic Spain: freedom to express the female perspective" en *Anales de la Literatura española contemporánea* Vol. XII, Michigan: ALDEEU, 1987, pp.29-43
・保崎典子、『ローサ・モンテーロの『愛の不在の記録』と『デルタ関数』における愛とセクシュアリティの考察』、（東京外国語大学大学院地域文化研究科博士前期課程言語文化コースヨーロッパ第二専攻）修士論文、二〇〇〇年一月提出
・川口喬一・岡本靖正編、『最新文学批評用語辞典』、研究社出版、一九九八年
・大島博光、

a.『パリ・コミューンの詩人たち』新日本新書、一九七一年
b.『アラゴンとエルザ　抵抗と愛の讃歌』東邦選書、一九七八年
c.「解説」、『アラゴン選集　第1巻』飯塚書店、一九七八年
d.「解説」、『アラゴン選集　第2巻』飯塚書店、一九七九年
・澤田直、「カタルーニャ現代詩のために」、『カタルーニャ現代詩15人集』、思潮社、一九九一年
・牛島信明、『スペイン古典文学史』、名古屋大学出版会、一九九七年

〈カタルーニャ研究——政治、経済、言語、文化を含む〉

・Anguera, Pera, Justo Beramendi, José Luis de la Granja, *La España de los nacionalismos y las autonmías*, Madrid: Síntesis, 2001
・Aulet, Jauma, "El noucentisme", en AA. VV. *Historia de la cultura catalana* Vols. VII, Barcelona: Edicions 62, 1996
・Capmany, Maria Aurèlia, *¿Qué diablos es Cataluña? Ser catalán hoy*, Madrid: Ediciones Temas de Hoy, 1990
・Castellanos, Jordi, "La literatura modernista" en AA. VV. *Historia de la cultura catalana* Vols. VI, Barcelona: Edicions 62, 1995
・Corominas, Joan, *El que s'ha de saber de la llengua catalana*, Palma de Mallorca: Moll, 1982
・Horst, Hina, *Castilla y Cataluña en el debate cultural 1714-1939 Història de las relaciones ideológicas* catalano-castellanas, versión castelllana de Ricard Wilshusen, Barcelona: Nova-Gràfik, Puigcerdà, 1986
・Jorba, Manuel, "Literatura, llengua i renaixença: la renovació romànica" en AA. VV. *Història de la cultura catuluna* Vols. IV, Barcelona: Edicions 62, 1995
・Vicens Vives, Jauma, *Noticia de cataluña*, versión castellana de E. Borrás Cubells, Barcelona: Ediciones Destino, 1980

(primara edición, 1954)

・樺山紘一、『カタロニアへの眼――歴史・社会・文化』、刀水書房、一九七九年

・川上茂信、

　a．「国家語と地方語のせめぎあい」、立石博高編著、『概説　近代スペイン文化史――18世紀から現代まで』、ミネルヴァ書房、二〇一五年

　b．「多言語国家スペイン」、立石博高・中塚次郎編、『スペインにおける国家と地域――ナショナリズムの相克』、国際書院、二〇〇二年

・立石博高「カタルーニャ・ナショナリズムの歴史――民族精神から言語＝文化的同化論へ」、前同書

・田澤耕、

　a．『カタルーニャ50のQ＆A』、新潮選書、一九九二年

　b．「カタルーニャ文学の歴史と現在」『カタルーニャ語読本』、大学書林、一九九三年

　c．『物語カタルーニャの歴史――知られざる地中海帝国の興亡』、中公新書、二〇〇〇年

・松本純子、「カタルーニャ自治州におけるカタルーニャ語の保護と振興」、名古屋外国語大学外国語学部紀要第四九号、二〇一五年

・武藤祥、「ポストフランコ期の文化」、立石博高編著、『概説　近代スペイン文化史――18世紀から現代まで』、ミネルヴァ書房、二〇一五年

・エドゥアルド・メンドサ、立石博高訳、『カタルーニャでいま起きていること』、明石書店、二〇一八年

・M・ジンマーマン／M＝C・ジンマーマン、田澤耕訳、『カタルーニャの歴史と文化』、文庫クセジュ、二〇〇六年

・J・ビセンス・ビーベス、ファン・J・L・ソペーニャ・渡辺哲郎訳『スペイン歴史地図帳』、桐原書店、一九八一年

〈女性研究〉

・Butler, Judith, *Gender Trouble*, London/New York, Routledge, 1990（ジュディス・バトラー、竹村和子訳、『ジェンダー・トラブル』、青土社、一九九九年）

・Capmany, Maria Aurèlia, *La dona*, Barcelona: Dopesa, 1975

・Cixous, Héléne and Catherine Clément, *The Newly Born Woman*, translated by Betsy Wing, Minneapolis, London: University of Minnesota Press, 1975 (seventh printing, 2001)（エレーヌ・シクスー、松本伊瑳子・国領苑子・藤倉恵子編訳、『メデューサの笑い』、紀伊国屋書店、一九九三年）

・Garrido, Elisa (ed.), Pilar Folguera, Margarita Ortega, Cristina Segura, *Historia de las Mujeres en España*, Madrid: Sintesis, 1997

・Irigaray, Luce, *Ce sexe qui n'en est pas un*, Paris: Minuit, 1977（リュース・イリガライ、棚沢直子・小野ゆり子・中嶋公子訳、『ひとつではない女の性』、勁草書房、一九八七年）

・Morcillo Gómez, Aurora, "Feminismo y lucha política durante la II república y la Guerra Civil", en *El feminismo en España: dos siglos de historia*, Madrid: Pablo Iglesias, 1988

・Nash, Mary,

a) "Estudio preliminary", en *Mujeres libres España 1936-1939*, Edición de Mary Nash, Barcelona: Tusquets Editor, 1975（マリー・ナッシュ編、川成洋・長沼裕子訳、『自由な女――スペイン革命下の女たち』、彩流社、一九八三年）

b) "Més enllà del silenci: la veu de les dones a la història", en *Més enllà del silenci*,Barcelona: Generalitat de Catalunya, 1988

・Pineda, Empar, "El discurso de la diferencia. El discurso de la igualdad" en *Nuevas perspectivas sobre la mujer*, Madrid:

Actas de las primeras jornadas de investigación interdisciplinera, 1982, pp.257-271
・Rich, Adrienne, *Of Woman Born*, New York& London: Norton, 1986; reissued 1995（アドリエンヌ・リッチ、高橋茅香子訳、『女から生まれる――アドリエンヌ・リッチ女性論』、晶文社、一九九〇年）
・ショシャナ・フェルマン、下河辺美知子訳、『女が読むとき女が書くとき――自伝的新フェミニズム批評』勁草書房、一九九八年
・磯山久美子、『断髪する女たち』、新宿書房、二〇一〇年
・磯山久美子、「エミリア・パルド・バサン」、高橋博幸・加藤隆浩編、『スペインの女性群像』、行路社、二〇〇三年

〈歴史研究〉

・AA. VV., *Història de Catalunya. Catalunya, història i memòria*, Barcelona: Proa, 1998
・Grimau, Carmen, *El cartel republicano en la Guerra Civil*, Madrid: Cátedra, 1979
・Pomés, María, Alicia Sanchez, *Historia de Barcelona*, Barcelona: Optima, 2001
・Vilar, Pierre, *La guerra civil española*, traducido por José Martínez Gázquez, Barcelona: Crítica, 1986
・楠貞義・ラモン・タマメス・戸門一衛・深沢安博、『スペイン現代史――模索と挑戦の１２０年』、大修館書店、一九九九年
・斉藤孝、『スペイン戦争――ファシズムと人民戦線』、中公新書、一九八六年第二十七版（初版一九六六年）
・立石博高・関哲行・中川功・中塚次郎、『スペインの歴史』、昭和堂、一九九八年
・ピエール・ヴィラール、藤田一成訳、『スペイン史』、文庫クセジュ、二〇〇二年第七刷（初版一九九二年）

〈その他〉

・Albaigès, Josep M., *Enciclopedia de los nombres propios*, Barcelona: Planeta, 1995, p.67
・Anderson, Benedict, *Imagined Communities*, new edition, London: Verso, 2006（ベネディクト・アンダーソン、白石隆・白石さや訳、『想像の共同体――ナショナリズムの起源と流行』、リブロポート、一九八七年）
・Mosse, George L., *Nationalism and Sexuality*, New York: Howard Fertig, 1985（ジョージ・L・モッセ、佐藤卓己・佐藤八寿子訳、『ナショナリズムとセクシュアリティ――市民道徳とナチズム』、柏書房、一九九六年）
・藤野幸雄、『悲劇のアルメニア』、新潮選書、一九九一年
・堀越智、『北アイルランド紛争の歴史』、論創社、一九九六年
・山本茂・藤縄謙三・野口洋二・鈴木利章編、『西洋の歴史［古代・中世編］』、ミネルヴァ書房、一九八八年
・エドゥアール・グリッサン、恒川邦夫訳、『全―世界論』、みすず書房、二〇〇〇年
・ドーリ・ローブ、栩木玲子訳、「真実と証言」、キャシー・カルース編、下河辺美知子監訳、『トラウマへの探究――証言の不可能性と可能性』、作品社、二〇〇〇年
・高橋哲哉、『記憶のエチカ――戦争・哲学・アウシュヴィッツ』、岩波書店、一九九五年

保崎典子（ほざき　のりこ）

津田塾大学学芸学部英文学科卒業。フリーランスで英語の翻訳を手掛ける。

1996 ～ 7 年、渡西。マドリード・コンプルテンセ大学でディプロマ取得。2007 年、東京外国語大学大学院地域文化研究科博士後期課程地域文化専攻修了（学術博士）。

専門は、カタルーニャ語文学を含む、スペイン現代女性文学。

現在、法政大学ほか非常勤講師。

カバー写真：©Pilar Aymerich

ムンサラット・ロッチとカタルーニャ文学

2019 年 9 月 15 日　初版第 1 刷発行

著者――――保崎典子
発行者 ―――平田　勝
発行――――花伝社
発売――――共栄書房
〒 101-0065　東京都千代田区西神田 2-5-11 出版輸送ビル 2F
電話　03-3263-3813
FAX　03-3239-8272
E-mail　info@kadensha.net
URL　http://www.kadensha.net
振替　00140-6-59661
装幀――――佐々木正見
印刷・製本――中央精版印刷株式会社

ISBN978-4-7634-0899-0　C3098